Sigrun Dahmer, Jahrgang 1966, stammt ursprünglich aus Bochum. Doch sie war schon immer ein Zugvogel: Paris, USA, Spanien und dann Köln. Doch dort blieb sie nur so lange, bis sie erneut, diesmal zusammen mit ihrem Mann und ihren drei Kindern, vom Reisefieber gepackt wurde: 2013 verabschiedete sich die ganze Familie aus Deutschland, um ein Sabbatical in Las Palmas zu verbringen. 2022 lebte die Autorin längere Zeit an der Costa del Sol. Dort kam ihr die Idee, Andalusien-Krimis zu schreiben.

SIGRUN DAHMER

MÖRDERISCHES MARBELLA

EIN ANDALUSIEN-KRIMI

Erstausgabe August 2024

Copyright © 2024 dp Verlag, ein Imprint der
dp DIGITAL PUBLISHERS GmbH
Made in Stuttgart with ♥
Alle Rechte vorbehalten

Mörderisches Marbella

ISBN 978-3-98998-210-9
E-Book-ISBN 978-3-98998-201-7

Covergestaltung: ArtC.ore-Design / Wildly & Slow Photography
Umschlaggestaltung: ARTC.ore Design
Unter Verwendung von Abbildungen von shutterstock.com:
© Pawel Kazmierczak, © Stefano Zaccaria
Lektorat: Birgit Förster
Satz: dp DIGITAL PUBLISHERS GmbH
Druck und Bindung: Books on Demand GmbH, Norderstedt

Kapitel eins

Mittwoch, den 17. Juni, 21 Uhr

Javier

„Also, Javier, wie komme ich zu der Ehre, dass du mich nach Marbella zum Essen ausführst?" Inma schaute sich verstohlen um und senkte die Stimme. „Dazu noch in ein so luxuriöses Restaurant?" Javier beugte sich nach vorn und schaffte es gerade noch, „Weißt du, es ist wegen …" zu sagen, als der Kellner an ihren Tisch trat. „Ich soll Ihnen von dem Hoteldirektor mitteilen, dass Kaffee und Nachtisch aufs Haus gehen. Was hätten Sie denn gern?" Erleichtert über die Unterbrechung lehnte sich Javier wieder zurück. Die generöse Geste hörte sich ganz nach Ramón an. Sein Bekannter hatte sich schon immer durch Großzügigkeit ausgezeichnet. Javier grinste. „Inma, du zuerst."

„Also, wenn das so ist, dann nehme ich einen Espresso und ein kleines Vanilleeis."

„Sehr gern. Und der Herr?"

Javier warf einen Blick auf die Tafel, auf der in dekorativer Schrift die tagesaktuellen Speisen aufgelistet standen. „Ich probiere einen dieser Bio-Blaubeer-Muffins.“

„Sehr zu empfehlen, vegan und allergenfrei.“

„Wunderbar. Genau das Richtige für Ana. Sie mag so was.“

Inma stutzte einen kurzen Moment lang und sah ihn dabei so skeptisch an, dass Javier ihre Gedanken zu lesen vermochte. Sie wollte wissen, was er im Schilde führte. Doch bevor er antworten konnte, meldete sich der eifrige Kellner erneut zu Wort. „Natürlich. Das Dessert kommt sofort.“

„Warten Sie, bitte richten Sie Ramón, also Herrn Pérez, ein herzliches Dankeschön von mir aus.“

„Gern. Wird gemacht“, versicherte ihm der Angestellte.

Inma wartete, bis der Kellner außer Hörweite war, dann feuerte sie Fragen auf ihn ab. „Seit wann interessierst du dich für vegane Bio-Blaubeer-Muffins? Und was hat das Ganze mit deiner Tochter Ana zu tun?“

„Okay, okay, ich sag's dir ja.“ Javier sah, dass seine Liebste die Stirn runzelte. Er mochte das. Es war so typisch für sie. „Also, es ist ganz einfach.“ Inma schwieg und wartete. „Es geht um Folgendes: Ana möchte ihren Freund Abdel heiraten. Na ja, und ich möchte ihr eine Freude machen, und daher überlege ich, ob ich die Feier vielleicht hier ausrichte.“

Inma schaute ihn ungerührt an und sagte weiterhin nichts. Ein schlechtes Zeichen. Schließlich begann sie zu reden. „Verstehe. Unser romantisches Menü heute Abend ist in Wirklichkeit eine Art Test-Essen.“

Javier nickte. „Sag schon, was hältst du von meiner Idee?“ Er spielte mit der Serviette und wartete auf ihre

Reaktion. Was würde er jetzt für eine Zigarette geben! Schon sechsunddreißig Tage ohne. Nach einer gefühlten Ewigkeit antwortete sie. „Was sagt denn Ana zu deinen Plänen?" Zum Glück trat der Kellner in diesem Moment mit dem Nachtisch an ihren Tisch. Diese Aktion gewährte Javier ein paar Minuten Aufschub. Doch nachdem Inma die kalte Süßigkeit gelobt und er den Muffin mit anerkennenden Lauten gekostet hatte, kam seine Lebensgefährtin hartnäckig auf das heikle Thema zurück. Sie hob die Augenbraue und sagte: „Also?", bevor sie einen weiteren Löffel Eiscreme nahm. Und da war sie wieder, die berühmte Stirnfalte. Javier verbiss sich ein Lächeln. „Nun ja, Ana weiß es noch nicht. Ich überlege noch und möchte sie überraschen."

„Ist es denn eine Liebesheirat?"

Javier schaute aus dem Fenster in den Innenhof des Hotels, wo die Abendsonne das Wasser des Pools glitzern ließ. „Ich glaube schon. Also, es ist kompliziert. Abdel wohnt schon länger in Spanien. Legal, wenn du weißt, was ich meine. Und ich habe schon das Gefühl, dass die beiden ineinander verliebt sind."

„Okay. Soweit ich weiß, bekommt man die spanische Staatsbürgerschaft ja auch nicht automatisch durch die Heirat mit einer Spanierin ..."

„Nein."

„Aber ich habe auch gehört, sie beschleunigt die Sache schon ein wenig, oder?" Inma nahm einen Schluck Espresso und lächelte verschmitzt.

„Ach, Inma. Als ob ich über Abdels Aufenthaltsstatus und Co Bescheid wüsste. Über Liebe und Politik reden Ana und ich prinzipiell nicht."

„Bevor du ihr hier eine große Feier ausrichtest, solltest du das aber unbedingt tun. Es ist schließlich ihr Fest. Sie und Abdel sollten das aufwendige Hochzeitsbankett auch wollen."

„Aber dann wäre es keine Überraschung mehr."

In diesem Moment ertönte ein lauter, dumpfer Knall. Alle Köpfe drehten sich zum Innenhof.

„Was war das?", fragte Inma und sah ihn mit ihren wunderschönen großen Augen an. Javier brauchte weniger als eine Minute, um den schlaffen, leblosen Körper, das laute Geräusch und die erst mit Verzögerung einsetzenden Schreckenslaute der Hotelgäste einordnen zu können. „Inma, Liebes. Schau da nicht hin." Er versuchte, ihr mit seinem Körper die Sicht zu versperren.

„Wieso denn? Was ist denn da?" Die ersten Hilfeschreie ertönten. Hotelbedienstete rannten zum Pool. Die Restaurantgäste erhoben sich, Stühle wurden verrückt, und mitten in dem Chaos erklang ein helles, hohes Sirren. Ramón stand in der Mitte des Restaurants und schlug mit etwas Metallenem, vermutlich einem Löffel oder einer Gabel, an ein Weinglas. Erst einmal, dann mehrmals, und endlich wurde es leiser. Die Gäste setzten sich wieder und schauten zu dem Hoteldirektor. Javier war stolz auf seinen Bekannten, der in dieser brenzligen Situation die Nerven behielt.

„Meine Damen und Herren. Ich bitte Sie um Ihre Aufmerksamkeit. Mein Name ist Ramón Pérez, und ich freue mich, dass Sie den Weg in das Restaurant des *Parasol*-Hotels gefunden haben." Der Hoteldirektor ließ die Augen über die Besucher schweifen. Javier nickte ihm kurz zu. Ramón verhielt sich vorbildlich. Javier sah aus den Augenwinkeln, dass sich eine Handvoll Sanitäter dem Poolrand näherte, während der Hoteldirektor sich ins Zeug legte, um seine Gäste durch Small Talk abzulenken. Das Licht des Krankenwagens färbte den Schwimmbadbereich blau. Javier sah, wie die Beleuchtung in ihrem ganz eigenen Rhythmus abebbte, nur um kurz darauf wieder zurückzukommen. Vermutlich war die Person, die auf der Bahre lag, bereits tot. Aber schon aus psychologischen Gründen würden die Sanitäter den leblosen Körper in den Krankenwagen bringen. Bemerkenswert, wie schnell der Rettungsdienst vor Ort gewesen war. Er musste sich ganz in der Nähe befunden haben. Na klar, sie waren in Marbella, dem Treffpunkt der Reichen und Schönen. Aufgrund der entsprechenden finanziellen Ressourcen verfügte Marbella über eine hervorragende Infrastruktur.

Plötzlich stürzte eine Jugendliche, die ein schreiend pinkfarbenes Top trug, auf die Unfallstelle zu. Sie brüllte etwas in einer fremden Sprache. Für Javier klang es wie Deutsch. Zwei Erwachsene traten hinter das Mädchen und hielten sie fest, während die Sanitäter den unbeweglichen Körper an der Kante des Pools hektisch mit Gurten auf der Bahre fixierten. Als sie die Liege anhoben und in Richtung Krankenwagen verschwanden, rutschte ein Arm aus der Befestigung und schaukelte über dem Rand der Trage hin und her. Das Blaulicht glitt über das Mädchen auf der Bahre hinweg, und Javier bemerkte, dass ihre Fingernägel in irgendeinem extravaganten Farbton lackiert waren. Blau, grün, giftgrün? So richtig konnte er das nicht sehen. Er musste schlucken. Seine Tochter Ana hatte ebenfalls ein Faible für auffallende Farben. Im Haar, auf den Fingernägeln, als Schultertattoo. Während er noch darüber nachdachte, bemerkte er, dass es hinter ihm wieder unruhig wurde. Offensichtlich gelang es Ramón nicht mehr, die Anwesenden abzulenken. Rufe nach der Polizei wurden laut.

„Javier, was geht hier vor sich?“, wandte sich Inma an ihn. Javier erhob sich. Ihm gefiel es nicht, sich ins Zentrum des Interesses zu begeben. Schließlich befand er sich hier als Privatperson und nicht beruflich. Außerdem war Marbella nicht sein Revier. Dennoch wollte er Ramón in dieser schwierigen Situation nicht allein lassen.

„Die Polizei ist bereits anwesend. Ich bin *Comisario Principal* Sánchez. Bitte bewahren Sie Ruhe. Ich möchte die Hotelgäste bitten, sich auf ihre Zimmer zu begeben. Es wird gleich jemand zu Ihnen kommen. Die Restaurantbesucher ...“ Javier schaute Ramón fragend an. Sein Bekannter verstand sofort, was er sagen wollte. „Die Restaurantbesucher ...“, nahm der Hoteldirektor seine Worte auf, „... begeben sich bitte in den Frühstücksraum links von der Rezeption. Nach der Aufregung möchte ich Sie alle zu einem Espresso einladen. Die Hotelgäste werden vom Roomservice bedient, die Restaurantgäste von unserem Restaurantteam.“

„Soll ich auch in den Frühstücksraum gehen?“, fragte Inma.

„Ich denke, das wäre hilfreich.“ Javier nahm seine Geliebte in den Arm. „Inma, es tut mir leid, dass unser schönes Abendessen so furchtbar geendet hat.“

„Wieso furchtbar? Mir ist immer noch nicht klar ...“ Doch bevor Inma ihren Satz beendet hatte, stand mit einem Mal Ramón neben ihnen. „Danke, Javier. Was für ein Glück, dass du hier bist. Wie ich dieses *Balconing* hasse. Warum machen die Touristen so etwas? Jetzt hat es ein deutsches Schulmädchen erwischt. Schrecklich. Stell dir vor, es wäre deine Tochter." Ramón brach ab. „Entschuldigung, das war taktlos."

„Ich verstehe nicht ganz", schaltete sich Inma ein. „Was hat die junge Deutsche gemacht?"

Ramón wiederholte das englische Wort *Balconing*, war aber mit den Gedanken schon wieder woanders, da eine Angestellte ihn etwas fragte.

„*Balconing* ist eine Seuche", regte auch Javier sich auf. „Aha", kommentierte Inma ironisch seine Bemerkung.

Erst jetzt wurde dem *Comisario Principal* bewusst, dass Inmaculada keine Ahnung hatte, wovon Ramón und er sprachen. „Vor allem britische und deutsche Touristen haben diese schwachsinnige Mutprobe namens *Balconing* erfunden. Entweder klettern sie von einem Hotelbalkon zum nächsten, oder sie versuchen, vom Hotelbalkon in den Pool zu springen." Er sah, wie Inma nachdachte und dann nickte.

„Ja, jetzt, wo du es sagst, erinnere ich mich daran, davon in der Zeitung gelesen zu haben. Aber ..." Sie runzelte konzentriert die Stirn.

Hinreißend, dachte Javier.

„Das ist aber schon einige Zeit her." Inma dachte laut. „Vor zehn Jahren oder so. Aber ich dachte, das würde nur auf Mallorca vorkommen."

„Die Insel war nur das Epizentrum dieser Wettbewerbe. Sauftourismus in Magaluf. Junge Männer aus Großbritannien, die auf die Pauke hauen. Doch leider gibt es auch hier an der Costa del Sol immer mal wieder solche Vorfälle." Er wollte gerade zu einer längeren Erklärung ansetzen, als ihn jemand auf Englisch ansprach.

„Entschuldigung. Habe ich das richtig verstanden, dass Sie von der Polizei sind?"

Javier drehte sich um und erkannte einen der beiden Erwachsenen, die das weinende Mädchen zurückgehalten hatten, als die Bahre mit dem Unfallopfer in den Krankenwagen gebracht wurde. „Ja."

„Mein Name ist Martins. Ingo Martins. Ich bin einer der Lehrer. Das Mädchen im Krankenwagen ist … Robyn. Sie ist unsere Schülerin."

„Sie kommen aus Deutschland?"

„Ja. Meine Kollegin Frau Bauer und ich sind mit unseren Kursen auf Abschlussfahrt. Wir kommen aus Freiburg, und ich wollte fragen, ob es hier so etwas wie eine psychologische Notfallbetreuung gibt." Der etwa Mitte dreißigjährige, schlanke, große Mann zeigte auf das Mädchen im knalligen pinkfarbenen Top, das immer noch weinend vor dem Pool kauerte. „Vielleicht auf Englisch oder sogar auf Deutsch? Cara steht unter Schock, glaube ich."

Javier dachte nach. „Da wenden Sie sich am besten an die deutsche Botschaft." Einen Moment später fuhr er fort: „Freiburg sagen Sie?" *Das würde Ärger geben. Wenn deutsche oder englische Touristen ums Leben kamen, schlugen die Wellen immer besonders hoch. Solche internationalen Vorfälle waren überaus heikel.* „Sie bringen mich da auf eine Idee." Javier drehte sich um, nahm sein Handy aus der Innentasche seines Sommer-Jacketts und ging seine Kontaktdaten durch. Da war auch schon die Nummer, die er suchte. Unter „S" wie Sandra hatte er auch die Nummer von Sandras Chef abgespeichert. Steinberg. Jörg. Einen Moment später wurde er mit dem Kölner Kommissariat in Deutschland verbunden. Im holprigen Englisch berichtete Javier dem Kollegen, der die Nachtschicht ableisten musste, was sich ereignet hatte.

„Ist notiert. Sonst noch was?"

„Wenn es möglich wäre, würde ich gern wieder mit Sandra König zusammenarbeiten. Am besten wäre es, wenn sie noch einmal an die Costa del Sol abgeordnet werden könnte."

„Ich kann Ihnen nichts versprechen, gebe es aber so weiter."

„Gracias."

Kapitel zwei

Donnerstag, den 18. Juni, 10 Uhr

Sandra

„Na, meine Schöne. Hungrig geworden?" Giancarlo legte die Polaroidkamera weg und schaute Sandra listig an. Sie nickte. Ein opulentes Frühstück mit starkem Milchkaffee war einer der überzeugendsten Gründe, das Bett zu verlassen. „Willst du zuerst ins Bad?"

„Nö, geh du nur."

Das ließ Giancarlo sich nicht zweimal sagen. Schon hatte er sich schwungvoll erhoben und machte sich nackt in Richtung Dusche auf. Natürlich und selbstbewusst.

Was für ein Mann, ging es Sandra durch den Kopf. Sie fand es unfassbar attraktiv mitzuerleben, wie wohl er sich in seinem Körper fühlte. Ihr Lover konnte sich aber auch sehen lassen. Klar, als Polizist musste er in Form sein. Sandra dachte an die letzte sinnliche halbe Stunde zurück, und für einen kurzen Augenblick überlegte sie, ob sie Giancarlo nicht einfach in die Dusche folgen sollte. Doch dann entschied sie sich dagegen und nahm stattdessen ihr Handy zur Hand. Schnell tippte sie einen Post.

Sandra hatte erst vor Kurzem die Welt der Social Media für sich entdeckt. Auch wenn sie bislang nur eine Handvoll Beiträge hochgeladen hatte, lag die Zahl ihrer Follower und Followerinnen schon im zweistelligen Bereich. Nicht schlecht für eine *Newbie*, fand sie. Sie überflog ihren jüngsten Post noch einmal, unsicher, ob sie ihn so online stellen konnte. Einerseits würden nur diejenigen die Anspielung verstehen, die wussten, dass sie im letzten Sommer als deutsche Oberkommissarin die spanische Polizei bei ihren Ermittlungen unterstützt hatte. Andrerseits war es vielleicht sogar gut, wenn ihr Beitrag Fragen aufwarf und neugierig machte. Während sie sich Gedanken über die Hashtags machte, klingelte ihr Handy. Sie ignorierte es. Und schon hatte sie ihren Beitrag hochgeladen. Pling. Eine Nachricht war eingegangen. Jetzt erst schaute Sandra neugierig nach, wer sie hatte erreichen wollen. Eine Audio-Aufnahme von Jörg Steinberg, ihrem Vorgesetzten. Was? In ihrem Urlaub? Sie spielte die Sprachnachricht ab.

Buenos días, Sandra. Hör mal, es ist mir wirklich fürchterlich peinlich, dich im Urlaub zu stören.

Immerhin.

Aber, weißt du, bei uns ist gestern Abend, schon ziemlich spät, ein Anruf von Javier eingegangen. Der Comisario Principal möchte unbedingt, dass ich dich für ein paar Tage nach Andalusien abordne.

Plötzlich saß Sandra aufrecht im Bett. Javier brauchte ihre Unterstützung. Ihr Puls erhöhte sich. Ohne nachzudenken, rief sie ihren Vorgesetzten zurück.

„Jörg? Was ist passiert?" Sandra hörte aufmerksam zu, während ihr Chef ihr erklärte, was in Marbella geschehen war. „Javier braucht dich", schloss er seine Zusammenfassung ab. „Um die Klasse zu beruhigen und um die Ermittlungen möglichst schnell abzuschließen." Jetzt stockte ihr Vorgesetzter. „Ähm, und damit meine ich ... also, wenn es geht, ... sofort."

Sandra schwieg. Es war harte Arbeit gewesen, ihre Impulsivität in den Griff zu bekommen. Doch mittlerweile konnte sie schon etwas besser mit den manipulativen Appellen ihres Chefs umgehen. Als sie nichts sagte, sprach Jörg weiter.

„Das sollte kein großes Problem für dich sein, denn ich habe von Julia gehört, dass du sowieso schon in Spanien bist. Dort gerade Urlaub machst."

„Soso, das hat sie dir also erzählt." Sandra wunderte sich. Ihre Kollegin Julia war in der Regel überaus diskret und alles andere als eine Klatschtante. Sandra wartete. Ihr Chef ebenfalls. Er gab zuerst auf. „Okay, was sind deine Bedingungen?" Es dauerte eine Weile, aber dann wurden sie sich handelseinig. Jörg versprach Sandra einen üppigen Ausgleich für ihre Überstunden.

„Okay, ich werde versuchen, heute Abend in Málaga zu sein. Sag Javier, dass er mir wieder die Dachstube im Hotel *Victoria* reservieren soll."

„Danke, Sandra. Ich weiß das zu schätzen. Vielen Dank."

„Schon gut", beendete sie kurz angebunden das Telefonat. Weder das versprochene Geld noch die zugesagten Extra-Urlaubstage würden den emotionalen Preis wettmachen, den sie bezahlen musste: die Trennung von Giancarlo! Das vorzeitige Verlassen ihres kleinen gestohlenen Paradieses. Die wenigen gemeinsamen Tage, die sie mit Giancarlo verbringen konnte, waren ein Ausnahmezustand. Er wohnte in Turin, Italien, sie in Köln, Deutschland. Er war verheiratet, sie solo. Sie hatten Ewigkeiten gebraucht, den Kurztrip nach Barcelona, der Stadt, in der sie sich im Rahmen eines Erasmus-Austauschprogramms für Polizistinnen und Polizisten kennengelernt hatten, zu organisieren. Drei von fünf Tagen waren bereits um.

Sandra starrte vor sich hin. Auf der einen Seite war es himmlisch mit Giancarlo, denn beide zeigten sich von ihrer allerbesten Seite, vermieden alles, was mit Alltag oder Konfliktthemen zu tun hatte. Auf der anderen Seite war es unglaublich anstrengend, einen perfekten Liebesurlaub zu inszenieren. Außerdem hatten sie beide ein schlechtes Gewissen. Noch am Tag zuvor hatte Sandra Giancarlo dabei ertappt, seiner Frau Francesca heimlich Nachrichten zu schicken. Und sie selbst fühlte sich in der Rolle der Geliebten ebenfalls mehr als unwohl. Aber sie war schon so lange allein. Und die Zeit des Spanien-Austauschs mit Francois und Giancarlo in Barcelona war bislang unangefochten die schönste Zeit ihres Lebens gewesen. Noch nie hatte sie sich so frei und lebendig gefühlt. Und da war eben das passiert, was niemals hätte passieren dürfen. Giancarlo und sie hatten ihren Gefühlen freien Lauf gelassen. Doch es war mehr als eine heiße Affäre. Schon bald träumten sie davon, zusammen ein neues Leben in Barcelona anzufangen. Ein Traum, den sie nie realisiert hatten. Bis auf diesen Kurzurlaub. Und schon diese paar Tage dem normalen Leben abzuringen war unfassbar aufwendig gewesen. Doch letztendlich war es ihnen gelungen, fünf Tage in Barcelona zu arrangieren. Eine kleine rosa Wolke ihrer so groß geträumten Liebe. Sandra seufzte. Sie hatte Geräusche aus dem Bad vernommen. Ein paar Momente später stand Giancarlo mit feuchtem, lockigem Haar im Türrahmen, ein Handtuch lässig um seinen Unterkörper gewickelt.

Augenblicklich wurde Sandra sich bewusst, dass sie sich falsch entschieden hatte. Wieso hatte sie ihrem Beruf den Vorrang über ihr Liebesleben gegeben? Jede annektierte Sekunde mit Giancarlo wollte genossen werden. Ihre romantische Beziehung war so labil, dass sie jederzeit zerbrechen konnte. Er würde ihr den abrupten Aufbruch nicht verzeihen. Er würde sie *ghosten*, den Kontakt zu ihr abbrechen. Ihr vorwerfen, dass sie ihn noch nicht einmal in die Entscheidungsfindung mit einbezogen hatte.

„Mit wem hast du telefoniert?", fragte Giancarlo.

Sie wollte auf ihn zugehen, ihn umarmen, seinen Duft riechen, ihn fühlen, seine Zunge auf ihrer Haut spüren. Er jedoch hielt sie mit kühlem Blick auf Abstand. Ein deutliches Signal, dass er nicht offen für Zärtlichkeiten war.

„Mit meinem Vorgesetzten. Weißt du, es ist ein Notfall. Ich muss nach Málaga. Heute noch."

Er setzte sich aufs Sofa und klopfte auf den leeren Platz neben sich. Kaum, dass sie neben ihm saß, schlang er seinen Arm um sie und küsste sie leidenschaftlich. Danach streichelte er ihr Gesicht. „Du willst Javier helfen, dem *Comisario Principal.*"

Er hatte recht. Es ging ihr nicht um den Beruf, sondern um ihre Freundschaft zu Javier. Sie wollte Javier nicht im Stich lassen, denn bei ihrem letzten Treffen auf dem Burgberg in Málaga hatte sie ihm versprochen, ihn zu unterstützen, wenn er sie brauchte.

„Hör mal, ehrlich gesagt, passt mir das ganz gut. Francesca hat mich die Tage wissen lassen, dass sie mich dringend in Turin braucht. Ich wollte darauf eigentlich nicht eingehen, aber jetzt würde es vielleicht doch passen." Er strich Sandra eine Haarsträhne aus dem Gesicht. „Wir hatten so eine fantastische Zeit. Das können wir eh nicht mehr toppen. Lass uns doch heute noch in einem Mietwagen ein wenig die Küste hinunterfahren ... bis nach Valencia oder so, und dann steigst du in den Zug, und ich fahre nach Barcelona zurück und nehme den nächsten Flieger nach Italien."

„Wieso Valencia?", fragte Sandra, verwirrt von Giancarlos Reaktion.

„Weil das der nächste Schritt unserer Beziehung ist. In den letzten Tagen haben wir in der Vergangenheit geschwelgt. Jetzt fangen wir etwas Neues an. Etwas Eigenes, ohne die Erinnerungen an den Erasmus-Austausch, ohne Francois und die anderen."

Sandra wusste nicht, ob sie lachen oder weinen sollte. Giancarlo war ein Rhetoriktalent. Er schaffte es, ihr sogar den vorzeitigen Abschied als Intensivierung ihrer Gefühle zu verkaufen. Während er sie streichelte und küsste, löste Sandra sein Handtuch und führte ihn zurück zu ihrem Doppelbett.

Kapitel drei

Donnerstag, den 18. Juni, 11 Uhr

Javier

Javier ordnete sich auf dem Autobahnzubringer nach Marbella ein. Seltsam, dass er sich innerhalb von vierundzwanzig Stunden gleich zweimal auf den Weg dorthin begab. Auch wenn die Luxusstadt mit dem Auto nur eine gute Dreiviertelstunde von Málaga entfernt lag, besuchte er sie lediglich zu besonders feierlichen Anlässen. Marbella war exquisit, taugte aber nicht für den Alltag. Javier warf immer wieder einen missbilligenden Blick aus dem Fenster, während er an den wasserfressenden grünen Wiesen der Golfplätze, den pompösen Privatvillen und den schamlos exklusiven Geschäften vorbeifuhr. Auch wenn er nur wenig mit dieser glitzernden Schicki-Micki-Welt anfangen konnte, musste er zugeben, dass ihn der zur Schau gestellte Reichtum auch faszinierte. Für das Hochzeitsessen seiner einzigen Tochter zum Beispiel schien ihm ein wenig Prunk und Noblesse durchaus angebracht. Er wollte ihre Hochzeit so eindrücklich wie möglich gestalten. Schon allein um die Tatsache wettzumachen, dass Anas Mutter Carmen nicht mehr unter ihnen weilte. Es tat noch immer weh, sich vor Augen zu führen, dass seine Tochter noch nicht einmal ein Jahr alt gewesen war, als ihre Mutter bei einem Autounfall ums Leben gekommen war. Ana jetzt bei der Gründung einer eigenen Familie ein unvergessliches Fest zu schenken, war das Mindeste, was er für sie tun konnte.

Das war sein Plan. Doch Inmas Bemerkung hatte ihn verunsichert. Vielleicht war ein aufwendiges Hochzeitsessen nur das, was er, nicht aber das, was seine Tochter wollte ...

Sei's drum, das hatte Zeit. Jetzt ging es erst einmal darum, Ramón zu unterstützen. Javier dachte an den Fall mit dem deutschen Schulmädchen. Wie kam man auf die schwachsinnige Idee, eine Klassenfahrt an den Luxusort Marbella zu machen? Sevilla, ging klar. Málaga, kein Problem. Aber ausgerechnet Marbella? Da fiel ihm nichts zu ein.

Es dauerte nicht lange, und Javier näherte sich erneut dem Hotel *Parasol*, in das er Inma am Abend zuvor ausgeführt hatte. Er selbst hätte seinen Kollegen in Marbella die Ermittlungen überlassen, aber Ramón hatte Javier eindringlich um seine Mithilfe gebeten. Da Javier Augenzeuge war und Kontakte nach Deutschland besaß, war ihm der Fall der deutschen Schülerin tatsächlich übertragen worden. Von der Staatsanwältin Díaz höchstpersönlich. Erstaunlich, denn sie hatte ihm schon mehr als einmal das Leben schwer gemacht! Javier steuerte das Auto auf den Parkplatz. Angekommen. Als er den Gurt löste, klingelte sein Handy. „Javier?" Er begrüßte Sofía, seine Sekretärin.

„Guten Morgen, Javier. Ich habe gerade mit Sandras Vorgesetztem gesprochen. Sie hat ihre Pläne geändert und wird ihren Urlaub verschieben. Jedenfalls wurde mir mitgeteilt, dass sie heute Abend in Málaga ankommen wird."

„Ach ja?" Javier hatte nicht mehr mit Sandra gerechnet, denn er hatte mittlerweile erfahren, dass sich seine deutsche Kollegin im Urlaub befand. Jetzt konnte er sein Glück kaum fassen. Nachdem er das Organisatorische mit Sofía geklärt hatte, fragte er sie nach dem deutschen Mädchen. „Weißt du, ob schon jemand die Eltern der verunglückten Schülerin über den Tod ihrer Tochter informiert hat?"

„Ja, eine Kollegin von Sandra ist nach Freiburg gefahren und hat es Robyns Eltern zusammen mit einem Polizisten vor Ort mitgeteilt."

„Sandras Kollegin Julia?"

„Genau. Sie ist wieder die Kontaktperson der Oberkommissarin."

„Oberkommissarin?"

„Ja, Javier. Oberkommissarin. Warum fragst du?"

Arme Sandra, dachte Javier. *Noch immer nicht befördert*. Dann musste er grinsen. Diese Information überraschte ihn nicht. Sandra vermutlich ebenso wenig. Sie erwartete schon gar nicht mehr, dass ihre überdurchschnittlichen Leistungen mit einer Beförderung anerkannt wurden. „Nur so. Okay, bin gerade in Marbella angekommen. Werde jetzt aussteigen und mit Ramón sprechen."

„Moment, Javier. Ich habe noch eine weitere wichtige Information für dich. Sandras Kollegin Julia lässt dir ausrichten, dass der Vater des toten Mädchens, Herr Lehmann, völlig aufgebracht ist. Er wollte sich sofort nach Andalusien aufmachen. Nur, damit du vorgewarnt bist. Vermutlich kommt sein Flugzeug heute an und er wird sich wutschnaubend bei dir melden."

„*Mierda*", fluchte Javier und setzte sich wieder in den Fahrersitz zurück. „Wenn wir irgendwas überhaupt nicht brauchen, dann ist das jemand, der die Nerven verliert. Ramón und ich tun nämlich alles, um die Privatsphäre der Schüler zu schützen. Sie aus dem Fokus der Öffentlichkeit herauszuhalten. Ein wütender Stier ist da alles andere als hilfreich. Hast du gewusst, dass die meisten der deutschen Jugendlichen, wenn nicht sogar alle, noch minderjährig sind?"

„Nein. Ich gehe davon aus, dass ihr eine Art Nachrichtensperre verhängt habt, oder?"

„Ja. Wir haben mit den Medienvertretern eine Sperrfrist von sechsunddreißig Stunden vereinbart. Mehr ging nicht, auch wenn die Lehrer um mehr Zeit gebeten haben, um das weitere Vorgehen mit ihrem Schulleiter abzusprechen."

„Was für eine grässliche Geschichte."

„Allerdings. Und meinem Bekannten Ramón ist die Schonfrist natürlich ebenfalls recht. Er will sein Hotel so lange wie möglich aus den Schlagzeilen heraushalten."

„*Claro ques sí*", sagte Sofía. „Schließlich ist Herr Pérez der Hoteldirektor des *Parasols*. Die Presse wird noch früh genug über ihn herfallen. Schon allein, um das Sommerloch zu füllen."

„Das befürchte ich auch. Aber das Wichtigste bleibt nach wie vor die Privatsphäre von Robyns Familie. Aber klar, abgesehen davon ist es auch für die Ermittlungen hilfreich, wenn die Geschichte nicht sofort an die große Glocke gehängt wird." In Javiers Kopf schnellten die Gedanken wie Billardkugeln von einer Bande zur nächsten. Wie sollte er dem cholerischen Vater gegenüber auftreten? „Okay, danke für die Informationen, Sofía." Javier stieg aus dem Auto aus. Jetzt eine Zigarette! Doch er verdrängte den Gedanken an eine Raucherpause sofort wieder und betrat, ohne zu zögern, das *Parasol*.

An der Rezeption wurde er vom Empfangschef begrüßt. „Herr Sánchez? Bitte folgen Sie mir doch zu dem Büro von Herrn Pérez." Höflich hielt er Javier die Tür auf und schloss sie leise von außen, sobald Javier eingetreten war.

„Javier, gut, dass du hier bist. Hier ist der Teufel los. Eine Tote in meinem Hotel. Jetzt kann ich gleich schließen."

Javier war es unangenehm, seinen Bekannten so aufgelöst zu erleben. Eigentlich kannte er Ramón nicht sonderlich gut. Sie trafen sich hauptsächlich auf den vielen Feiern ihrer gemeinsamen Bekannten. Lidia, die halb Andalusien kannte, war berühmt für ihre ebenso aufwendigen wie überfüllten Partys, bei denen sie sich gern mit Promi-Gästen schmückte. Javier wollte lieber nicht genauer darüber nachdenken, warum er seit Jahren zu ihren Festlichkeiten eingeladen wurde. Er wandte sich dem Hoteldirektor zu. „Es tut mir leid für dich, Ramón. Es war schrecklich mitzuerleben, wie die deutsche Schülerin gefallen ist. Entsetzlich."

„Es kommt noch schlimmer. Wusstest du, dass es ein Live-Video von dem Sturz gibt? Es ist noch in derselben Nacht gepostet worden."

„Nicht wahr." Javier war entsetzt. „Kannst du es mir zeigen?"

„Ja. Mittlerweile ist es zum Glück endlich gesperrt, aber ich habe es mir vorher noch herunterladen lassen."

Ramón gab Javier sein Handy. Der *Comisario Principal* setzte sich seine Lesebrille auf, konnte aber nicht sonderlich viel erkennen. Er versuchte, das Bild durch das Spreizen von Daumen und Zeigefinger zu vergrößern. Als er wieder auf den Bildschirm schaute, war der Sturz schon vorbei. Man hörte Schreckensschreie und sah Personen, die panisch auf den Körper des Mädchens zuliefen. Javier holte tief Luft und schaute sich den Anfang des Videos noch einmal an. Schon zu Beginn, ganz am Anfang des Mitschnitts, saß das Mädchen auf der Balkonbrüstung. Man sah Robyn von hinten, also hauptsächlich ihre langen blonden Haare, die wild und ungekämmt um ihren Kopf lagen. Einmal kam ein Fingernagel ins Bild. Neongrün. So bunt, so viel Lebenslust. Javier schaute sich das Video noch ein drittes Mal an. Robyn fiel mit dem Gesicht nach vorn nach unten, wurde immer kleiner und schlug dann neben dem Pool auf.

„Ich dachte immer, dass die Jugendlichen auf diesen ganzen Social-Media-Kanälen eine Riesenshow in ihren Videos machen und sich in Szene setzen, aber Robyn wirkt eher unbeteiligt."

„Jaja, das ist normal."

„Wie meinst du das?"

„*Balconing* machen die meisten Touristen im Suff. Sie trinken sich Mut für die *Challenge* an und sind meist schon ziemlich hinüber, wenn sie zur Tat schreiten."

„Für die *Challenge?*" Er kniff misstrauisch die Augen
zusammen. Die sozialen Medien und diese sogenannte
Generationen A, B, C, X, Y, Z waren ihm suspekt. All
diese modernen Begriffe sagten ihm kaum etwas.

„Soweit ich weiß", erklärte Ramón „geht es bei diesen
Challenges in den sozialen Medien immer um so eine
Art Mutprobe. Die jungen Leute gehen an ihre Grenzen,
filmen sich dabei und laden dann das Ganze hoch. Robyn ist sogar noch einen Schritt weiter gegangen, sie
hat das Ganze als Live-Video direkt beim Drehen mit
anderen geteilt."

„Tatsächlich?", antwortete Javier verwirrt. Er hatte
sich lediglich mit Luis, einem Kollegen aus Mallorca,
ein paarmal über *Balconing* und die damit verbunde-
nen Videoaufnahmen unterhalten und hoffte, dass
Sandra mehr darüber wusste. Schließlich war sie jünger und kannte sich deshalb höchstwahrscheinlich besser mit digitalen Themen aus als er. „Und weißt du, wie
der Stand der Dinge bezüglich der Geheimhaltung ist?
Wissen die Jugendlichen bereits, dass ihre Mitschülerin tot ist?"

„Ja, die Lehrer haben es ihnen heute Morgen nach
dem Frühstück mitgeteilt. Der Direktor der Schule hat
in Deutschland zur selben Zeit wohl alle Eltern persönlich per Telefon informiert."

„Und, Ramón, was sagst du zu den Lehrern? Was ist
dein Eindruck von ihnen?"

„Hm, womit soll ich anfangen?" Der Hoteldirektor
strich mit der Hand am Kinn entlang, gerade so, als ob
er seinen nicht vorhandenen Bart ordnen wollte. „Sie
heißen Herr Martins und Frau Bauer."

Javier bat Ramón, ihm die Namen zu buchstabieren.

„Haben die keine Vornamen?"

„Soweit ich weiß, werden Lehrer in Deutschland in der Regel nicht geduzt wie bei uns."

„*Vale.* In Ordnung. Und wie sind sie so?"

„Hm. Nicht so doll." Ramón waren Javiers Fragen offensichtlich unangenehm. „Sie sind überfordert und nervös. Außerdem haben sie die Jugendlichen nicht im Griff. Die jungen Leute trinken ohne Ende Alkohol, die Mädchen tragen sehr freizügige Kleidung."

„Das hört sich zwar nicht toll, aber recht normal an, oder?"

„Ach, Javier." Sein Bekannter stützte seinen Kopf in die Hand. „Was denkst du, was unsere Stammgäste davon halten, dass die Jugendlichen durch die Gänge rennen, die Nächte durchmachen und sich maßlos Essen auf die Teller schaufeln? Kleine Anmerkung: Natürlich sind wir es, die die Reste anschließend in den Müll werfen dürfen. Wir haben lange überlegt, wie wir diese Art Gäste vermeiden können, aber die Zeiten sind schwer. Marbella ist nicht mehr das, was es einmal war. Dann noch die langen Coronajahre. Und überhaupt ist es fast unmöglich, zuverlässiges Service-Personal zu finden. Als dann die Anfrage von dieser Freiburger Schule kam, habe ich in den sauren Apfel gebissen und zugesagt."

Javier machte sich Notizen und schaute dem Hoteldirektor in die Augen. „Deine Hotelgeschäfte laufen nicht gut."

Ramón schüttelte den Kopf. „Leider nicht. Das kann ich nicht schönreden. Und wir haben das gesamte Vermögen unserer Familie in die Pacht des *Parasols* investiert."

Javier war sich nicht sicher, aber mit einem Mal kam es ihm so vor, als könnte der Hoteldirektor nur mit Mühe die Tränen zurückhalten. Er fand es fast peinlich, seinen Bekannten so emotional zu erleben. Plötzlich kam ihm eine Idee. Ramón war offensichtlich überfordert und viel zu involviert, als dass er ihm objektive Informationen über die deutschen Schüler und Lehrer liefern konnte. Er bräuchte einen nüchternen Beobachter von außen. Jemanden, der ihm die Stimmung in der Schulgruppe sachlich beschreiben konnte. Am besten jemanden, der Deutsch als Muttersprache beherrschte. Er dachte einen Moment nach. Und dann wusste er auch schon, wer diesen Part übernehmen würde.

Kapitel vier

Sandra

„Okay, meine Schöne. In zehn Minuten werden wir am Bahnhof sein." Sandra massierte sich unauffällig ihre beiden kalten Unterarme. Giancarlo hatte die Klimaanlage des Sportwagens voll aufgedreht, und sie fröstelte in ihrem luftigen Sommerkleid. „Es ist wirklich nett von dir, dass du mich bis zum Bahnhof in Valencia fährst." Giancarlo legte seine warme Hand auf Sandras Oberschenkel. _Bittersüß_, dachte sie.

„Ach, mir passt es auch, und ich finde es gut, dass du deinen spanischen Kollegen an der Costa del Sol unterstützen willst. Dennoch will ich noch, solange es geht, möglichst viel Zeit mit dir verbringen."

Sandra schaute ihn verdutzt an. Etwas zu theatralisch in Anbetracht der Tatsache, dass ihre gemeinsame Zeit in zehn Minuten vorbei sein würde. „Und was machst du, wenn du mich am Bahnhof abgesetzt hast?"

„Dann werde ich den Mietwagen zurück nach Barcelona fahren und den nächsten Flug nach Turin nehmen." Sandra zeigte auf einen Parkplatz, der gerade frei wurde. Geschickt fuhr Giancarlo in die Parklücke.

„Sei ganz ehrlich, Sandra. Soll ich dich wirklich nur schnell am Bahnhof herauslassen? Oder doch ...?“

„Giancarlo, du bist tatsächlich ein unverbesserlicher Romantiker. Nein, nein und noch mal nein. Du willst doch mein Make-up nicht durch eine sentimentale Abschiedsszene zerstören. Lass mich einfach bei der nächstbesten roten Ampel raus.“

Doch Giancarlo stieg mit ihr aus, nahm sie in den Arm und verabschiedete sich zärtlich von ihr. Sandra spürte, wie ihre Knie weich wurden. Ihr Kopf wusste, dass Giancarlo vergeben war, und je früher sie diese hoffnungslose Beziehung beendete, desto besser. Doch ihr Körper sprach eine andere Sprache.

„Musst du wirklich sofort nach Málaga aufbrechen, oder hat das noch ein, zwei Stündchen Zeit?“, flüsterte er ihr ins Ohr, während seine Hand ihre Schultern und ihr Dekolleté streichelte. Mit einem Mal war ihr nicht mehr kalt. Endlich gewann ihr Verstand die Oberhand. „Ach, Giancarlo, das macht es auch nicht einfacher. Mein Zug kommt in einer Viertelstunde.“ Sie streichelte sein attraktives Gesicht, die stoppligen Wangen.

„Ich hab übrigens noch was für dich. Ein kleines Abschiedsgeschenk, damit du mich nicht vergisst.“

„Oh, Giancarlo, jetzt hast du mich kalt erwischt. Ich habe nichts für dich, dazu kam der Aufbruch zu plötzlich.“

„Mach dir keinen Kopf. Mein Geschenk ist etwas für uns beide.“ Er drückte ihr einen weißen Briefumschlag in die Hand. „Mach ihn erst auf, wenn du allein bist.“

Sandra tastete das Papier ab. „Ist es das, was ich denke, dass es ist?“

Giancarlo nickte und sah ihr frech in die Augen. Noch ein langer letzter Kuss, dann wandte sie sich von ihm ab und machte sich auf den Weg in Richtung Bahnhofshalle, ohne sich noch einmal umzudrehen. Im Gehen verstaute sie den Briefumschlag ganz hinten in ihrer Handtasche. Sie brauchte Abstand, der Abschied tat zu weh. Auch auf dem Bahnsteig konnte sie ihr Gedankenkarussell kaum bremsen. Jeder Gedanke fing mit „G" an und war ein Stück schmerzhafter als der vorangegangene. Um sich abzulenken, nahm Sandra ihr Handy.

Oh, cool. Sie hatte fünf neue Likes und einen neuen Follower. Motiviert postete sie einen neuen Beitrag.

Pol-Sol: Neues von der Polizei unter Spaniens Sonne
Bin auf den Weg nach Málaga. Dienstlich. Werde wieder eng mit der spanischen Polizei zusammenarbeiten. #gemeinsamstark #spanischepolizei #respekt

Kapitel fünf

Donnerstag, den 18. Juni, 22 Uhr

Javier

Sandra hatte ihm vor ein paar Stunden geschrieben, welchen Schnellzug sie von Valencia aus genommen hatte. Von Valencia aus! Es versetzte ihm einen Stich. Aber warum sollte sie auch nicht dorthin reisen? Schließlich schworen viele Touristen auf Barcelona und Valencia. Andalusien war nicht der Nabel der Welt. Während Javier im hochmodernen Bahnhof in Málaga auf seine Kollegin wartete, stieg die Vorfreude in ihm an. Sandra hatte versucht, von Deutschland aus mit ihm in Kontakt zu bleiben, indem sie ihm häufiger eine SMS, Fotos und E-Mails geschickt hatte. Javier hatte jedoch nur selten reagiert. Eigentlich hatte er ihr nur einmal zu Weihnachten eine Karte mit einer geschmackvoll dekorierten Krippe zukommen lassen. Schließlich war Málaga berühmt für seine Krippen, Märkte und die aufwendig inszenierten Weihnachtsbeleuchtungen.

„Hast du Feuer?" Ein junger Mann, der wie ein Student aussah, wartete auf seine Antwort.

Javier schüttelte den Kopf. „Nee. Ich rauche nicht mehr."

Und dann war es mit dem entspannten Warten vorbei. Sandras Zug war anscheinend pünktlich eingefahren. Jedenfalls stürzte plötzlich ein Pulk von Reisenden mit Rollkoffern und Tragetaschen in die Wartehalle. Kurze Zeit später konnte er Sandra ausmachen. Sie trug einen Rucksack, sah jugendlich und erholt aus. Ihre Haare hatte sie zu einem Zopf zusammengebunden. Als sie ihn entdeckte, begann ihr Gesicht zu strahlen.

„Javier", rief sie. „Wie geht es dir?"

Er nahm sie in den Arm, um sie mit den obligatorischen Wangenküsschen zu begrüßen. „Mir geht's gut. Ich freue mich so, dich wiederzusehen. Dein Vorgesetzter sagte mir, du habest deinen Urlaub extra für mich vorzeitig beendet. Ich habe ein höllisch schlechtes Gewissen."

„Tja, so ist das eben. Letzten Sommer habe ich gesagt, dass ich komme, wenn du mich brauchst. Nun, und jetzt hast du mich an der Backe."

Er lachte. „Komm, ich nehm dir den Rucksack ab. Mein Auto steht draußen auf dem Parkplatz."

Als sie ankamen, setzte Sandra sich in das Auto und legte den Gurt an. „Und", fragte sie, „geht's jetzt in mein Lieblingshotel?"

„Ähm, nicht unbedingt." Javier wandte sich Sandra zu. „Ich wollte mich erst mit dir absprechen. Es ist nämlich … Hey, was grinst du denn so?"

„Ach, ich denke gerade an letztes Jahr, als wir uns kennengelernt haben. Da war nichts mit sich absprechen, da hat jeder nur sein eigenes Ding durchgezogen."

Javier lachte. Ihre Zusammenarbeit war anfangs tatsächlich eine Katastrophe gewesen. „Hab ich alles längst verdrängt", behauptete er höflich.

Sandra lachte. „Also, was willst du mit mir absprechen?"

„Im Prinzip, wohin ich dich jetzt bringen soll ..."

Sandra schaute ihn verwundert an. „Das Naheliegendste wäre das Hotel *Victoria* in Málaga. Sofía hat dir dort auf deinen eigenen Wunsch hin dein Zimmer vom letzten Jahr reserviert. Aber ich frage mich, ob es nicht strategisch geschickter wäre, wenn du für eine Nacht im Hotel *Parasol* in Marbella schlafen würdest."

„Das *Parasol* in Marbella? Ich fürchte, ich begreife nicht, was du vorhast."

„Hör zu", sagte er. „Ich habe da so eine Idee. Was hältst du davon, wenn du dich nicht sofort als Oberkommissarin zu erkennen gibst?"

„Du meinst ...?" Sandra zögerte. Dann grinste sie breit. „Ganz schön gerissen, Javier. Ich muss schon sagen."

„Nein, nein. Ich mache nur aus der Not eine Tugend. Weißt du, die deutschen Lehrkräfte aus Freiburg sind wirklich schwierig, und noch weniger komme ich an die Schüler ran. Das große Problem in unserem Fall besteht darin, bei den Befragungen ehrliche Antworten zu erhalten. Die Jugendlichen waren noch nie in einer vergleichbaren Situation, haben Angst und werden sich uns gegenüber nicht öffnen. Ich möchte aber wissen, wie die Stimmung in der Gruppe ist."

„Hm, verstehe. Als Teenager hat man weder Vertrauen in die Welt der Erwachsenen noch in die staatlichen Institutionen."

„Vielleicht könntest du die erste Nacht dort übernachten, abends einen Drink mit den Lehrern nehmen und in einem Zimmer neben den Jugendlichen schlafen, am nächsten Morgen mit ihnen frühstücken."

„Aha, ich soll sie einfach nur beobachten und mich dafür, so gut es geht, unsichtbar machen."

„So in etwa hatte ich mir das vorgestellt. Aber nur, wenn du einverstanden bist."

„Mit anderen Worten: Ich soll eine *Under-Cover-Agentin* sein."

In gespieltem Ernst sagte sie: „Ich bin schockiert. Ich habe mich schon so auf meine Dachluke und das kitschige Bild der Flamencotänzerin im Hotel *Victoria* gefreut."

„Wenn du nicht willst, dann lassen wir es."

„Nein, nein. Ich mache Witze. Wir machen das genau so, wie du sagst."

Javier freute sich. „*Vale.* In Ordnung, dann bringe ich dich nun nach Marbella."

„Wow, jetzt fühle ich mich bereits ein wenig wie Mata Hari."

Während der Fahrt redeten sie kaum. Sandra schaute aus dem Fenster und sah mit einem Mal melancholisch aus. Als sie auf dem Parkplatz hinter dem Hotel ankamen, ließ Javier Sandra so unauffällig wie möglich aussteigen. Dann winkte sie ihm zu und ging im Licht der Scheinwerfer seines Wagens auf das Hotel zu. Einen Augenblick später war sie im Inneren verschwunden. Erst jetzt sah Javier das Graffiti. Riesige rote Buchstaben waren direkt auf die weiß gekalkte Hotelwand gesprayt worden: *Tourists welcome ... drop dead!* Seine Englischkenntnisse waren nicht besonders gut, aber dafür reichten sie noch. Touristen willkommen, fallt in den Tod. Wie zynisch konnte man nur sein?

Kapitel sechs

Donnerstag, den 18. Juni, 23.30 Uhr

Sandra

Eine halbe Stunde vor Mitternacht. Sandra war gleichzeitig müde und aufgedreht, als sie zur Rezeption des *Parasols* ging. Es fühlte sich unwirklich an, zurück in Andalusien zu sein. Auch Barcelona lag in Spanien, aber das Lebensgefühl dort oben im Norden war ganz anders als hier im Süden. Die Costa del Sol war weniger europäisch, mehr arabisch beeinflusst, und sie empfand die Atmosphäre insgesamt als entspannter. Vielleicht sah sie das Ganze aber auch nur so, weil Barcelona für sie untrennbar mit Giancarlo verknüpft war. Mit ihrer Verliebtheit, seinem Leben auf großem Fuß und ihrer Eifersucht auf seine Frau. Nun würden sie sich lange nicht mehr wiedersehen. Das Gute daran: Giancarlo war ein Mann der Worte. Keiner schrieb gefühlvollere Nachrichten als er. Manchmal hatte sie sich ihm lesend näher gefühlt als bei ihren Gesprächen im wirklichen Leben.

„Señora, was kann ich für Sie tun?"

Sandra war so in Gedanken versunken gewesen, dass sie das Auftauchen des Empfangschefs gar nicht bemerkt hatte. „Eine Übernachtung mit Frühstück, bitte."

„Einen Moment bitte. Ja, wir haben noch Platz. Dürfte ich Ihren Ausweis sehen?"

Sandra gab ihm das gewünschte Dokument. „Hören Sie, ich bin dienstlich hier. Eine Freundin des *Comisario Principal* Javier Sánchez." Der Hotelbedienstete verzog keine Miene. „Ich benötige ein Zimmer auf der Etage der deutschen Schulgruppe."

Jetzt schaute er sie unsicher an. „Dort kann es aber nachts ein wenig unruhig werden. Ich möchte Sie vorwarnen, nicht, dass Sie sich beschweren."

Oje, mit dem Hotel scheint es wirklich nicht zum Besten zu stehen, dachte Sandra. „Das stört mich nicht. Am besten ein Zimmer, das sich mittendrin befindet."

Sie sah ihm an, dass er sie am liebsten gefragt hätte, ob sie wusste, auf was sie sich da einließ, aber er blieb stumm und händigte ihr eine Schlüsselkarte aus.

„Auf der dritten Etage, direkt neben den Mädchenzimmern der deutschen Schulgruppe. Der Aufzug befindet sich den Flur hinunter links."

„Und ich würde gern sofort bezahlen. Mit Karte. Wann sind die Frühstückszeiten?"

Er sah sie lange an und antwortete dann: „Die Deutschen frühstücken immer zwischen 9 und 10 Uhr morgens." Sandra lächelte ihn an. Jetzt hatte er verstanden, um was es ihr ging. „Das Frühstück gibt's im sogenannten Frühstücksraum. Dort servieren wir auch mittags und abends ein warmes Büfett für die Hotelgäste. Falls Sie das möchten ..."

„*Gracias*", sagte sie. „Im Moment reicht mir das Frühstück." Sie schulterte ihren Rucksack und nahm die Treppen, um wach zu werden.

Das Zimmer war schön. Großzügig und stilvoll eingerichtet. Kein Vergleich zu der Rumpelkammer, die in Málaga auf sie wartete, aber auch nicht so elegant wie das Hotelzimmer, das Giancarlo in Barcelona für sie beide gebucht hatte. Ach, Giancarlo. Sollte sie in den Umschlag schauen? *Stopp*, bremste sie sich. *Ran an die Arbeit.* Sandra warf einen traurigen Blick auf das wohlduftende frisch gemachte Bett. Eine aufwendig verpackte Praline wartete auf dem Kopfkissen auf sie, die Fernbedienung für den Fernseher lag griffbereit auf dem Nachttisch. Sandra ging ins Badezimmer und duschte.

Anschließend frottierte sie ihre Haare und föhnte sie über eine Rundbürste. Mit einem kritischen Blick in den Spiegel versuchte sie sich an einer Art Pagenfrisur. Diesen Style trug sie sonst nie. Stand ihr auch nicht, sah viel zu brav und bieder aus. Aber genau das wollte sie, möglichst untypisch aussehen, um nicht erkannt zu werden. So langsam machte ihr Javiers verrückte kleine Idee, sie als Spionin einzusetzen, richtiggehend Spaß. Die nächste Entscheidung stand an: Was sollte sie anziehen? Sandra kniete vor ihrem Rucksack. Sie würde nur eine Nacht im *Parasol* verbringen, da lohnte es sich nicht, ihre Klamotten in den Schrank zu räumen. Bluejeans und ein schwarzes Oberteil, entschied sie. Bloß nichts Ungewöhnliches. Sie schlüpfte in die hochhackigen Sandalen, nahm ihre Handtasche und verließ das Zimmer. Der Mädchenflur der Freiburger war hell erleuchtet. Der Mann an der Rezeption hatte ihr wie verlangt ein Zimmer direkt zwischen den Mädchenzimmern der deutschen Schulklasse gegeben. Sandra lauschte. Aus dem Zimmer, das rechts neben ihrem lag, drang kein Laut. Sie glaubte nicht, dass die Mädels dort schon schliefen. Wahrscheinlicher war es, dass der Raum leer war und sich die jungen Frauen trotz vorangeschrittener Stunde noch in anderen Zimmern aufhielten. Das Klirren von Gläsern und das unterdrückte Lachen, das sie in diesem Augenblick hörte, gaben ihr recht. Neugierig legte Sandra ihr Ohr an die Tür des Zimmers, das links neben dem ihren lag.

„Auf die Freundschaft!", hörte sie eine Jungenstimme sagen. Ein Junge auf dem Mädchenflur. Soso.

„Freunde sind das Wichtigste auf der Welt", mischte sich eine Mädchenstimme ein. Die klang schon nicht mehr so klar artikuliert. Sandra war sich sicher, dass da Alkohol im Spiel war. Wie spät war es überhaupt? Sandra zückte ihr Handy. Fünf Minuten nach Mitternacht. Zeit, die Hotelbar aufzusuchen.

Während sie an der Rezeption nach dem Weg fragte, musterte sie ihr Spiegelbild auf der reflektierenden Glasscheibe. Sie konnte sich selbst kaum wiedererkennen. Aber so schlecht stand ihr der neue Look gar nicht. Ihr Gesicht schien ihr zwar fremd, aber durchaus attraktiv. Sandra bemerkte, dass ihre Müdigkeit verflogen war. An und für sich ging Sandra gern aus. Tanzen, Kino, in Bars abhängen, Feiern. Das war ihr Ding. Mit Freundinnen oder allein. Egal. Sandra amüsierte sich gern und war auch dem Genuss von Alkohol alles andere als abgeneigt. In den letzten Tagen hatte sie sich aber etwas zurückgehalten. Sie wollte ihre Zeit mit Giancarlo genießen und dabei einen klaren Kopf behalten. Aber jetzt hatte sie einen guten Vorwand, sich einen starken Drink zu bestellen. Als Undercoveragentin in einer Bar würde abstinentes Verhalten seltsam aussehen.

„Einen Mojito, bitte." Kurz darauf stand das Glas mit den frischen Minzblättern vor ihr. Sie nippte. Lecker. Der Barkeeper hatte nicht an Rum gespart. Um sich die Zeit zu vertreiben, nahm sie ihr Handy. Zehn neue Likes für ihre Beiträge. Sechs für den letzten und vier für den vorletzten. Und drei neue Follower. Geht doch. Mal sehen, wie ihr Nachtruhe-Post ankommen würde. Sie überlegte ein wenig, veränderte die Überschrift und gab dann den Text ein.

*Pol-Sol: Neues von der Polizei an der Costa del Sol Spanier*innen sind in der Regel gastfreundlich und heißen Urlauber willkommen. Damit das so bleibt, denken Sie bitte daran, Türen abzuschließen, und achten Sie darauf, die Nachtruhe einzuhalten.*
#rücksicht #nachtruhe #respekt

Als sie von ihrem Handy hochschaute, sah sie, wie die deutschen Lehrkräfte die Hotelbar betraten. Sie sahen genauso wie auf dem Foto der Schulwebsite aus, das Javier ihr gezeigt hatte. Sandra wartete, bis sie saßen, und schlenderte dann so unauffällig wie möglich mit ihrem Drink in der Hand zu dem Tisch hinter ihnen. Die Zeichen standen gut. Die Lehrkräfte waren so mit ihrer Bestellung beschäftigt, dass sie Sandras Aktion nicht bemerkten. Der Barkeeper ging zurück zum Tresen, und die beiden Lehrkräfte schwiegen sich an. Sie wirkten verkrampft. Doch nachdem sie ihre Getränke erhalten hatten, kam dann doch so etwas wie eine Unterhaltung in Gang. Die Hintergrundmusik war jedoch recht laut, und Sandra gelang es nicht, alles zu verstehen. Doch dann wechselte zum Glück die Musik. Als ein langsamer *Bolero* gespielt wurde, konnte sie auch dem Gespräch am Lehrertisch besser folgen. Die Lehrerin schien einen Mathe-Grundkurs zu unterrichten, der Lehrer den Kunst-Leistungskurs. Irgendwie waren die Kurse miteinander gekoppelt.

„Ich kann immer noch nicht fassen, was passiert ist", hörte Sandra den Kunstlehrer sagen. „Ich war in meinem Zimmer und habe Klausuren korrigiert, als ich draußen die Schreie hörte. Eine Minute später klopften dann die Kurssprecher an meine Tür, um mich zu holen. Die arme Robyn. Das Ganze ist entsetzlich. Mir tun auch ihre Eltern so leid."

„Wirklich grausam. Ich bin ebenfalls erschüttert. Und wenn ich an unsere Schüler denke … Aber bei mir war das anders als bei dir. Ich war nämlich gar nicht im Haus, als Robyn gestürzt ist."

Stille trat ein. Sandra wartete gespannt, wie der Kunstlehrer auf die Aussage seiner Kollegin reagieren würde. Doch er schwieg. Schließlich fuhr die Mathelehrerin fort: „Mir ist die Decke auf den Kopf gefallen, und da bin ich rausgegangen, hab 'ne Runde um den Block gedreht. Weißt du, Ingo, ich werde allmählich zu alt für Klassenfahrten. Die laute Musik, das Teenie-Gekicher, das Chaos, dieser künstliche Vanillegeruch überall, die Chipstüten auf den Betten. Das alles geht mir auf den Senkel."

Vanillegeruch? Sandra hatte keine Ahnung, wovon sie sprach. Jetzt schaltete sich der Kunstlehrer ein. „Das verstehe ich gut, Martina. Dieses ganze Teenie-Gehabe kann ganz schön nerven."

„Stimmt. Ich weiß, das ist alles völlig normal, aber manchmal brauche ich eine Verschnaufpause."

Interessant, dachte Sandra. Ihre Aktion hatte sich bereits gelohnt. Ansonsten hätte sie vermutlich nicht so schnell erfahren, dass die Mathelehrerin sich während des tödlichen Unfalls überhaupt nicht im Hotel aufgehalten hatte.

„Und wie hast du dann von Robyn erfahren?"

Sandra freute sich. Genau das hätte sie jetzt auch gefragt.

„Ich bin draußen die Straße vor dem Hotel einmal hoch- und runtergegangen, habe dann den Krankenwagen gesehen. Na, und irgendwie überkam mich sofort ein mulmiges Gefühl."

„Ja, schöne Scheiße. Zum Glück hat sich die Schulleitung gleich hinter uns gestellt."

„Glaubst du, man kann uns was?"

„Weil Robyn auf dem Balkon herumgeklettert ist? Nein, das ist, glaube ich, kein Problem. Also, ehrlich gesagt weiß ich sowieso nicht, wie die ganze Geschichte rechtlich aussieht. Ich kann dir noch nicht einmal sagen, ob die Polizei unsere Schüler:innen einfach so befragen darf. Die meisten sind noch minderjährig."

„Können wir ja mal recherchieren." Sofort zückte die Mathelehrerin ihr Handy.

Braucht ihr nicht, dachte Sandra grinsend. Die Jugendlichen waren strafmündig. Über vierzehn waren allgemeine Befragungen in der Regel unproblematisch, solange die Eltern informiert waren. Abgesehen davon stand es den Erziehungsberechtigten natürlich frei, bei Vernehmungen von ihrem Anwesenheitsrecht Gebrauch zu machen.

„Ich befürchte, dass wir noch ganz schön Ärger mit den Eltern kriegen werden. Klar, sie haben Angst um ihre Kinder. Dennoch hoffe ich, dass sie keine Hetzjagd auf uns Lehrer starten."

„Ach, da mache ich mir keine großen Sorgen. Insgesamt haben wir schon eine nette Elternschaft, oder?"

„Nun, es gibt solche und solche." Die Frau nahm einen Schluck, bevor sie weitersprach. „Aber du hast schon recht, ich bin im Moment nicht gut auf Schule zu sprechen. Der Lehrermangel und die vielen zusätzlichen Stunden on top machen mich mürbe. Dann noch diese riesigen Klassen. Mir fehlt da mittlerweile die Kraft zu. Ich habe diesmal lange überlegt, ob ich die Stufenfahrt tatsächlich begleiten will."

„Oh, mir war gar nicht klar, dass du unseren Beruf als so anstrengend empfindest."

„Nicht generell. Unterrichten macht mir immer noch Spaß. Ich mag Kinder und Jugendliche, die sind nicht das Problem. Es sind die ganzen Zusatzbelastungen, die mir zu schaffen machen. Das Kleinkarierte, das Administrative, die ewig langen Konferenzen. Und jetzt das mit Robyn. Eine fürchterliche Tragödie."

„Absolut. Das sehe ich genauso. Und, na klar, manchmal können einige unserer Eltern nerven. Aber oft steckt da auch Unsicherheit und Angst um die Zukunft ihres Kindes dahinter. Bis zu einem bestimmten Punkt kann ich das schon auch verstehen. Ich meine, wenn ich mir vorstelle, dass auf der Abschlussfahrt meiner Kinder jemand tödlich verunglücken würde ..."

„Kinder? Ich dachte, du hättest nur eins, einen Sohn."

Der Kunstlehrer schwieg, und Sandra wartete neugierig auf seine Reaktion. „Da habe ich mich wohl verquatscht. Noah wird eine kleine Schwester bekommen. Meike ist schon im achten Monat."

„Mensch, Ingo, das ist ja großartig. Herzlichen Glückwunsch." *Spannend,* dachte Sandra. Ursprünglich hatte sie Javiers *Undercover*-Idee nicht besonders überzeugend gefunden. Aber jetzt musste sie zugeben, dass sie tatsächlich funktionierte. Sie hatte nun schon den zweiten Treffer gelandet: Die Mathelehrerin war beim Sturz nicht vor Ort gewesen, und der Kunstlehrer saß auf heißen Kohlen, da ein Töchterchen unterwegs war. Sandra trank ihren Mojito leer und blieb noch ein wenig sitzen. Doch die beiden Lehrkräfte unterhielten sich nur noch über irgendwelche Bereitschaftsstunden, die nicht angerechnet wurden. Sandra gähnte. Als jemand die Hintergrundmusik wieder lauter drehte, beschloss sie, dass sie für diesen Tag genug geleistet hatte. Sie verließ so unauffällig wie möglich die Bar und ging auf ihr Zimmer. Mittlerweile war es auf dem gesamten Korridor ruhig geworden. Sandra packte die Praline auf ihrem Kopfkissen aus und ließ sich die Schokomousse auf der Zunge zergehen. Köstlich. Sie verzichtete auf das Zähneputzen und legte sich sofort unter das angenehm kühle Laken. Keine Minute später war sie eingeschlafen.

Kapitel sieben

Freitag, den 19. Juni, 12 Uhr

Javier

Mittag. Zeit für eine kleine Pause. Javier verließ sein Büro und lief von der Polizeidienststelle zu Sandras Hotel hinüber. Er würde Sandra gleich als Erstes auf einen Kaffee einladen. Er wollte erfahren, wie es ihr im letzten Jahr ergangen war und was es Neues von Julia, der Kollegin mit dem Tee, zu berichten gab. Außerdem hoffte er, dass sich das schwierige Verhältnis zwischen Sandra und ihrem Bruder Robert mittlerweile gebessert hatte. Und natürlich gab es auch vieles, was Sandra nicht von ihm wusste. Er musste sie zum Beispiel auf den neuesten Stand bringen, was Ana und Inmaculada anging. Als er seine Kollegin vom Bahnhof abgeholt hatte, wirkte sie glücklich und stabil, auch wenn sie angedeutet hatte, dass irgendetwas nicht so gut lief.

Als Javier das *Victoria* erreichte, fragte er sich, warum Sandra unbedingt dort hatte untergebracht werden wollen. Die Fassade des Hotels sah nach wie vor wenig einladend aus. Mittlerweile hingen dort sogar grüne Netze, um herunterfallende Baumaterialien notfalls aufzufangen. Höchste Zeit, dass das Haus saniert wurde. Als Javier eintrat, wurde er jedoch unerwartet freundlich begrüßt.

„Guten Morgen, *Comisario Principal.* Sie wollen sicherlich zu Ihrer deutschen Kollegin." Javier nickte. „Moment bitte, ich kündige eben Ihren Besuch an." Die Empfangsdame nahm das Telefon zur Hand. Während Javier wartete, schaute er sich um. Die Wand hinter der Rezeption brauchte dringend einen neuen Anstrich. „Alles in Ordnung." Die Empfangsdame nickte ihm freundlich zu. „Sie wissen, wo es langgeht."

Javier lief bis zum Fahrstuhl am Ende des Flurs. Schon von Weitem sah er, dass dort ein Schild hing. Ihm schwante Böses, und er sollte recht behalten. Der Aufzug funktionierte nicht, und er musste zu Fuß bis zum Dachgeschoss laufen. Schnaufend kam er endlich oben an und klopfte an Sandras Tür.

„*Adelante.* Komm rein!"

Er öffnete die Tür. Ein Schwall heißer stickiger Luft schlug ihm entgegen. „Sandra?" Javier musste das Zimmer erst einen Moment mit den Augen absuchen, bis er die Oberkommissarin vor dem Kleiderschrank entdeckte. Sandra stand, vollbepackt mit einem Stapel T-Shirts unter dem Arm, vom Boden auf und nahm ihren Rucksack vom Stuhl.

„Hier, setz dich doch."

Javier nahm ihr Angebot dankend an. Er war noch immer außer Atem. „Sandra, ich möchte dich gern auf einen Café *Nube* einladen. Aber nur, wenn du dich noch erinnerst, was das ist."

„Aber sicher. Ein *Nube* ist eine der vielen Kaffee-Variationen der Costa del Sol. Lass mich einen Moment nachdenken. *Nube* ... Wolke ... ein ganz schwacher Milchkaffee, richtig?"

„Korrekt. Die Kandidatin bekommt hundert Punkte. *Vamos*, auf geht's!"

„Moment, ich muss mir nur noch eben meine Haare bürsten, mich wieder in Sandra verwandeln."

Javier lachte. Kurz darauf nahmen Javier und Sandra die Treppen zum Foyer.

„Hör mal, ich verstehe nicht, warum du Sofía gebeten hast, dir ausgerechnet hier in dieser Bruchbude ein Zimmer zu reservieren."

„Ach, ist doch praktisch. Außerdem halten Treppen jung und fit." Mittlerweile waren sie an der Rezeption angelangt. Sie verabschiedeten sich von der Empfangsdame, bogen rechts ab und standen kurz darauf in der Einkaufsstraße. Javier führte sie zu einem neuen Café links von der Kathedrale und bestellte. Er lehnte sich zurück und lächelte Sandra zu. „Jetzt bin ich gespannt zu hören, was dein erster Eindruck von unserem neuen Fall ist."

„Hm, schwierig." Die Kellnerin brachte ihren Kaffee, und Sandra schüttete sich unglaubliche Mengen von Zucker in ihr Glas.

„So schwierig, dass du ordentlich Nervennahrung brauchst?", witzelte Javier.

Sandra zögerte einen Moment, dann grinste sie. „Weiß nicht. Also, diese Stufenfahrt ... was soll ich sagen? Nicht schön, die Stimmung. Hab das Gefühl, als wären die Jugendlichen total ichbezogen, völlig in ihrer eigenen Blase. Waren wir früher auch so?"

„Bestimmt. Niemand ist egoistischer und launischer als ein Teenager." Javier nahm einen Schluck seiner

Nube. Sie schmeckte wunderbar leicht und milchig. „Glaub mir, ich weiß, wovon ich spreche. Hab mich schließlich lange genug als alleinerziehender Vater durchgeschlagen. Ana war mehr als kompliziert. Komplimente machen war falsch, keine Komplimente machen auch. Kurz, du kannst nur verlieren.“

Sandra grinste. „Verstehe. Aber es sind nicht nur die Jugendlichen, die ich anstrengend finde. Die beiden Lehrkräfte sind auch nicht besser. Die Mathelehrerin zum Beispiel. Sitzt allein am Tisch und starrt auf ihr Smartphone.“

„Sei nicht so hart. Sie befindet sich auf einer Klassenfahrt. Das ist echte Arbeit. Betreuung und Aufsichtspflicht an sieben Tagen der Woche, vierundzwanzig Stunden am Tag. Da braucht man auch mal einen Moment für sich.“

Sandra murmelte zustimmend. „Du hast schon recht. So was hatte ich mir auch schon überlegt. Und dann stehen die Schülerinnen und Schüler noch unter Schock. Wie gut, dass man endlich eine Psychologin gefunden hat, die Deutsch spricht und der Klasse beisteht.“

Javier und Sandra schwiegen. Beide hingen ihren Gedanken nach. Schließlich brachte Javier das Thema zur Sprache, das ihn am meisten beschäftigte. „Wie siehst du denn das *Balconing*. Unfall oder Mord?“

„Für mich sieht es nach einem Unglück aus.“

„Oder sollte danach aussehen.“

„Oder Selbstmord? Gibt's schon Neuigkeiten? Ich meine ein toxikologisches Gutachten und so.“

„Nee, so schnell ist die Gerichtsmedizin nicht.“ Javier nahm einen weiteren Schluck.

„Also, Javier, wenn du mich fragst, dann ist natürlich die Mathelehrerin unsere Hauptverdächtige.“

Javier fragte irritiert nach. „Und wieso?“

„Na, weil sie Mathelehrerin ist.“ Sandra kicherte und sprach dann weiter. „Wer mag schon Mathe?“

Javier schaute sie erstaunt an. „Ich.“ Mathematik, vor allem Algebra, war damals eins seiner Lieblingsfächer in der Schule gewesen.

„Also, meins war das nicht so“, schränkte Sandra ein. „Aber eigentlich sollte das ein Witz sein. Bislang habe ich nichts Auffälliges beobachten können. Klar, die übliche Cliquenbildung. Ein paar besonders populäre Schülerinnen und Schüler und dann diejenigen, die sich eher im Hintergrund halten.“

„Beide Gruppen sind nicht ohne.“

„Wie meinst du das, Javier?“ Sandra schaute ihren Kollegen interessiert an.

„Bezogen auf die Tätersuche“, erläuterte er. „Diejenigen im Mittelpunkt haben üblicherweise viel zu verlieren. Und das kann ein triftiges Tatmotiv darstellen. Sie kämpfen beispielsweise darum, ihren Status zu erhalten, indem sie alles tun, um ein dunkles Geheimnis zu verbergen.“

„Und die Außenseiter?“

„Auch verdächtig. Dasselbe mit umgekehrten Vorzeichen. Die Außenseiter hadern damit, nicht dazuzugehören. Sie wollen um jeden Preis aufsteigen, es den anderen heimzahlen.“

„So einfach?“ Sandra gab der Kellnerin ein Zeichen. „Der Kaffee hier ist wirklich gut, die nächste Runde geht auf mich. Ich glaube, ich bestelle uns auch ein paar

dieser heißen fettigen Churros-Würste aus Pfannku-
chenteig."

„Oh ja, für mich auch. Er wandte sich der Kellnerin
zu. „Und zur Feier des Tages möchten wir auch noch die
Schokoladensoße dazu."

„Kommt sofort." Die Kellnerin verschwand.

„Prima Idee, das mit den *Churros*", sagte Javier. „Ich
habe noch nicht gefrühstückt."

„Ich zwar schon, aber doppelt hält besser. Und richtig
leckere *Churros* gibt es nur in Spanien!"

Während sie auf das Teiggebäck warteten, brachte Javier das Gespräch noch einmal auf die deutschen Schüler. „Okay, meine Theorie mit den angesagten Schülern
und den Außenseitern ist vielleicht etwas übertrieben,
aber wir können sie als Gedankenspiel durchaus mal
weiterspinnen. Du hast die Jugendlichen ein wenig beobachten können. Vielleicht kannst du mir deine ersten Eindrücke schildern, wer zu welcher Gruppe gehört? Möglicherweise hast du dir sogar schon ein paar
Namen gemerkt?"

„Namen? Nein. Gesichter schon. Obwohl: Cara und
Till. Das sind die beiden Namen, die mir in Erinnerung
geblieben sind."

„Beliebt oder eher Außenseiter?"

„Eher Ersteres, scheint mir."

„Und weißt du, in welcher Beziehung sie zu der verstorbenen Robyn stehen?"

„Wenn ich das richtig verstanden habe, ist Cara die
beste Freundin von Robyn gewesen."

„Die beste, zweitbeste und drittplatzierte. Sagt man
das heute so?"

„Na klar. Schon immer. In meinem Tagebuch habe ich früher sogar immer solche albernen Ranglisten angelegt, wer von den Mädels in meiner Gunst besonders weit oben steht. Ziemlich idiotisch, wenn ich jetzt so drüber nachdenke." Sandra drehte sich um und hielt Ausschau nach den *Churros*.

„So hungrig?", spottete Javier.

„Weiß nicht, aber *Churros* sind einfach Kult. Ich freue mich, wieder mit dir zusammen in einem Café zu sitzen."

„Geht mir genauso." Und das stimmte. Er mochte die lebendige Art seiner Kollegin. Ihren starken deutschen Akzent. Außerdem war sie eine gute Ermittlerin, und in diesem verzwickten Fall kam ihm ihre Unterstützung gerade recht.

„Ach so ..." Sandra fuhr mit ihren Ausführungen fort. „Dann habe ich als serientaugliche Spionin auch noch herausbekommen, dass der Kunstlehrer kurz davorsteht, zum zweiten Mal Vater zu werden."

„Tatsächlich?"

„Ja. Das hat er selbst gesagt."

„Komisch, dass er dann auf Studienfahrt geht."

„Wieso?"

„Na ja, da frag ich mich gleich, ob er unbedingt noch einmal wegfahren wollte oder ob er darunter leidet, so weit von seiner Frau entfernt zu sein."

„Bei dem Thema muss ich passen", sagte Sandra grinsend. „In Beste-Freundin-Szenarien kann ich mich gut reindenken, aber mit geheimen Männerwünschen kenne ich mich nicht aus."

Die *Churros* kamen, und Javier und Sandra tunkten sie mit Begeisterung in den dickflüssigen Kakao. Sie schlürften, kauten und tupften sich die Münder ab. „Köstlich", begeisterte sich Sandra mit vollem Mund. „Du kannst dir gar nicht vorstellen, wie sehr ich die vermisst habe."

„Freut mich zu hören. So frisch schmecken sie auch am besten." Javier nahm einen Schluck Kaffee und schob den Teller von sich weg. „Leider sind die Dinger so mächtig, dass man sie gar nicht alle vertilgen kann. Da fällt mir ein: Wie geht's deiner Kollegin Julia, die so gern Tee trinkt?"

„Gut. Mittlerweile ist Julia für mich nicht nur eine Arbeitskollegin, sondern eine Freundin."

„Die Karriereleiter als Freundin knallhart nach oben gestiegen", flachste Javier.

„Das Wort ‚Karriere' bitte nicht erwähnen. Ich bin noch immer Oberkommissarin."

„Das wird noch."

„Oder auch nicht. Ich versuche, das nicht so wichtig zu nehmen."

Javier wusste nicht, was er dazu sagen sollte. Er hatte keine Ahnung, wie viel eine deutsche Oberkommissarin verdiente und ob die nächste Beförderungsstufe mit wesentlich mehr Anerkennung verbunden war. Er sah aber, dass Sandra mit einem Mal niedergeschlagen wirkte, und beschloss, das Thema auf sich beruhen zu lassen. „Ich kann leider heute nicht so viel Neues zu unserem Fall beisteuern wie du, Sandra. Lediglich das, was ich von Ramón erfahren habe."

„Dem Hoteldirektor?"

„Ja, er hat das Hotel gepachtet."

„Kennst du ihn gut?"

„Was heißt schon kennen. Wir haben eine gemeinsame Bekannte. Lidia. Jedenfalls hat Ramón Geldprobleme. Wegen Corona und so. Das ist auch der Grund, warum er überhaupt Schulklassen ins Haus lässt."

„Willkommen im Klub. In Deutschland sieht's im Hotelgewerbe ähnlich düster aus. Dein Freund hat zudem vermutlich auch Schwierigkeiten, Personal zu finden, oder?"

„Stimmt. Und er hat Angst, verklagt zu werden. Ich habe einen Kollegen, der Polizist auf Mallorca ist. Dort war das *Balconing* vor einigen Jahren eine echte Plage. Jedenfalls hat Luis mir erzählt, dass es da jede Menge Klagen gegen das Hotel gegeben habe. Erst lassen die Sauftouristen die Sau raus, und dann beschuldigen sie noch das Hotel, dass es für die Unfälle verantwortlich sei."

„Wie meinst du das? Was kann das Hotel denn dafür, wenn jemand in der Anlage herumklettert?"

„Irgendwelche Bauvorschriften, keine Ahnung."

„Hört sich für mich nach dem klassischen Sündenbock-Prinzip an."

„Na ja, nicht nur. Marbella, nun ja, Marbella hat einen bestimmten Ruf."

„Was für einen Ruf denn?" Sandra schaute ihn erwartungsvoll an.

Das durfte doch nicht wahr sein! Seine Kollegin hatte sofort zielgenau den wunden Punkt der Stadt erwischt. „Einen nicht sehr rühmlichen. Korruption, Bausünden."

Noch immer sagte sie kein Wort, wartete auf weitere Enthüllungen. Doch genauso wie Sandra nicht weiter über ihre Karriere reden wollte, so hatte Javier auch keine Lust, sich über die Intrigen und Skandale seiner andalusischen Heimat auszulassen. Sandra fragte nicht weiter nach, wofür Javier ihr dankbar war. Das war einer der Punkte, die er an ihr mochte: Ihr Gespür, wann sie reden und wann besser schweigen sollte. Javier lenkte das Gespräch auf seinen Bekannten. „Na ja, auf jeden Fall ist Ramón, der Direktor des *Parasols*, alles andere als entspannt.“

Sandra zerknüllte ihre Serviette und legte sie auf den Teller. „Diese Fettwürste machen einen wirklich pappsatt.“

„Sag ich doch.“

„Also, Javier. Ich habe ja gestern die Lehrkräfte belauscht, und denen scheint es ein bisschen ähnlich zu gehen wie deinem Bekannten. Sie machen sich ebenfalls Sorgen. Die Mathelehrerin hat irgendetwas von Aufsichtspflicht angedeutet.“

„Ja, dann haben wir den Fall ja bereits so gut wie gelöst. Wie du schon sagtest: Es war die Mathelehrerin.“

Sandra lachte. „Zusammen mit Ramón, deinem Bekannten.“ Dann stand sie auf, um einen gewissen Ort aufzusuchen. Javier brachte das Tablett mit dem gebrauchten Geschirr zur Theke und nutzte die Abwesenheit seiner Kollegin, um die Rechnung zu begleichen.

Kapitel acht

Freitag, den 19. Juni, 14 Uhr

Sandra

Als Sandra zurückkam, war bereits alles abgeräumt. Sie schaute auf die Wanduhr. Es war viel später als erwartet. „Sollen wir?" Javier stand auf und kam ihr entgegen. Zusammen liefen zu Javiers Wagen. Sandra setzte sich auf den Beifahrersitz und legte die Hand auf ihren Bauch. „Mann, waren die Churros gut. Vielen Dank. Bin mir nur nicht sicher, ob der Gurt jetzt noch passt."

Javier lachte und fädelte den Wagen vorsichtig in den Verkehr ein. „Auf nach Marbella."

Auf dem Weg zum Hotel hing Sandra ihren Gedanken nach. Irgendetwas war da faul. Javier hatte Anspielungen in Bezug auf Skandal und Korruption gemacht, die sie nicht so richtig verstanden hatte. Sandra fiel zudem auf, dass ihr Kollege angespannt wirkte. „Alles klar bei dir?", fragte sie.

„Ja. Schon. Weißt du, es nimmt mich immer besonders mit, wenn junge Menschen zu Tode kommen.

Wenn es sich dabei dann auch noch um jemanden unter zwanzig handelt, dann … Das kann ich nicht so leicht wegstecken."

„Natürlich nicht. Geht mir genauso." Sandra betrachtete Javier unauffällig. Er sah mit einem Mal blass und mitgenommen aus. Sie vermutete, dass er an seine verstorbene Frau dachte. „Sterben ist immer fürchterlich", tastete sie sich vor, doch Javier ging nicht auf ihre Bemerkung ein. Beide schwiegen eine Weile, bis Sandra die Stille durchbrach. „Heute werde ich mich offiziell als Polizistin vorstellen. Hoffentlich erkennt mich niemand wieder."

Als sie kurz darauf im *Parasol* ankamen, bemerkte Sandra erst, wie elegant das Hotel war. Gut gewässerte Außenanlagen mit grünem Rasen, Palmen und üppigen Bougainvilleen umgaben das eindrucksvolle Gebäude. Eine tropische Pflanze wandte sich um die Pergola. Irgendwo im Hintergrund plätscherte Wasser. Überaus romantisch. Sandra konnte sich auf Anhieb vorstellen, hier ein paar Tage und Nächte mit Giancarlo zu verbringen. *So ein Unsinn. Es ist vorbei. Er ist zurück bei seiner Frau. Hör auf, an ihn zu denken!*

Der Empfangschef, der offensichtlich schon auf sie gewartet hatte, katapultierte sie in die Realität zurück. „Gut, dass Sie kommen. Die deutsche Gruppe befindet sich gerade bei der Gedenkfeier."

„Eine Gedenkfeier?", fragte Javier. „Davon wusste ich noch gar nichts."

„Das haben die Lehrer organisiert", informierte sie der Empfangschef. „Dort hinten im Frühstücksraum." Er zeigte ihnen die Richtung.

„Danke, ich weiß Bescheid." Sandra nickte dem Mann in Uniform zu. Vor der Tür blieben Sandra und Javier einen Moment stehen und lauschten. Dann stieß Sandra die Tür leise auf. Beide betraten das Zimmer, und vorsichtig schob Sandra die Tür wieder zu. Sie blieb neben Javier im Türbereich stehen, um sich einen Überblick zu verschaffen. Die Schülerinnen und Schüler saßen in einem Stuhlkreis. Komisch, dass die Psychologin nicht anwesend war, dachte Sandra. Aber vielleicht war das so abgesprochen. In der Mitte lag ein Tuch, auf dem sich mehrere Gegenstände befanden. Sandra stellte sich auf die Zehenspitzen und kniff die Augen zusammen. Nun konnte sie genauer sehen, was dort ausgebreitet war: ein Foto von Robyn, Kerzen, Muscheln, ein Blumenstrauß und Steine. Sandra hörte, wie ein Stuhl zur Seite geschoben wurde. Im selben Moment sah sie, wie der Kunstlehrer aufstand und in die Mitte des Kreises ging.

„Hallo. Schön, dass ihr gekommen seid. Wie ihr alle wisst, ist Robyn zu Tode gekommen. Ich bin selbst noch völlig aufgewühlt und entsetzt. Immer wieder denke ich an sie und kann seitdem nicht mehr richtig schlafen oder essen. Hauptsächlich denke ich an die schönen oder lustigen Momente, die wir mit Robyn erlebt haben. Wie geht es euch?"

Niemand reagierte. Sandra nutzte die Pause, um die Ansprache des Kunstlehrers im Flüsterton für Javier zu übersetzen. Räuspern und Hüsteln erfüllte den Raum. Jemand putzte sich die Nase, und in der letzten Reihe flüsterten einige Schüler. Und da war noch etwas. Sandra zog unauffällig Luft durch die Nase ein und nahm einen schwachen Duft wahr. Sie blickte sich um und sah, dass ein paar Räucherstäbchen in die Erde einer Topfpflanze gesteckten worden waren und nun launisch vor sich hin qualmten. Noch immer wagte keiner aus der Gruppe, etwas zu sagen. Sandras Blick blieb an der Mathelehrerin hängen. Frau Bauer starrte auf den Boden, hatte sich gedanklich offensichtlich ausgeklinkt. Und dann, ganz unerwartet, machte eine Schülerin plötzlich den Anfang.

„Ich vermisse Robyn so sehr." Sie begann zu schluchzen.

Das Mädchen neben ihr legte ihr den Arm um die Schultern. „Ich auch", flüsterte sie.

Mit einem Mal war der Bann des Schweigens gebrochen. Immer mehr Schülerinnen trauten sich, vor der Gruppe zu sprechen. „Robyn war immer freundlich, immer gut gelaunt." „Es ist so unfair." „Ich kann es nicht fassen." „Genau. Ich frag mich auch immer wieder: warum?" „Das ergibt doch alles keinen Sinn." Noch mehr Schnäuz-Geräusche.

„Ehrlich gesagt", meldete sich die erste männliche Stimme zu Wort, „fand ich sie nicht immer nett. Robyn konnte auch ziemlich fies sein."

In diesem Moment erhob sich die Mathelehrerin. „Geht's noch?", blaffte sie den Schüler an. „Noch nie davon gehört, dass man nicht schlecht über Tote redet?"

„Schon gut", sagte der andere Lehrer. Sandra hörte, wie Herr Martins sich um einen beschwichtigenden Tonfall bemühte. „Gefühle können sehr unterschiedlich sein. Gerade in solchen Extremsituationen denken und fühlen wir alle anders. Und alles hat seinen Platz. Bitte schaut mal in die Mitte. Hier zu meinen Füßen habe ich ein paar Gegenstände hingelegt, die mich an

Robyn erinnern. Wer mag, kann sich einen nehmen und uns erzählen, warum er diese Sache ausgewählt hat. Ihr könnt euch aber auch einen der Zettel nehmen und selbst etwas darauf skizzieren, was euch an Robyn erinnert.“

Sandra war verwirrt. Etwas zeichnen? Doch dann fiel ihr ein, dass ein Kunst-Leistungskurs anwesend war. Es war vermutlich geschickt von dem Lehrer, den Schülerinnen und Schülern die Möglichkeit zu geben, ihren Gefühlen kreativ Ausdruck zu verleihen. Javier schien etwas Ähnliches zu denken. „Clevere Idee. Da würde ich doch den Schülern zu gern über die Schulter schauen.“

Mit einem Mal kam Bewegung in die Gruppe. Stühle wurden zur Seite geschoben, einige redeten im Flüsterton miteinander, andere bückten sich und nahmen einen Gegenstand in die Hand. Der Kunstlehrer wandte sich an Cara, das einzige Mädchen, dessen Namen sich Sandra bereits gemerkt hatte. „Cara, du warst ihre beste Freundin. Willst du nicht anfangen?“

Sandra konnte sogar von der Tür aus sehen, dass Cara rot wurde. Sie schaute auf den Boden, schien mit den Tränen zu kämpfen. Sandra hatte den Eindruck, dass der Kunstlehrer die junge Frau überforderte. Eine seltsame erwartungsvolle Ruhe füllte den gesamten Frühstücksraum aus. Alle starrten Robyns Freundin an. In dem Moment, als die Anspannung kaum noch zu ertragen war, stand Cara auf und hielt ein Stück Papier hoch. Sandra konnte von ihrem Standort aus nicht erkennen, was sie gezeichnet hatte. Ein Murmeln ging durch den Raum. Mehrere Anwesende versuchten gleichzeitig, einen Blick auf das Blatt zu werfen, und versperrten sich dadurch gegenseitig die Sicht. Cara sagte etwas. Es wurde stiller. Sie wiederholte es. „Ein Stück Kohle."

Javier sah sie fragend an. Sandra übersetzte das Wort „Kohle" ins Spanische und zuckte mit den Achseln.

„Magst du etwas dazu sagen?", fragte der Kunstlehrer.

Daraufhin begann Cara mit leiser Stimme ihre Skizze zu erklären. „Na ja", sie lachte kurz auf. „Das ist mir eben eingefallen." Ihre Aussage klang in Sandras Ohren ein wenig wie eine trotzige Rechtfertigung. „Ich meine, weil Robyn so gern mit Kohle zeichnete." Die Stimmung im Raum entspannte sich. Sandra vernahm hier und dort ein Tuscheln. Und dann begann Cara zu weinen. „Und weil sie tot ist. Asche zu ..." Der Rest ging in Beben und Schluchzen unter.

Sofort wurde Robyns Freundin von einer Traube Mädchen abgeschirmt und in den Arm genommen. Sandra fing an, ihrem Kollegen das Nötigste zu übersetzen, doch Javier schüttelte den Kopf und flüsterte: „Danke, nicht nötig. Ich bin im Bilde." Sandra bewunderte ihn für diese Fähigkeit, sich durch bloßes Beobachten einen Reim auf die Dinge zu machen. Außerdem vermutete sie, dass er all seinen Behauptungen zum Trotz doch ein bisschen Deutsch verstand. Javier beugte sich zu ihr herüber, um ihr etwas ins Ohr zu sagen.

„Wie bitte?" Der Geräuschpegel im Zimmer war so weit angeschwollen, dass Sandra ihn nicht verstanden hatte.

„Ich sagte: Der Lehrer spielt mit dem Feuer. Er will den Jugendlichen offensichtlich die Möglichkeit geben, über das Geschehene zu reden. Ich bin mir aber nicht sicher, ob er die Gefühle, die er bei den Schülern auslöst, auch aufzufangen vermag."

„Ich weiß auch nicht, ob sein Verhalten so schlau ist, wie ich am Anfang dachte", flüsterte Sandra zurück. „Ob das mit der Psychologin abgesprochen ist?"

In diesem Moment erhob eine weitere Schülerin die Stimme. „Ich habe eine Muschel ausgewählt. Wir sind am Meer, im Süden. Deswegen. Außerdem finde ich, dass Muscheln so etwas Ewiges haben. Versteht ihr, was ich meine? Manche kann man ans Ohr halten." Das Mädchen führte die Muschel zu ihrem rechten Ohr. Dann hielt sie inne. „Nun, ..." Sandra berührte es zu sehen, wie das Mädchen mit sich kämpfte, unbedingt weitersprechen wollte, ohne sich durch ihre Gefühle davon abhalten zu lassen. Schließlich stellte sie sich fast militärisch gerade hin und ballte beide Hände zu Fäusten. „Ich bin überzeugt, dass Robyn in uns weiterlebt."

Im Frühstückssaal drohte Chaos auszubrechen. Pfiffe. Jemand machte einen Witz über Gespenster und Halloween. Plötzlich wurde geklatscht. Erst von einigen wenigen, dann schlossen sich immer mehr an. Sandra sah, dass der Applaus von der Mädchenclique ausging, die sich auch um Robyns Freundin Cara gekümmert hatte. Nach und nach schlossen sich alle dem Klatschen an. Als der Beifall abklang, stand der Kunstlehrer auf und legte den Zeigefinger auf den Mund. „Möchte uns noch jemand mitteilen, welchen Gegenstand er oder sie gezeichnet oder ausgewählt hat?"

„Sie war eine Fotze", schrie jemand. Ein Raunen ging durch die Menge.

„Was hat er gesagt?", fragte Javier.

„Ein Schimpfwort", erklärte Sandra. „Ein sehr übles."

In diesem Moment erhob sich die Mathelehrerin. Sie stand einen Augenblick ruhig da und blickte in die Runde. „Solche Begriffe haben hier nichts zu suchen. Wir lassen keinen Sexismus zu." Mit diesen Worten gelang es der Lehrerin, die Kontrolle zurückzugewinnen. Sandra war beeindruckt. Das hätte sie der Frau nicht zugetraut. Jetzt stand ein Junge auf und hielt ein Teelicht in der Hand. Plötzlich begann es wild zu flackern. Im selben Moment spürte Sandra einen Windzug im Rücken. Hinter ihr hatte jemand die Tür aufgerissen. Als sie sich umdrehte, sah sie die Psychologin neben einem mittelalten Mann stehen. Im nächsten Moment drängte sich der Unbekannte energisch zwischen Javier und ihr hindurch, hielt plötzlich inne und starrte das Foto in der Mitte des Kreises an.

„Was wolltest du sagen, Moritz?", fragte der Kunstlehrer.

Der Junge warf einen kurzen Blick auf den fremden Mann, dann sammelte er sich und begann zu sprechen. „Ich habe die Kerze gewählt." Er zeigte allen das Teelicht auf seiner ausgestreckten Hand. „Sie passt zu Robyn. Sie hatte so eine tolle Ausstrahlung." Er machte eine kurze Pause und schob noch einen weiteren Satz hinterher. „Und sie war so schön." Dann setzte er sich wieder.

„Danke, Moritz. Und danke, dass Sie ebenfalls gekommen sind, Herr Lehmann."

Javier flüsterte ihr fragend ins Ohr: „Robyns Vater?"

Sandra nickte. Der Arme! Sie vermochte sich gar nicht auszumalen, was in ihm vorging. Die Stimme von

Herrn Martins, dem Kunstlehrer, riss sie aus ihren Gedanken. „Als Nächstes möchten wir eine Schweigeminute für Robyn einlegen. Wer mag, kann sich im Geiste von ihr verabschieden."

Sandra sah aus dem Augenwinkel, dass Javier sein Handy in der Hand hielt und auf sein Display starrte. Als er hochschaute, nickte er ihr zu, und dann gab er ihr ein Zeichen, ihm zu folgen. Kurz darauf, noch bevor die Schweigeminute begann, verließ er den Frühstücksraum. Alarmiert tat Sandra es ihm nach. Oje, dachte sie, Javiers abrupter Aufbruch verhieß nichts Gutes.

Kapitel neun

Freitag, den 19. Juni, 16 Uhr

Javier

Auf dem Korridor bedankte sich Sandra bei Javier für den Vorwand, die Versammlung verlassen zu können. „Voll gruselig, diese Psychospiele. Die Stimmung in der Gruppe war toxisch, wenn du mich fragst. Und dann noch dieser Vater. Mein Gott, das muss entsetzlich für ihn sein."

„Das glaube ich auch, Sandra. Ich kann ihn nicht einschätzen, aber er scheint mir gefährlich unter Strom zu stehen."

„Nur allzu verständlich."

„Nein, nein, das meine ich nicht. Ich glaube, er war weniger traurig als wütend und aggressiv. Jedenfalls kam es mir gelegen, dass mein Handy sich meldete."

„Wer war's denn?"

„Ramón. Er hat mir Bescheid gegeben, dass wir sofort zu ihm kommen sollen."

„Hat er gesagt weswegen?"

Javier zog die Schultern hoch. „Gleich werden wir mehr wissen."

Kurz darauf hatten sie das Büro des Hoteldirektors erreicht. Javier klopfte, und Ramón öffnete ihnen persönlich die Tür. Sein Bekannter, der immer großen Wert auf sein tadelloses Erscheinungsbild gelegt hatte, sah schlecht aus. Blass und übernächtigt. Javier empfand einen kurzen Augenblick tiefes Mitleid mit ihm. Von Ramóns charismatischer Ausstrahlung war in diesem Moment nichts mehr übrig.

„Gut, dass du gekommen bist." Ramón legte Javier eine Hand auf die Schulter und deutete Sandra gegenüber eine kleine Verbeugung an. „Hier ist jemand, der euch sprechen will."

Neugierig schaute Javier in den hinteren Teil des Büros. Er konnte nicht glauben, wen er sah. Gegenüber von Ramóns Schreibtisch saß eine Frau, deren Gesicht er sofort wiedererkannte. Es war die Sensationsreporterin, die ihn im letzten Sommer mit ihren aufdringlichen Paparazzi-Fotos in den Wahnsinn getrieben hatte. Nur zu gut erinnerte er sich noch daran, damals kurzerhand ihre Kamera konfisziert zu haben. Wie hieß sie gleich noch? Das Gesicht hatte er in seinem Gedächtnis abgespeichert, doch ihr Name war ihm entfallen.

„Presse", informierte Ramón Sandra.

„Skandalblatt", stellte Javier richtig. Verächtlich musterte er die Boulevardjournalistin von oben bis unten. Sie hatte ihren Typ verändert, tat jetzt auf seriös mit ihren langen, sicherlich teuer blondierten Haaren, der legeren weißen Bluse und der weit geschnittenen braunen Hose. Dezente, klassische Farben. Javier erinnerte sich nicht mehr genau an ihren Kleidungsstil vom letzten Jahr, nur dass er alles andere als elegant auf ihn ge-

wirkt hatte. Und jetzt? Lange Kette mit auffallend großen Holzperlen. Seitenscheitel, geschmackvolle, farblich zur Kette passende Ohrringe. Die Frau hatte entweder plötzlich Geschmack entwickelt oder Geld in die
Hand genommen und sich beraten lassen.

„Was gibt's?", begrüßte Javier die Paparazza ohne Namen unwirsch.

„Am besten setzen wir uns erst einmal alle hin", sagte
Ramón verbindlich und schob einen Extrastuhl für
Sandra an seine Seite.

„Ich habe die Videostory von Robyns Balkonabsturz
gesehen", kam die Skandalreporterin gleich zum
Thema.

„Wie das?", fragte Javier irritiert. „Ich denke, die Administ..." Er verhaspelte sich und wollte noch einmal
ansetzen, als Ramón ihm zu Hilfe kam. „Vermutlich hat
Frau Blasco den Clip gesehen, bevor die Admins ihn
vom Netz genommen haben."

Frau Blasco, natürlich. Jetzt war ihm der Name auch
wieder eingefallen.

„*Comisario Principal*, bitte nehmen Sie mir doch den
Kaffee ab. Er ist so heiß."

Javier erkannte das Logo auf dem Pappbecher. Eine
gute Bäckerei, die mehrere Filialen in der Stadt hatte
und bekannt für ihren sehr guten Kaffee war. Die Sensationsreporterin bückte sich und zauberte noch mehr
Kaffeebecher aus einer Papiertüte hervor. Vorsichtig
reichte sie Ramón und Sandra die Heißgetränke.

„Danke", sagte Sandra höflich. Javier schnitt ihr das
Wort ab. „Versuchen Sie, uns zu bestechen?"

„Kommen Sie, Kaffee und was für den süßen Zahn,
zählt doch nicht." Sie bückte sich noch einmal und

nahm eine Tüte Mandelgebäck aus der Tragetasche. „Hören Sie mir zehn Minuten zu.“

„Warum wissen Sie über den Vorfall Bescheid?“

„Weil das Video viral gegangen ist, bevor es gesperrt wurde.“

„Und mittlerweile“, beeilte sich Ramón zu sagen, „ist auch die Vereinbarung mit den anderen Presseleuten ausgelaufen. Die Eltern in Deutschland sind informiert, die Jugendlichen wissen Bescheid, nun dürfen auch die Medien den *Balconing*-Unfall bringen.“

„Na ja, und das Thema ist natürlich ein wunderbarer Presse-Aufmacher“, brachte sich die Reporterin ein. Javier ließ sie nicht zu Ende sprechen. Spöttisch beendete er ihren Satz: „Und da kam Ihnen die Idee, Ihren, wie soll ich sagen, Ihren Pressekontakt zu Málagas Polizei …“

„…. wiederzubeleben. Ganz genau.“

Die Dreistigkeit der Reporterin brachte Javier innerhalb von Sekunden zur Weißglut. Dennoch bemühte er sich um Selbstkontrolle, da er sich seine Gereiztheit vor Ramón und Sandra nicht anmerken lassen wollte. *Immer mit der Ruhe*, sagte er sich und nahm einen tiefen Atemzug, bevor er sorgsam eine weitgehend neutral klingende Antwort formulierte. „Sie können sich vorstellen, dass unsere Polizeidienststelle nicht sonderlich erpicht darauf ist.“

„*Comisario Principal* Sánchez, glauben Sie im Ernst, dass der Boulevardjournalismus meine große berufliche Erfüllung ist?“ Frau Blasco sah ihm direkt in die Augen, sprach aber weiter, bevor er eine Antwort geben konnte. „Nein“, beantwortete sie ihre Frage selbst, „das ist er nicht. Ich meine, der Boulevardjournalismus hat durchaus seine Berechtigung, und die Gesetze der Branche sind hart: Der Leser entscheidet, was er lesen will. Was sich verkauft, wird in aller Ausführlichkeit, von allen Seiten her geschildert. Was kein Interesse weckt, bekommt erst noch ein Gnadenbrot, doch dann stirbt die Story. Ich hadere selbst damit, denn ich finde, einige Storys müssen einfach erzählt werden.“ Sie machte eine dramatische Pause. „Auch wenn sie niemand hören und lesen will. Und um Zusammenhänge zu verstehen, muss man irgendwann auch einmal in die Tiefe gehen und Hintergründe erklären. Und ja, selbst die Boulevardpresse muss sich an gesetzliche Bestimmungen halten.“

Javier musste kurz auflachen. „Würden Sie mich jetzt auch einmal zu Wort kommen lassen?“, ätzte er. Er bemerkte, wie ihm Sandra einen erstaunten Blick zuwarf. Sie hatte recht, er war viel zu aufgebracht. Normalerweise reagierte er nicht so gereizt, aber es gefiel ihm ganz und gar nicht, von irgendwelchen Vertretern der Sensationspresse im Hotel seines Bekannten überrumpelt zu werden.

„Natürlich, Comisario Principal.“

„Wann haben Sie denn die Welt der *gesetzlichen Bestimmungen* für sich entdeckt?“

„Schon immer ...“

„Bei unserem letzten Treffen waren Sie aber noch nicht so überzeugt von dem Recht am eigenen Bild.“

„Sie verstehen mich nicht richtig. Eigentlich war ich schon immer eine seriöse Journalistin. Ich brenne für das Konzept der vierten Gewalt.“ Javier schüttelte den Kopf, hielt aber den Mund. „Meinen neuen Artikel über

Marbella will ich nicht für die Sensationspresse schreiben. Das machen schon genug andere Kollegen. Ich verspreche Ihnen, morgen werden Sie in den spanischen Schlagzeilen nichts als Klagen darüber lesen, wie die arroganten Teutonen in unseren Hotels die Sau rauslassen."

Sandra schaltete sich ein. „Ach ja? Arrogante Teutonen? Ich bitte Sie."

„Warum verwundert Sie das? Die deutschen Zeitungen sind nicht anders. In den deutschen Blättern wird stereotypisch die spanische Mañana-Mentalität beklagt werden. *Típico tópico*, ein Klischee jagt das Nächste. Ist doch klar, dass das alles erklärt. Die Hotels an der Costa del Sol sind nicht sicher, haben gefährliche Baumängel ..."

„Aber das stimmt doch gar nicht." Ramón sah die Paparazza erbost an.

Javier bemerkte mit einer gewissen Genugtuung, dass Frau Blasco innerhalb von einer Minute alle im Büro Anwesenden gegen sich aufgebracht hatte. War sie einfach nur ungeschickt und eckte überall an, oder hatte sie das von Anfang an beabsichtigt? Javier wurde mit einem Mal ruhig. Die Frau war nicht blöd, sie hatte einen Plan. Was genau bezweckte sie? Er nahm einen Schluck Kaffee. Er schmeckte hervorragend, auch wenn er heißer sein könnte. „Moment", sagte er und machte eine abwiegelnde Handbewegung. „Frau Blasco, auf was wollen Sie hinaus?"

„Ich will Ihnen nur kurz erläutern, wie Boulevardmedien funktionieren: Die Zielgruppe will darin bestätigt werden, wie sie die Welt sieht. Sie selbst sind gut und machen alles richtig, alle anderen stellen eine Bedrohung für sie dar.“

„Ach so. Sehr interessant.“ Javier beugte sich nach vorn. „Nun denn, Frau Blasco, so leid es mir tut, Ihre Zeit läuft ab. Sie haben nur noch eine Minute, um uns die Welt abschließend zu erklären.“

„Okay, dann sage ich Ihnen jetzt klipp und klar, was ich vorhabe.“

„Wir bitten darum“, sagte Javier und ignorierte Sandras vorwurfsvollen Blick.

„Mit dem Marbella-Artikel will ich den Schritt zurück in den seriösen Journalismus schaffen. Mein Bericht soll in einem der Qualitätsblätter erscheinen. Ich will in die Tiefe gehen.“ Plötzlich hielt sie inne und wechselte abrupt das Thema. „Haben Sie Kinder, *Comisario Principal?*“

„Ich wüsste nicht, was Sie das angeht.“

„Die Jugend steht unter einem enormen Druck. Weltweit.“ Sie sah Sandra an. „Das ist etwas, was wir Erwachsenen nicht sehen oder nicht sehen wollen. Die Coronajahre haben ihre Spuren hinterlassen. Die junge Generation ist vereinsamt, hat keinen Austausch mit Gleichaltrigen gehabt, konnte keine sexuellen Erfahrungen sammeln ...“

„Ihr Ansatz hört sich für mich zu hundert Prozent nach Boulevard an. *Sex and Crime.* Danke für den Kaffee.“

„Bitte. Geben Sie mir noch zwei Minuten.“

„Lass sie ausreden, Javier. Gib ihr eine Chance.“ Sandra lächelte ihm zu. Sie schien sich tatsächlich für das zu interessieren, was Frau Blasco zu sagen hatte.

„Nun gut, aber nur weil der Kaffee exzellent war. Also, die schlimmen Coronajahre …"

Frau Blasco knüpfte sofort wieder dort an, wo sie aufgehört hatte. „Richtig. Erstens: Corona, zweitens: Die bewaffneten Konflikte. Die ständigen Kriegsbilder verunsichern, machen Angst und senken gleichzeitig die Gewalt-Schwelle. Da sind wir dann auch schon beim *Balconing* angelangt. Die Grenzen fehlen, das Corona-Vakuum will mit extremen *Thrills* gefüllt werden. Die Jugendlichen …"

„Damit", Javier hob die Hand, um den Redeschwall zu bremsen. „Also damit", wiederholte er nachdenklich „könnten Sie tatsächlich recht haben."

„Nur noch ein letzter weiterer Punkt."

„Bitte."

„Drittens: Soziale Medien. Die Jugendlichen müssen sich ständig an geschönten Bildern messen. Sie empfinden ihren Alltag als permanenten Wettkampf. Ständig vergleichen sie sich, müssen sich behaupten, Wettbewerbe bestehen."

„Wettbewerbe?"

„Challenges. Da geht es zum Beispiel um harmlose Sachen wie Zeigt den Inhalt eurer Schreibtischschublade oder Bring jemanden zum Lachen, und filme ihn dabei."

„Ah ja?" Javier sah Sandra kurz an. Sie nickte. Ramón schaute aus dem Fenster und schien in Gedanken ganz weit weg zu sein.

„Das geht dann weiter bis zur berühmten *Blackout-Challenge*." Javier sah Frau Blasco fragend an. Davon hatte er zwar mal gehört, aber dem nicht weiter Beachtung geschenkt.

„Da geht es darum, die Luftzufuhr zu drosseln, bis man ohnmächtig wird", erklärte ihm Sandra.

„Verrückt", sagte Javier.

„Sogar manche Erwachsene machen das, weil der fehlende Sauerstoff dem Gehirn, falls alles nach Plan läuft, einem wohl eine Art ‚High' verschafft", führte Frau Blasco aus.

„Hört sich überaus riskant an", sagte Javier.

„Ist es auch. Mit einer mangelnden Sauerstoffversorgung des Gehirns ist nicht zu spaßen. Insbesondere wenn Kinder oder Jugendliche damit herumspielen. Die binden sich dann etwas um den Hals und strangulieren sich."

Javier stand auf und suchte in seiner Hosentasche nach einer Zigarette, doch der Griff ging ins Leere. „Entsetzlich", sagte er.

„Finde ich auch", stimmte ihm Sandra zu. „In Italien filmte eine Zehnjährige, wie sie sich bei dieser *Challenge* aus Versehen mit dem Gürtel strangulierte."

„Richtig. Das Mädchen hieß Antonella und wohnte in Palermo", ergänzte Frau Blasco. „Grausam, oder?"

„Absolut", pflichtete ihr Sandra bei. „Außerdem gab es auch so seltsame Sachen wie die Hot-Chili-Chips- und die Deodorant-Challenge. All das war in den letzten Jahren sehr angesagt in Deutschland."

Javier setzte sich wieder hin und schüttelte den Kopf. „Mir ist das alles fremd. Vielleicht bin ich zu alt dafür, aber ich verstehe den Zweck dieser *Challenges* immer noch nicht."

„Genau das ist der Punkt, *Comisario Principal*." Die Sensationsreporterin lehnte sich zu ihm herüber. „Den Kindern und Jugendlichen geht es nur zum Teil um den

Kick. Klar, der wird gern mitgenommen, aber diese Selbsterfahrung scheint mir nicht wirklich ausschlaggebend zu sein. Das weitaus Wichtigere ist die Gruppendynamik. Der Wille, aus der Menge herauszustechen. Der Drang, einzigartig zu sein."

„Sie meinen so in Richtung Warhol, jedem seine Viertelstunde Berühmtheit?" Javier lehnte sich auf seinem Stuhl zurück. Ihm missfiel, dass Frau Blasco ihm auf die Pelle rückte.

„Ja, in etwa. Bedenken Sie aber, dass es Jugendliche sind. Der gesellschaftliche Ruhm ist denen schnuppe, sie wollen von ihrer *Peergroup* anerkannt werden."

Javier fragte sich, wie man permanent so viele englische Wörter in einem spanischen Satz verwenden konnte. „Also in ihrem Freundeskreis", konnte er sich nicht verkneifen zu sagen.

„Im Prinzip schon, aber es ist etwas komplizierter. Es geht um Likes, um das Gewinnen von neuen Followern, um den Traum, vielleicht einmal Influencer zu werden."

„Das ist doch verrückt."

„Das ist es." Frau Blasco schlug die Beine übereinander. „Und sehr typisch für unsere Zeit. Und für die Verletzlichkeit, die Unsicherheit der Jugend. Teenager sind so leicht zu manipulieren."

„Das mag richtig sein." Javier bemerkte, wie seine Finger nach dem Mandelgebäck griffen. Jetzt hatte er der Boulevardreporterin doch viel mehr Zeit zugestanden als ursprünglich geplant. „Ich frage mich nur, was das alles mit Frau König und mir zu tun hat."

„Es hat mit dem Tod des deutschen Schulmädchens zu tun."

Javier beantwortete sich seine Frage selbst. „Robyns Tod könnte auch in diese Kategorie fallen", sagte er langsam. „Eine *Challenge*. Es erfordert Mut zu springen. Zudem verursacht die Angst vermutlich eine Art Adrenalinrausch. Als Krönung lässt man die ganze Aktion dann noch von jemandem filmen oder filmt sie selbst, um sie in den sozialen Medien zu teilen."

„Ganz genau. *Balconing*-Videos sind überaus angesagt. Viele sind viral gegangen."

„Javier, das sollten wir weiterverfolgen", raunte ihm Sandra zu.

„Also, damit das klar ist", beeilte sich Frau Blasco zu sagen. „Ich möchte mich nicht in Ihre Ermittlungen einmischen. Natürlich nicht. Mir geht es um das Lebensgefühl der Jugendlichen. Darüber möchte ich einen Artikel oder vielleicht sogar eine ganze Artikelreihe schreiben. Das Besondere daran ist, dass ich die Perspektiven von verschiedenen Experten zusammenzubringe. Und sicherlich haben Sie und Ihre deutsche Kollegin auch Wichtiges aus Sicht der Polizei beizusteuern."

Hatte er? Nein. Sein Bekannter Luis, der bei der Polizei in Mallorca arbeitete, würde mehr zu dem Thema sagen können als er. Javier kannte das Phänomen *Balconing* fast ausschließlich von Luis' Erzählungen. Bislang hatte er selbst noch keine solche Fälle untersucht. In all die soziologischen und entwicklungspsychologischen Hintergründe müsste er sich erst einmal einarbeiten. Als Ana in dem Alter der deutschen Schülergruppe gewesen war, gab es noch kein *Balconing,* und dieser ganze Social-Media-Wahn war damals auch

noch nicht so verbreitet gewesen. Als Gesprächs-
partner wäre er somit keine große Hilfe. Auch hielt er
sich nicht für besonders eitel. Auf Berühmtheit konnte
er gut verzichten. Sein Foto oder ein Zitat von ihm in
den Medien fände er eher peinlich als schmeichelhaft.

„Sandra, was meinst du?“

Seine Kollegin reagierte nicht sofort. Sie schien ebenfalls unentschlossen zu sein. Doch nach einer längeren
Pause äußerte sie sich dann doch. „Ich finde, wir sollten
Frau Blasco eine Chance geben. Ich kann mir vorstellen, dass uns ihre Perspektive helfen könnte, die Wahrheit herauszufinden. Dazu müssen wir verstehen, wie
die Jugendlichen heute ticken.“ Dann wandte Sandra
sich direkt an die Reporterin. „Um das ein für alle Mal
unmissverständlich zu sagen: Sie müssen uns jedes
Wort, das Sie in unserem Namen veröffentlichen,
vorab schriftlich vorlegen. Und Sie dürfen nur das veröffentlichen, was wir autorisiert haben.“

„Selbstverständlich.“ Frau Blasco stand auf. „Danke.
Das war im Moment auch schon alles von mir. Auf eine
gute Zusammenarbeit.“ Sie streckte Sandra den Arm
aus, doch seine Kollegin ignorierte die Geste und verabschiedete sich lediglich mit einem knappen „Adiós“.
Ramón hielt der Skandalreporterin die Tür auf, und Javier nickte Frau Blasco zum Abschied ebenfalls nur
kurz zu.

Kapitel zehn

Freitag, den 19. Juni, 18 Uhr

Sandra

Kurz nachdem die Boulevardjournalistin das Büro des Hoteldirektors verlassen hatte, verabschiedeten sich auch Sandra und Javier von Ramón. „Moment", rief er ihnen nach, während sie den Flur hinuntergingen. „Mir fällt gerade ein, dass ihr mein Büro für eure Befragungen nutzen könnt. Ich bin heute den ganzen Tag unterwegs und brauche es nicht. Hier habt ihr meinen Zweitschlüssel." Er kam auf sie zu und drückte Javier einen Schlüssel in die Hand.

„Ach, Ramón, was ganz anderes. Meine Kollegin hat morgen, am Samstag, einen freien Nachmittag." Sandra sah Javier erstaunt an. „Na klar, damit du dich wieder ein wenig eingewöhnen kannst." Dann wandte Javier sich wieder an seinen Bekannten. „Und, Ramón, hast du vielleicht einen Tipp, was sie unternehmen kann? Irgendeine interessante Veranstaltung?"

Ramón blieb stehen und dachte einen Moment nach. „Magst du Wassersport?"

Sandra nickte und war überrascht von der unerwarteten Wendung, die das Gespräch nahm. Sie warf Javier einen Blick zu und verstand, dass er ihr etwas Gutes tun, ihr etwas Besonderes bieten wollte. Das war vermutlich seine Art, sich dafür zu bedanken, dass sie auf ihren Urlaub verzichtet hatte und sofort nach Andalusien gekommen war.

„Dann habe ich einen Geheimtipp für dich. Ein Angebot für unsere Hotelgäste, die sich nicht nur für das verrückte Partyleben in Marbella interessieren, sondern auch ein wenig im Wasser trainieren wollen.“

Sandra schaute aus dem Fenster. Sonne und blauer Himmel. „Surfen?“, fragte sie. Ihr fiel auf, dass Ramón anders als vorher agierte. Während er eben noch verunsichert und ängstlich auf sie gewirkt hatte, war er jetzt in seiner Rolle als jovialer Hoteldirektor sehr überzeugend.

„Nicht ganz. Anfangs haben wir tatsächlich Surfkurse in Kooperation mit einer Wassersportschule angeboten. Doch das Surfen mit und ohne Segel hat bei unseren Gästen regelmäßig zu Misserfolgen geführt. Ich glaube, sie haben diese Sportart unterschätzt. Die Krux ist, dass das Ganze bei Könnern so einfach aussieht. Deshalb haben viele Menschen falsche Vorstellungen davon. Unsere Erfahrung ist, dass das Surfen untrainierte Urlauber komplett überfordert. Und dann hat sich eines Tages ein gewisser Diego bei uns vorgestellt und Werbung für *Stand-up-Paddling* gemacht. Billig, einfach, gut. Wartet mal eben.“ Ramón ging mit schnellem Schritt auf die Rezeption zu und wechselte ein paar Worte mit dem Empfangschef, der ihm etwas in die Hand drückte. „Unsere Gäste sind Feuer und Flamme für Diegos Stunden. Neben den Hotelkursen bietet er

an fast jedem Wochenende Privatunterricht im Stehpaddeln an. Auf der Visitenkarte findest du seine Kontaktdaten. Sag ihm ruhig, dass ich dich geschickt habe,
dann nimmt er dich morgen garantiert noch dazwi-
schen."

„Danke schön, Ramón, das hört sich vielversprechend
an. *Stand-up-Paddling* habe ich noch nie gemacht.
Würde ich gern mal ausprobieren."

„Gern geschehen. Nun denn, Sandra, Javier, es tut mir
leid, aber ich muss jetzt auch los." Ramón verabschiedete sich mit zwei Küsschen von Sandra und klopfte Javier auf die Schulter. Die beiden warteten noch, bis der
Hoteldirektor außer Hörweite war. „Dank dir für den
freien Samstagnachmittag, Javier. Und das mit dem
SUP ist echt cool. Ich werde gleich mit Diego Kontakt
aufnehmen. Aber erst die Arbeit, dann das Vergnügen."
Sandra und Javier schlenderten den Hotelflur in Richtung Ausgang hinunter.

„Ich habe ein komisches Gefühl mit der Skandalreporterin", sagte Javier und blieb in einem Erker stehen.

„Ich auch", stimmte Sandra ihm sofort zu. „Dennoch
finde ich ihren Ansatz, unseren Fall von der Social-Me-
dia-Seite her aufzurollen, durchaus überzeugend."

„Hmm, ich weiß nicht recht. Dieses *Ich will das Lebensgefühl der Jugendlichen darstellen* scheint mir nur ein
Vorwand zu sein. Ich glaube eher, dass Frau Blasco uns
als sogenannte Experten benutzen will, damit wir ihrem Artikel Glaubwürdigkeit und Seriosität verleihen."

Sandra bemerkte, dass Javier sich beim Nachdenken
auf die Unterlippe biss. Hatte er das schon immer gemacht, oder war das eine neue Marotte von ihm? „Ich

glaube, da liegst du auf jeden Fall richtig. Aber weißt du, was ich mir auch vorstellen könnte?"

„Sag schon."

„Es ist vielleicht noch viel einfacher. Der Skandalreporterin sind wir und unsere Expertenauskünfte völlig schnuppe. Sie will durch uns lediglich an die Lehrer, den Vater und die Schülergruppe herankommen. Warte nur ab. Bald wird sie uns fragen, ob wir sie nicht mit den Lehrern bekannt machen können oder ob sie bei den Schülerbefragungen dabei sein darf."

„Hey, Sandra", Javier klatschte in die Hände. „Du bist gut. Genauso denkt jemand wie sie. Höchstwahrscheinlich ist das tatsächlich ihr geheimer Plan."

„Wäre möglich, oder?" Sandra musste zugeben, dass sie sich über sein Lob freute.

„Hör mal, Sandra. Ich muss zurück nach Málaga. Ich will noch etwas für Ana erledigen."

„Oh, grüß sie von mir."

„Bleibst du noch länger hier in Marbella?"

„Ja. Ich wollte heute zum ersten Mal offiziell mit den beiden Lehrkräften sprechen, und außerdem möchte ich gern einen Termin für die Befragung der Schülerinnen und Schüler für morgen Vormittag vereinbaren."

„Das hört sich gut an. Da bin ich gern mit dabei. Hier, dann nimm du doch am besten Ramóns Büroschlüssel an dich."

„Danke." Sandra steckte den Zweitschlüssel ein. „Noch was, Javier. Hast du heute Abend Zeit? Ich möchte dich nämlich gern in das Burgberg-Restaurant einladen."

„Ach ja?"

„Na klar. Das hatten wir ja so abgemacht, als wir uns letzten Sommer verabschiedet haben." Freundschaftlich knuffte sie ihn in die Rippen. „Hast du heute Abend Zeit? Ich würde uns dann einen Tisch für 22 Uhr reservieren. Würde dir das passen?"

„Das wäre hervorragend, Sandra."

„Perfekt, dann also bis später."

Javier nahm sie in den Arm und winkte ihr mit dem Autoschlüssel zu. Sandra lächelte. Ja, Javier sah von Nahem älter aus als letzten Sommer. Seine Haare wurden dünner, und wenn man genau hinschaute, dann sah man selbst in den Augenbrauen hier und da silbrige Fäden. Aber alles in allem fand sie, dass er sich für einen Mann in den Fünfzigern recht gut gehalten hatte. Sie freute sich auf ihre Verabredung. Seine indirekten Andeutungen hörten sich so an, als ob er und seine alte Schulfreundin mittlerweile ein Paar wären. Wie süß. Sandra würde sich für Javier freuen, falls ihre Vermutung zuträfe. Doch erst einmal wollte sie noch ein wenig mit den Ermittlungen vorankommen. Sie überlegte gerade, wo sie die beiden Lehrkräfte suchen sollte, als sie sah, wie Herr Martins, der Kunstlehrer, mit schnellen Schritten den Gang hinunter, direkt auf sie zukam.

„Hallo, hola", grüßte er sie. Vermutlich hatte er sie mit Javier im Frühstücksraum und eben vor Ramóns Büro reden sehen und daraus geschlossen, dass sie Polizistin war.

Sandra lächelte ihn freundlich an. „Guten Tag."

„Gibt es schon etwas Neues bei Ihren Ermittlungen?", fragte der Kunstlehrer. Herr Martins wirkte nett. Als er so nah vor ihr stand, sah Sandra, dass er älter zu sein schien, als er auf den ersten Blick wirkte. Um die Stirn herum begannen sich seine Haare bereits zu lichten, und um Mund und Augen zeigten sich die ersten feinen Fältchen.

„Nein. Die Gerichtsmedizin braucht noch." Sandra beschloss, ihrer kurzen Antwort noch eine nette, verbindliche Bemerkung hinzuzufügen. „Ich hätte auch schon früher mit einem Ergebnis gerechnet."

Herr Martins sah sie skeptisch an, ohne weiter auf ihren Kommentar einzugehen. „Sie möchten mich sicherlich vernehmen."

Sandra lachte. „Nein, weder vorladen noch vernehmen und auch nicht verhaften. Aber ich würde mich freuen, wenn wir beide uns ein wenig unterhalten könnten. Mein Name ist König. Oberkommissarin Sandra König."

Sie bot ihm ihre Hand an. Er drückte sie kurz, wobei seine Mundwinkel erst rasch nach oben schnellten, dann aber ebenso schnell wieder in die Ausgangsposition zurückfielen. Er sah sie scharf an.

„Jetzt stellen Sie sich mir also offiziell vor, nachdem Sie mich und meine Kollegin letzte Nacht schamlos in der Hotelbar belauscht haben. Was soll ich davon halten? Ganz schön dreist!"

Sandra wusste nicht, was sie darauf erwidern sollte. Sie war überzeugt gewesen, dass er sie nicht gesehen oder, wenn doch, zumindest nicht erkannt hatte.

„Für wie dumm halten Sie mich eigentlich? Denken Sie, ich bin blind? Natürlich schaue ich mir die Menschen in meiner näheren Umgebung an."

Oh Mist! Das hörte sich nicht gut an. Sandra schwieg und überlegte, wie sie reagieren sollte. Dann lächelte sie. „Das ist doch wunderbar, dann können Sie gleich damit anfangen, mir Ihre Beobachtungen bezüglich Ihrer verstorbenen Schülerin zu berichten. Also, was für einen Eindruck hatten Sie von Robyn Lehmann?“

„Robyn“, fuhr der Kunstlehrer sie an. „Alle nannten sie nur Robyn. Wir duzen unsere Schüler:innen.“

Der Lehrer genderte, fiel Sandra auf. Und zwar nach dem Schluckaufprinzip. Etwas, das ihr nur mit Mühe gelang. Diese kleine Pause, bevor man die weibliche Endung nannte, das bekam sie manchmal so schnell einfach nicht hin. Er schien damit jedoch kein Problem zu haben.

„Alles klar. Sollen wir uns dort hineinsetzen?“ Sandra zeigte auf Ramóns Büro. Sie schloss die Tür auf, und Herr Martins folgte ihr. „Haben Sie etwas dagegen, wenn ich unser Gespräch aufnehme?“

„Was glauben Sie denn, was ich Ihnen Weltbewegendes zu sagen habe?“

Der Typ machte es ihr nicht leicht. Zuerst wollte sie ihm schnippisch antworten. Doch das war der Mühe nicht wert. Also ignorierte sie die Frage.

„Als Erstes möchte ich Sie bitten, mir eine Teilnehmendenliste und einen Belegungsplan zu erstellen. Ich hätte das gern schriftlich, aber wir können auch gleich schon einmal darüber reden, wo sich Robyns Zimmer befand und mit wem sie es teilte.“

„Ehrlich gesagt habe ich das alles nicht genau im Kopf, aber ich nehme mal an, sie war zusammen mit Cara auf dem Zimmer. Ich meine mich zu erinnern, dass die beiden zu zweit in einem der wenigen Dreierzimmer untergebracht waren. Aber wer das Zimmer neben ihnen hat, weiß ich nicht. Warum interessiert Sie das?“

Seltsam, anfangs hatte der Kunstlehrer einen so offenen und verständnisvollen Eindruck auf sie gemacht. Sandra hätte nicht damit gerechnet, dass er jetzt so misstrauisch ihr gegenüber sein würde. Oje, es sah ganz so aus, als ob sich Javiers Idee, sich am ersten Tag nicht als Polizistin zu erkennen zu geben, auf lange Sicht doch nicht als sonderlich hilfreich erwiesen hatte. Sandra bemühte sich weiterhin, ruhig und locker zu klingen. „Wir fragen uns, zu wem Robyn klettern wollte."

Der Lehrer schwieg, ließ Sandra gnadenlos auflaufen.

Wie anstrengend, dachte Sandra genervt. Doch gerade als sie eine weitere Frage stellen wollte, antwortete ihr Herr Martins wider Erwarten.

„Ich glaube, zu keinem. Ich halte es für wahrscheinlicher, dass es Robyn um das Klettern um des Kletterns willen gegangen ist."

„Wie meinen Sie das?"

„Sie hat es gemacht, um aufzufallen, ihren Mut zu beweisen, Follower zu bekommen."

Sandra dachte an die Sensationsreporterin. Sie hatte so etwas Ähnliches behauptet. „Interessanter Punkt. Welche Rolle spielen denn die sozialen Medien in Ihrem Kurs?"

„Eine sehr große, so, wie bei allen Jugendlichen. Sie und ich, wir sind schon zu alt dafür."

„Stimmt, wir sind keine *Digital Natives*."

„Korrekt. Aus diesem Grund können wir uns die Bedeutung der sozialen Medien kaum vorstellen. Wie viel Zeit verbringen Sie im Netz?"

„Ich?"

„Ja."

„Beruflich oder privat?"

„Beides."

Sandra dachte kurz nach. Recherche, E-Mails, ihre Social-Media-Accounts. „Zwei, drei Stunden am Tag."

„Sagen wir drei Stunden. Multiplizieren Sie das mit vier. Unsere Schüler:innen ..." Schon wieder diese kleine Pause zwischen der männlichen und weiblichen Form. Fasziniert hörte sie ihm weiter zu. „Unsere Schüler:innen denken andauernd an ihr Handy. Sie sind so gut wie immer online. Das Internet hat sie fest im Griff. In jeder Hinsicht: Konzentrationsspanne, Selbstinszenierung, Bedürfnis nach Bestätigung, die Sehnsucht nach extremen Kicks, Fakes, KI ..."

Sandra sah den Mann erstaunt an. Sie hatte ihn bislang als eher besonnen eingeschätzt, doch das Thema Social Media schien ihn zu triggern. Bevor Herr Martins sich noch weiter echauffieren konnte, nutzte sie eine Atempause und lenkte seine Energie auf die Tote. „Und Robyn?"

„Robyn war sehr beliebt. Na ja, und sie legte sich auch ordentlich ins Zeug, damit das so blieb."

Sandra erinnerte sich an eine Bemerkung von Javier. Er hatte etwas Ähnliches im Zusammenhang mit Tatmotiven gesagt. „Handelte es sich Ihrer Meinung nach ...", Sandra verhaspelte sich, während sie nach einer möglichst nüchternen, sachlichen Formulierung suchte, „... um einen Unfall, oder könnte es Ihrer Einschätzung nach auch ein Selbstmord gewesen sein?"

Herr Martins sah sie missbilligend an. Sandra spürte, dass er Zeit brauchte, um ihre Frage zu verarbeiten.

„Robyn ist ein kompliziertes Mädchen gewesen. Sie hat sehr bewusst eine bestimmte Rolle gespielt."

Sehr diplomatisch. Das konnte alles und nichts bedeuten. Sie musste ihn dazu bringen, konkreter zu werden. „Ein Schüler von Ihnen hat sie auf der Gedenkfeier mit einem Licht, einer Kerze verglichen."

„Ach ja. Das war Moritz. Was er gesagt hat, trifft es vielleicht ganz gut. Robyn hat immer so sympathisch und umgänglich gewirkt. Aber da gab es auch eine Schattenseite. So viele Schüler:innen vergessen das. Denn Robyn vermochte ihre Schattenseite recht geschickt zu verbergen. Sie konnte aber auch boshaft und vor allem ungeheuer manipulativ sein."

„Und der Ausruf ‚Fotze'?" Sandra hatte noch eine Weiterbildung über Femizide, an der sie kürzlich teilgenommen hatte, im Kopf. Die Tötung von Frauen mit Trennungsabsichten und mitunter auch die ihrer Kinder wurde viel zu oft noch immer als „Familiendrama" oder „Ehetragödie" verharmlost.

„Was wollen Sie von mir hören, Frau König?"

„Also, ich fand diese Beleidigung schon auffällig und frage mich, ob es auch eine Beziehungstat gewesen sein könnte."

„Da müssen Sie jemand anders zu befragen. Ich weiß nur, dass Robyn, soweit ich das mitbekommen habe, keinen festen Freund hatte."

„Wen kann ich denn dazu befragen?" Dann fiel ihr selbst die Antwort ein. „Cara", sagte sie zeitgleich mit dem Lehrer. „Sagen Sie mir bitte noch etwas über die Stimmung im Kunstkurs."

„Na ja, ganz normal. Einige haben ein echtes Interesse am Fachbereich Kunst. Sie bringen mitunter auch recht vielversprechende Voraussetzungen mit, die sie im Unterricht nutzen und ausbauen. Andere haben den

Kunst-Leistungskurs gewählt, weil sie möglichst leicht durchs Abi kommen wollen. Ich sag's, wie es ist. Einige haben eine fürchterliche Arbeitsmoral. Es ist immer wieder nervig, die Arbeiten einzutreiben. Oft muss ich denen regelrecht hinterherlaufen. Der jetzige Kurs ist da nicht anders." Herr Martins dachte einen Moment nach. „Heterogen, auf den ersten Blick nett, auf den zweiten Blick sehe ich viele ängstliche Einzelkämpfer:innen, die es kaum erwarten können, die Schule bald hinter sich zu lassen!"

Sandra dachte an ihre eigene Schulzeit zurück. „Und die meisten haben gleichzeitig noch keinerlei Vorstellung davon, wie es beruflich für sie weitergehen könnte", ergänzte sie.

„Da haben Sie recht. Die Mehrheit nicht, aber einige schon. Zum Beispiel Till. Der hat sich für ein Sportstipendium in den Staaten beworben, und sein Sportlehrer rechnet ihm große Chancen aus."

„Ein zweiter Dirk Nowitzki?", witzelte Sandra.

„So ungefähr", ging Herr Martins auf ihre flapsige Bemerkung ein. „Oder auch Betül. Sie ist eine Überfliegerin. In allen Fächern hervorragend." Sandra versuchte, sich die Namen zu merken. „Betül wird sich alles frei aussuchen können. Sie ist so ein Mädchen, das im Leben alles richtig gemacht hat. Nett und zuverlässig. Außerdem ist sie Stufensprecherin und wird ein Spitzen-Abi machen."

„Ist sie auch im Kunst-Leistungskurs?"

Herr Martins schaute Sandra irritiert an. „Betül? Aber nein. Sie ist im Mathe-Grundkurs meiner Kollegin und deshalb mit auf der Fahrt. Die meisten Schüler:innen aus Martinas Mathekurs haben ihn in Kombination mit dem Kunst-Leistungskurs gewählt. Das gilt aber nicht für Betül. Ich glaube, sie ist im Sozialwissenschaften-Leistungskurs oder so." Der Kunstlehrer hatte sich warm geredet und gefiel sich offensichtlich in der Rolle des Erklärenden.

„Und Robyn?", hakte Sandra nach. „Spielte sie in derselben Liga wie Betül? In der fabelhaften Welt dieser Mathe-Grundkurs-Amélie?"

Der Lehrer lachte. „Sie gehen wohl auch gern ins Kino. Wer hätte das gedacht, eine Polizistin mit Humor."

Sandra verdrehte die Augen. Hörte dieses Polizei-Bashing denn nie auf? Zumindest sah Herr Martins sie jetzt deutlich wohlwollender an als zu Beginn ihres Gespräches. Sandra beobachtete, wie er sich entspannte, während er bedächtig seine Worte wählte.

„Wenn das so leicht zu beantworten wäre. Robyn war, wie gesagt, sehr beliebt. Aber während Mädchen wie Betül alles zufliegt und man sie einfach mag, ohne dass sie etwas dafür tun müssen, glaube ich, dass Robyn sehr viel dafür tun musste, ihre Position aufrechtzuerhalten. Sie hatte, was Styling und Kleidung anging, so eine Art Vorbildfunktion für die anderen Mädchen. Jedenfalls war es gut, dass sie Cara zur Freundin hatte. Im Zweierteam waren sie unschlagbar. Allerdings mag ich mir jetzt gar nicht vorstellen, wie Cara mit dem Verlust ihrer Freundin klarkommt. Schulisch war Robyn eher Mittelmaß, sie konnte sich aber gut verkaufen."

Sandra überlegte einen Moment und beschloss dann, die Frage von zuvor noch einmal zu stellen. Mal sehen, ob sie jetzt eine Antwort darauf bekäme. „Und die Jungs?"

„Mir scheint, dass viele Jungen im Laufe ihrer Schulzeit für Robyn geschwärmt haben. Ganz unterschiedliche Typen. Ich erinnere mich da beispielsweise an einen schluffig-faulen, aber politisch sehr engagierten Aktivisten ebenso wie an einen wahnsinnig ehrgeizigen Strebertyp. Und mit beiden war Robyn wohl mal zusammen. Wobei ich das als Lehrer nicht so direkt mitbekomme."

Sandra entschied sich, die Strategie zu ändern. Um schneller voranzukommen, würde sie Herrn Martins ein bisschen provozieren. „Aber das *Balconing* bekommen Sie mit?"

„*Balconing?* Nennt man das Rumhampeln auf dem Hotelgeländer so?"

„Mit diesem Begriff beschreibt man die riskante Aktivität, mit der sich Jugendliche selbst behaupten wollen und dabei zu Tode kommen."

„Aber da hat doch nur Robyn ..."

„Wirklich? Mein Kollege und ich halten es für unwahrscheinlich, dass Robyn spontan, einfach so auf die Idee gekommen ist, von Balkon zu Balkon zu klettern. Wir glauben, dass das nicht das erste Mal gewesen ist, dass Ihre Schülerinnen und Schüler das gemacht haben."

„Wollen Sie uns etwa unterstellen, wir würden unsere Aufsichtspflicht verletzen?" Ohne auch nur ein weiteres Wort zu sagen, stand Herr Martins auf und verließ das Büro.

Scheiße! Das war nach hinten losgegangen. Nicht ärgern. Sandra atmete tief durch und beschloss, sich abzulenken. Sie nahm ihr Handy und Diegos Visitenkarte aus der Hosentasche. Schnell schrieb sie dem SUP-Coach eine Textnachricht. Er antwortete ihr fast sofort und bot ihr für den nächsten Tag zwei Termine zur Auswahl an. Sandra merkte, dass die Aussicht darauf, an ihrem freien Nachmittag eine neue Sportart auszuprobieren, ihre Laune sofort steigen ließ.

Kapitel elf

Freitag, den 19. Juni, 21.30 Uhr

Javier

Als Javier aus dem Bus stieg, dämmerte es bereits, sodass das hell erleuchtete Restaurant umso einladender aussah. Jemand verließ das Restaurant. Latin Jazz und ausgelassenes Lachen drangen durch die offene Tür nach draußen. Javier grinste. Er freute sich auf das Abendessen mit Sandra. Schnell betrat er das Restaurant. Er konnte Sandras langes blondes Haar sofort ausmachen. Sie saß, mit dem Rücken zu ihm, hinten links am Fenster. Er ging auf sie zu. Seine guten Lederschuhe klackerten. Als er an Sandras Stuhl ankam und ihr gerade zur Begrüßung eine Hand auf die Schulter legen wollte, bemerkte er ihre angespannte Körperhaltung.

„Ach, da bist du ja", wandte sie sich an ihn. „Ich hab dich kommen hören." Während sie sprach, versuchte sie sich unauffällig mit dem Handrücken über die feucht schimmernde Wange zu wischen.

„Sandra, alles klar bei dir?"

„Aber ja", beeilte sie sich zu sagen, während er ihr zwei Küsschen gab. Unbeholfen nahm er Platz. Da er

nicht wusste, was er sagen sollte, setzte er seine Lesebrille auf und vertiefte sich in die Speisekarte. Sandra
bat ihn, einen guten Rotwein auszusuchen, und allmählich entspannte sich die Atmosphäre zwischen
ihnen.

„Ach so, bevor ich es vergesse", sagte Sandra, „Julia
lässt dich grüßen. Wir sollen ihr Bescheid geben, wenn
wir möchten, dass sie jemanden in Freiburg befragt."

Javier bedankte sich und wollte fragen, wo der Ort
denn läge. Doch Sandra hatte bereits das Thema ge-
wechselt. „Und, wie geht's deiner Tochter Ana? Ich habe
gehört, dass bald die Hochzeitsglocken für sie und Abdel läuten?"

„Das stimmt. Meine Kleine wird heiraten. Kaum zu
glauben, oder?"

„Herzlichen Glückwunsch." Sandra nahm seine Hand
und schüttelte sie.

„Danke, danke."

„Wann ist es denn so weit?"

„In circa zehn Tagen."

„Was? Ist ja irre."

Das sah er genauso. „Völlig verrückt, nicht wahr? Und
Ana hat nichts reserviert! Weiß bis heute noch nicht,
wen sie alles einladen will und wo die Hochzeitsgesellschaft essen gehen soll! Das macht mir große Sorge. Ich
bin doch der Vater der Braut und somit für alles verantwortlich."

„Empfindest du das so?"

„Selbstverständlich. Ich muss für die Kosten aufkommen."

„Sicher? Das ist doch heutzutage längst nicht mehr so.
Du bezahlst ihr doch auch keine Aussteuer."

Der Kellner brachte den Wein. Javier roch an der Flasche und nickte. Der Kellner schenkte ihm vorsichtig etwas von der tiefroten Flüssigkeit ein. Javier schwenkte das Glas im Kerzenlicht und nahm einen Probeschluck. „Perfekt“, sagte er. „Den nehmen wir.“

Nachdem der Kellner sich entfernt hatte, kam Javier wieder auf das Thema Hochzeit zurück. „Ja, ja, ich weiß. Offiziell müssen die Eltern der Braut nicht mehr automatisch für das Essen aufkommen. Aber ich möchte mich dennoch an die Tradition halten. Wegen Anas Mutter. Ich weiß nicht, ob du das verstehst.“ Schnell nahm er einen weiteren Schluck von dem Rioja. „Da Carmen nicht mehr lebt, möchte ich alle Ausgaben für Ana übernehmen. Sie soll sich sicher und geborgen fühlen. Sehen, dass ihr Vater für sie da ist.“ Sandra schien seinem Blick auszuweichen. „Ist das denn so schwer zu verstehen?“, hakte er nach.

Der Kellner kam zurück, und sie bestellten als Vorspeise eine Gazpacho für Sandra und Melone mit Serrano-Schinken für ihn. Als Hauptspeise wollten sie sich eine Paella mit Meeresfrüchten für zwei Personen teilen.

„Doch, Javier, ich verstehe dich“, nahm Sandra seinen Gesprächsfaden auf. „Ich weiß, wie sehr du deine Tochter liebst. Ich weiß, dass du ihr nahe sein und ihr deshalb die bestmöglichen Voraussetzungen für ihren neuen Lebensabschnitt bieten willst. Aber ich glaube auch, du solltest erst mit ihr reden und in Erfahrung bringen, wie Ana sich ihre Hochzeit vorstellt. Und Abdel hat sicherlich auch bestimmte Erwartungen.“

„Das hat Inma mir auch schon geraten." Die Vorspeisen wurden serviert, und Javier pikste ein Stück Honigmelone zusammen mit einem Hauch von Schinken auf seine Gabel. „Wunderbar", schwärmte er. „Der Schinken ist fantastisch. Ganz zart. Passt hervorragend zur süßen Melone."

Sandra löffelte ihre kalte Tomatensuppe ebenfalls mit Hingabe. „Ich habe so einen Hunger", sagte sie lachend. „In Deutschland essen wir immer viel früher zu Abend." Javier war ihr dankbar, dass sie nicht länger auf dem Thema Hochzeit herumritt. Doch nach ein paar weiteren Löffeln kam Sandra dann doch wieder auf Ana zu sprechen. „Ich glaube, Ana hat ihren eigenen Kopf und weiß genau, wie sie feiern will. Das wird sie schon hinbekommen."

„Wird sie eben nicht. Am Montag in zehn Tagen ist der Termin beim Standesamt. Kirchlich trauen geht nicht so ohne Weiteres, weil Abdel nicht katholisch ist. Und sie haben kein Restaurant reserviert. Ich will doch nur verhindern, dass ihr großer Tag ein Desaster wird."

„Señor, entschuldigen Sie bitte", sagte der Kellner. Erst jetzt bemerkte Javier, dass er so heftig gestikuliert hatte, dass er um ein Haar das Tablett mit der Paella für zwei erwischt hatte.

„Oh, die sieht ja köstlich aus." Sandra schob den Kerzenständer zur Seite. „Stellen Sie die Platte doch hier ab."

Der Kellner platzierte das Rechaud und die Platte zwischen ihnen. Javier füllte Sandra etwas auf den Teller, während sie immer noch über die unglückselige Hochzeit sprach.

„Wie viele Gäste kommen denn so ungefähr?", fragte sie.

„Keine Ahnung. Das sagt mir niemand. Soweit ich das weiß, können die Eltern des Bräutigams nicht ausreisen. Ich glaube, es kommen lediglich ein paar Freunde aus Madrid." Javier trank hastig einen Schluck Rotwein.

Endlich ließ Sandra das Thema fallen. „Wie geht es Inma?"

Jetzt musste Javier lächeln. Das musste er meist, wenn er an Inmaculada dachte. Es amüsierte ihn, dass er schon im *Colegio* in sie verknallt gewesen ist. „Gut. Inma und mir geht es gut."

Sandra lächelte ebenfalls. „Gut im Sinne von ...?"

„Gut im Sinne von, wir behalten beide unsere eigenen Wohnungen und unsere Unabhängigkeit, aber ja, wir sind ein Paar."

„Das sind ja großartige Neuigkeiten. Ana heiratet, Inma und du, ihr seid ein Paar. Darauf müssen wir anstoßen. Ich finde Inma nämlich auch sehr sympathisch." Sandra strahlte über das ganze Gesicht. Sie schien sich aufrichtig für ihn zu freuen. Ihre Weingläser berührten sich mit einem hellen Pling.

„Und du wirst es nicht glauben, letztlich war es ganz einfach." Javier erzählte Sandra von dem Rendezvous, bei dem er mit Inma zusammengekommen war. Dann berichtete er von Inmas Söhnen, die sich ihm gegenüber überaus aufgeschlossen gezeigt hatten. Er fand sie ebenfalls nett. Zum Schluss gestand er seiner Kollegin, wie erleichtert er war, dass auch Ana und Inma sich auf Anhieb verstanden.

„Schon witzig. Inma und du, ihr beide habt schon so viel erlebt. Ich kann gut nachvollziehen, dass es euch wichtig ist, dass auch eure Kinder eurer Liaison zustimmen. Wie sieht das denn mit dir und Abdel aus?"

Sandra konnte oder wollte das Thema nicht ruhen lassen. Es war ihm unangenehm, darüber zu reden. Gleichzeitig tat es ihm aber auch gut, seine Bedenken in Worte fassen zu können.

„Ich mag ihn. Er ist etwas älter als Ana. Anständig erzogen und sehr höflich. Er hat einen ausgleichenden Einfluss auf Ana. Wie soll ich das erklären? Abdel strahlt eine Ernsthaftigkeit aus, die meiner Tochter gut bekommt. Ich glaube, die beiden passen zusammen. Aber nachdem du mich jetzt über alle romantischen Verhältnisse in meiner Familie ausgefragt hast, bin ich neugierig, ob es auch jemanden in deinem Leben gibt."

„Nein, nicht wirklich." Sandra sah mit einem Mal betrübt aus. „Ich meine, nichts … wie hast du das eben genannt? … nichts Ernsthaftes." Sie hatte Liebeskummer, Javier war sich plötzlich ganz sicher. Seine Kollegin war unglücklich verliebt. „Ein kleiner Flirt mit einem Arbeitskollegen, und das war's. Sollen wir uns jetzt die Nachtischkarte kommen lassen?"

„Unbedingt."

„Auch ein Flirt kann schmerzhaft sein." Javier wollte ihr ebenfalls die Möglichkeit geben, auszusprechen, was sie belastete.

„Stimmt." Sandra kicherte unnatürlich. Dann stiegen ihr Tränen in die Augen. „Er wohnt nicht in Deutschland. Wir schreiben uns oft Nachrichten." Sie wandte sich ab. Dann drehte sie sich wieder zu ihm um. „Er kann sehr romantische Dinge schreiben. Aber wenn wir uns dann in der Realität sehen, verstehen wir uns oft gar nicht richtig."

„Hört sich schwierig an."

„Ja", sagte sie und fügte unerwartet heftig hinzu: „Zumal es da noch eine andere Frau gibt." Javier sah seiner Kollegin an, dass sie es sofort bereute, ihm das anvertraut zu haben. „Aber jetzt sind wir hier", beeilte sie sich zurückzurudern. „Endlich wieder zusammen in Málaga auf dem Burgberg und genießen ein köstliches Mahl." *Oh, Sandra*, dachte Javier und verbot sich jeden Kommentar. Sie lächelte ihn gezwungen an und klatschte in die Hände. „Zeit für Nachtisch. Was hältst du von *macedonia*, Obstsalat?"

„Da bin ich dabei. Hört sich prima an." In Wirklichkeit dachte Javier an Inmas Obstsalat mit Alkohol und Nüssen. An den war bislang noch niemand herangekommen. Und auch dieser würde es vermutlich nicht schaffen. Er sollte recht behalten. Als sein Obstsalat eintraf, probierte er sofort einen Löffel. Ja, er war fruchtig und frisch, aber nicht so raffiniert wie der von Inma.

Während sie ihren Nachtisch aßen, sprachen sie über den Fall. Sandra berichtete ihm von den zickigen Antworten der deutschen Lehrer. Zusammen überlegten sie daraufhin, wie sie bei der Schülerbefragung am nächsten Vormittag vorgehen sollten, damit die nicht ebenso erfolglos enden würde. Anschließend plauderten sie nur noch über leichte Themen und beendeten das Mahl mit einem schweren Likörwein.

Der Kellner rief ihnen ein Taxi. Sandra stieg zuerst aus, und als der Wagen vor Javiers Haus hielt, gab der *Comisario Principal* dem Fahrer die Adresse von Inma.

Es war ein schöner Abend gewesen, viel zu schön, um
die Nacht allein zu verbringen.

Kapitel zwölf

Samstag, den 20. Juni, 9.30 Uhr

Sandra

Obwohl es in Sandras Dachkammer heiß und stickig war, hatte sie nach dem üppigen Abendessen mit Javier hervorragend geschlafen. Sandra stand auf und dehnte sich mit ein paar einfachen Yoga-Übungen. Sie freute sich auf ihren freien Nachmittag und wollte fit sein für die erste SUP-Stunde ihres Lebens. Sie fragte sich, ob sie nach der Privatstunde bei Diego tatsächlich schon in der Lage sein würde, längere Zeit auf dem Brett stehend zu paddeln. Doch bis es so weit war, musste sie zuerst noch mit Javier die Schülerinnen und Schüler vernehmen. Hoffentlich würde das gut gehen. Javier fuhr bei Vernehmungen einen gänzlich anderen Stil als sie. Letzten Sommer waren sie sich mit ihren unterschiedlichen Strategien mehr als einmal in die Quere gekommen. Gestern beim Abendessen hatten sie sich abgesprochen, dass sie von Anfang an darauf achten würden, sich nicht in den Rücken zu fallen. Schnell hatten sie sich geeinigt, die Verhöre mit der fabelhaften Stufensprecherin Betül Yilmaz zu beginnen. Javier und sie beurteilten die Lage ähnlich. Die Befragungen versprachen zäh zu werden, und die Gefahr war groß, dass sie nichts Neues erfahren würden. Doch Sandra beschloss, sich nicht demotivieren zu lassen. Wie gut, dass sie die Schülerinnen und Schüler in Marbella erst am späten Vormittag vernehmen würden. Insofern hatte sie nun erst einmal Zeit für ein ausgiebiges Frühstück. Und nach den *Gesprächen*, wie sie die Verhöre nannten, um die Jugendlichen nicht noch mehr zu verunsichern, würde sie dann endlich erste Erfahrungen mit dem Stehpaddeln sammeln können. Ein schönes Sandwich: gemütliches Frühstück, knifflige Verhöre und erfrischender Wassersport.

Sandra ging ins Bad und schminkte sich dezent. Jetzt war der richtige Zeitpunkt gekommen. Sie griff nach ihrer Handtasche und zog den weißen Umschlag heraus. Vorsichtig öffnete sie ihn. Wie erwartet hatte Giancarlo ihr die Polaroids zugesteckt. Ganz oben auf dem Stapel lag ein Porträt, das sie im Hotelbadezimmer vor dem Spiegelschrank von ihm gemacht hatte. Er war aber auch ein attraktiver Mann. Sein Lächeln war hinreißend. Und obwohl sie in der Regel nicht mochte, wie sie auf Fotos aussah, musste sie doch zugeben, dass auch die Fotos von ihr recht hübsch geworden waren. Sie sah glücklich aus. Sandra warf noch einen kurzen Blick auf die intimen Fotos. Schnell packte sie den Umschlag zurück in die Handtasche. Eine Sache war ihr klar: Sie durfte die Bilder auf gar keinen Fall im Hotel herumliegen lassen. Sie schloss den Reißverschluss, schulterte die Tasche, griff nach der Schlüsselkarte und rauschte energiegeladen zum Frühstücksraum.

Kaum zu glauben, aber sie war schon wieder hungrig. Gut gelaunt lief sie ein paarmal zum Büfett und besorgte sich all die Frühstücksleckereien, die sie sich zu Hause nicht gönnte. Zu guter Letzt ging sie zum Zeitungsständer, um sich mit der passenden Lektüre zu versorgen. Sie schaute sich die bekannten Zeitungsnamen an, nahm dann aber eine Zeitung vom Haken, die sie noch nicht kannte, und lief mit ihr zu ihrem Platz.

Von diesem neuen Blatt hatte sie schon viel Gutes gehört. Sandra las sich bereits auf der Titelseite fest und hätte darüber fast vergessen, ihr leeres Glas Orangensaft nachzufüllen und sich einen frischen Becher Kaffee zu holen. Und dann sah sie unten links ein Foto von Jugendlichen. Doch es waren nicht die Gesichter, die Sandras Aufmerksamkeit auf sich zogen, sondern der Name der Autorin, der unter der Schlagzeile stand: Isabel Blasco.

Sandra überflog den Artikel. Er handelte von dem Lebensgefühl von Schülerinnen und Schülern kurz vor dem Schulabschluss. Die Höhen und Tiefen an einem spanischen *Colegio*.

Am Ende: Jugend zwischen Panikattacke und Weltrettung ...
von Isabel Blasco
Erinnern Sie sich noch an Ihre letzten Jahre im Colegio? Mit Sicherheit, denn für uns alle zählt der Schulabschluss als einer der Meilensteine in unserem Leben. Mit den letzten Schulprüfungen geht automatisch ein Lebensabschnitt zu Ende. Doch das Problem ist, dass sich viele Schüler gedrängt fühlen, beruflich lebensverändernde Entscheidung

*treffen zu müssen, ohne das Leben jenseits der Schule voll-
ständig verstanden zu haben ...*

Fasziniert las Sandra den Artikel zu Ende. Vielleicht hatte sie die Sensationsreporterin doch unterschätzt. Inhaltlich überzeugte der Zeitungsbericht, stilistisch fand sie ihn weniger gelungen. Er wirkte etwas hölzern. Frau Blasco bemühte sich so sehr, nicht nach Boulevardzeitung, sondern möglichst seriös zu klingen, dass sich ihr Schreibstil, für Sandras Geschmack, arg gekünstelt anhörte. Dennoch, diese kleine Einschränkung minderte Sandras insgesamt positive Bewertung nicht. Sie schaute auf die Wanduhr über dem Büfett und genehmigte sich noch eine letzte Tasse Kaffee. Anschließend ging sie zur Rezeption, wo sie sich mit Javier treffen wollte, um mit ihm zusammen nach Marbella zu fahren. Während sie auf den *Comisario Principal* wartete, kam ihr die Idee, noch schnell den Artikel von Frau Blasco mit einem neuen Beitrag zu verlinken. Sie ging auf ihren Account und sah, dass sie vier Follower verloren hatte. Mist! Aber da konnte man nichts dran ändern.

Kapitel dreizehn

Javier

Javier knallte die Autotür zu. Er ärgerte sich, dass er zu spät kommen würde. Und das, obwohl er großen Wert auf Pünktlichkeit legte. Aber im Moment kam auch wirklich alles zusammen. Den ganzen Vormittag hatte er zwischen der Polizeiarbeit auch noch Anas Hochzeit organisiert. Javiers Handy klingelte. „Ja?", bellte er.

„*Capitán* Antonio. Wegen der Jacht. Wenn du magst, kannst du sie dir heute Abend in Puerto Estepona angucken. Bei der Fahrt handelt es sich um ein Hochzeitsgeschenk, oder?"

„Ja, für meine Tochter."

„Wie schön. Also, ich bin heute Abend da. Komm einfach vorbei."

„Danke, Antonio."

„Alles klar. Bis später."

Antonio hatte Javier noch gestern Nacht per E-Mail einen guten Mietpreis in Aussicht gestellt, sollte ihm eine Fahrt mit seiner Jacht als Geschenk für das Hochzeitspaar zusagen. Javier gab Gas und versuchte Zeit aufzuholen, was jedoch innerhalb von Málaga kaum machbar war. Zu guter Letzt verspätete Javier sich um eine Viertelstunde. Er parkte sein Auto rasant vor dem Hotel *Victoria* und hetzte schuldbewusst zur Rezeption. Beim Näherkommen sah Javier Sandra lässig und breit lächelnd vor der Empfangstheke auf ihn warten. Im Gegensatz zu ihm schien sie bestens gelaunt zu sein. Ob sie eine romantische E-Mail von ihrem Geliebten bekommen hatte? Noch bevor Javier diese Idee zu Ende denken konnte, begrüßte ihn Sandra voller Schwung.

„Du wirst es nicht glauben, Javier. Ich hab gerade beim Frühstück einen Artikel von unserer Paparazza gelesen", redete sie auch gleich drauflos. „Über das Lebensgefühl der Jugendlichen. Und der war gar nicht mal so schlecht geschrieben." Auf den Weg nach Marbella erzählte Sandra noch munter weiter und steckte ihn mit ihrer guten Laune an.

Im *Hotel Parasol* warteten bereits die beiden Lehrkräfte und die Übersetzerin Frau Ruiz auf sie. Javier begrüßte die Deutschen mit einem Handschlag und führte sie in Ramóns Büro.

„Vielen Dank, dass Sie sich Zeit für dieses Gespräch nehmen", begann Javier höflich und nickte Frau Ruiz zu, die sofort mit dem Übersetzen begann. „Schildern Sie uns bitte einen typischen Tagesablauf hier im *Parasol*." Er wartete, und die Übersetzerin übertrug seine Aufforderung mit unbewegtem Gesicht ins Deutsche.

Javier kannte Frau Ruiz schon von seinem letzten Fall. Die Frau arbeitete effizient und absolut neutral. Sie blieb stets so unbeteiligt, dass ihn das furchtbar wütend machen konnte. Er mochte sie nicht, kam aber nicht darum herum anzuerkennen, dass sie zu hundert Prozent zuverlässig war.

Frau Bauer sprach, und Frau Ruiz übersetzte ihm leise simultan, was die Mathelehrerin sagte. „Unsere Schüler haben ein festes Tagesprogramm. Frühstück gibt's zwischen 9 und 10 Uhr, und wer nicht kommt, wird von mir oder Herrn Martins höchstpersönlich aus dem Bett geklopft."

Dann sprach der Kunstlehrer. Fast zeitgleich erfuhr Javier von Frau Ruiz, um was es ging. „Nach dem Frühstück erhalten die Schüler eine Kunst- beziehungsweise Matheaufgabe. Zum Beispiel gehen sie nach draußen und machen Fotos von Gebäuden oder Landschaften, die sie anschließend zeichnerisch festhalten oder deren Winkel sie berechnen sollen. Es kann sich aber auch um eine Rechercheaufgabe zu bedeutenden spanischen Künstlern handeln."

Die Mathelehrerin schaltete sich wieder ein. „Doch egal, an was sie arbeiten, die Verpflichtung ist stets dieselbe: Bis um 12 Uhr mittags werden die Ergebnisse hochgeladen, denn um 13 Uhr gibt's Mittagessen beziehungsweise Lunchpakete an Ausflugstagen." *Ganz schön früh*, dachte sich Javier, sagte aber nichts. „Um 16 Uhr ist dann Kaffeetrinken angesagt", beschloss Frau Bauer ihre Ausführungen.

Javier grinste. Regelmäßiges Kaffeetrinken ließ ihn unweigerlich an britische Senioren denken. Er fand es überaus merkwürdig, sich eine Gruppe pubertärer Teenager beim gepflegten *High Tea* vorzustellen.

„Danach", nun übernahm wieder der Mathelehrer, „stehen gemeinsame Unternehmungen an, oder es gibt Zeit zur freien Verfügung. Der letzte feste Termin ist dann das Abendessen in Form eines Büfetts um 19 Uhr."

„Und danach?", hakte Sandra ein. Javier war sofort klar, auf was sie hinauswollte, denn Robyns Unfall hatte sich gegen 22 Uhr ereignet.

„Danach wird allmählich die Bettruhe eingeläutet", sagte Frau Bauer.

„Um 19 Uhr?", fragte Javier ungläubig.

„Natürlich nicht. Um 19 Uhr versammeln wir uns zum Abendessen. Das dauert so bis 20 oder 21 Uhr."

„Schließlich", kam Herr Martins seiner Kollegin zu Hilfe, „stehen auf allen Zimmern Flatscreen-TVs zur Verfügung. Jedes Zimmer hat zudem WLAN, und mit der Klimaanlage können es die Schüler:innen gut in ihren Räumen aushalten."

„Sie dürfen sich aber auch abmelden und das Haus verlassen. Um 22 Uhr müssen sie jedoch spätestens wieder zurück sein. Doch die meisten bleiben dort. Hotelpool und Patio reichen unseren Schülern. Wobei ich selbst schon ganz gern abends manchmal noch auf der Strandpromenade spazieren gehe. Der Venus Strand ist wunderbar und der El Faro Beach ebenfalls." Javier nickte. Schicke Gegend. Die Frau kannte sich aus. „Bei meiner Runde habe ich auch schon Till gesehen. Unseren Vorzeigesportler. Till macht sich gern am Orangenplatz im Zentrum der Altstadt warm, bevor er seine Runde dreht."

Javier schaute erst die Übersetzerin, dann die Mathelehrerin verwirrt an. Er empfand die Aussagen der Mathelehrerin als sprunghaft. Warum war sie so nervös? Hatte sie etwas zu verbergen?

„Und was machen die anderen Schülerinnen und Schüler abends und nachts?", fragte Sandra.

„Wie meinen Sie das?"

„Besuchen sie sich gegenseitig via Balkon? Vergnügen sie sich mit Internet-*Challenges?*"

„Keine Ahnung. Das fragen Sie sie am besten selbst", schlug Herr Martins vor.

„Genau das haben wir vor", schaltete Javier sich ein. „Als Erstes möchten wir die Stufensprecherin Betül Yilmaz befragen."

„Betül ist überdurchschnittlich ...", riss Frau Bauer das Wort wieder an sich.

„Prima, dann mal rein mit ihr", unterbrach Javier sie.

Kurz darauf stand der Kunstlehrer auf und ging vor die Tür. Dort rief er irgendwem etwas zu. Vermutlich schickte er einige Schüler auf die Suche nach Betül. Es dauerte nicht lange, bis es klopfte. Sandra öffnete die Tür. Herein kam eine mittelgroße junge Frau mit schulterlangem braunem Haar. Sie trug eine randlose Brille, Jeans und T-Shirt. Sie grüßte, warf einen Blick in die Runde und wartete.

Javier fiel vor allem all das auf, was sie nicht war: Die Stufensprecherin war weder ängstlich oder nervös noch beeindruckt oder verunsichert. Stattdessen wirkte sie, als ob es das Normalste der Welt wäre, zwei Polizisten, einer Übersetzerin und zwei Lehrern Auskunft über ihre tote Mitschülerin zu geben.

Kapitel vierzehn

Samstag, den 20. Juni, 12 Uhr

Sandra

Javier blickte Sandra an und gab ihr so zu verstehen, dass sie nun übernehmen sollte.

„Hallo, Frau Yilmaz, schön, dass Sie gekommen sind. Ich bin Oberkommissarin Sandra König, und das ist mein Kollege *Comisario Principal* Javier Sánchez, und dort hinten sitzt Frau Ruiz, unsere Übersetzerin.“

„Hallo allerseits. Sie können mich ruhig Betül nennen. Das machen alle hier.“

„Betül, setz dich doch bitte“, sagte der Kunstlehrer. „Frau König möchte dir ein paar Fragen stellen.“

„Mein Kollege und ich würden uns gern ein Bild von der Stimmung unter den Schülerinnen und Schülern machen. Wie würden Sie die Atmosphäre auf der Stufenfahrt vor und nach dem Unfall vom Balkon charakterisieren?“

Betül rieb sich mit der Hand über den Mund und dachte einen Augenblick nach. „Anfangs waren wir alle begeistert, nach Spanien zu reisen. In ein Hotel. In eine Stadt am Meer. Na ja, und Marbella ist schon *cool* als

Location. Eben eine mondäne Partystadt." Sandra bemerkte, wie die beiden Lehrer sich vielsagende Seitenblicke zuwarfen. Vermutlich waren sie stolz auf die Wortwahl ihrer Schülerin. „Doch dann fingen ein paar von uns an, sich zu langweilen."

„Langweilen? Wieso denn das?" Die Stimme der Mathelehrerin klang gekränkt.

In diesem Moment schaltete sich unerwartet Javier ein. „Na klar", sagte er. „Dieses Hotel bietet wenig für Jugendliche. Vermutlich habt ihr noch nicht einmal einen Gruppenraum, in dem ihr euch treffen könnt."

Betül sah Javier an und lächelte ihm offen zu, nachdem Frau Ruiz seinen Kommentar übersetzt hatte. „So ist es. Das sind alles Zweier-, Dreier- oder Sechser-Zimmer. In die Sechser-Zimmer passen vielleicht zehn Leute rein, wenn wir uns alle zusammenquetschen. Aber wir sind siebenundzwanzig. Das heißt, fast zwei Drittel sind ausgeschlossen. Außerdem möchten viele der Mädchen nicht, dass Jungs auf ihren Betten sitzen und so."

„Es kommt zu Cliquenbildung", brachte Sandra Betüls Beschreibung auf den Punkt.

Betül nickte. „Und das sollte doch nicht der Sinn einer Studienfahrt sein."

Sandra empfand die Stufensprecherin mit einem Mal als unangenehm altklug. Sie wollte gerade eine Bemerkung machen, doch als sie Luft holte, fragte Javier unbeeindruckt weiter. „Welche Cliquen gibt es denn bei euch?"

Betül rasselte ein paar Namen herunter, welche Sandra schnell mitschrieb.

„Und zu welcher Clique gehörte Robyn?“, hakte sie beim Notizenmachen nach.

„Zu meiner.“

„Wer noch?“

„Cara.“

„Und?“

„Das war’s.“

„Jungs?“

„Das wechselte.“

Sandra wartete. Betül wich ihrem Blick aus.

„Till?“, schlug der Kunstlehrer vor.

„Till!“, wiederholte das Mädchen.

Die Mathelehrerin nannte noch einen weiteren Namen, doch Betül schüttelte den Kopf. Die Stufensprecherin wartete noch einen Moment, und dann nannte sie einen anderen Namen. „Moritz.“

„Prima: Cara, Till und Moritz. Die möchten wir alle sprechen.“

„Jetzt?“, erkundigte sich der Kunstlehrer.

„Ja, jetzt.“

Kaum zehn Minuten später saßen drei weitere Schüler in Ramóns Büro. „Ihr vier habt euch gemeinsam mit Robyn während der Stufenfahrt zusammengeschlossen, um etwas zusammen zu unternehmen“, begann Javier die Gruppenbefragung.

Keiner der Jugendlichen reagierte.

„Würden Sie bitte meinem Kollegen eine Antwort geben!“, forderte Sandra die Gruppe auf.

Moritz war der Einzige, der antwortete. „Ja.“

„Was haben Sie denn so gemacht, wenn Sie sich zu fünft getroffen haben?“, nahm Sandra ihn daraufhin sofort in die Zange.

„Gechillt“, sagte der Junge mit den beeindruckenden Oberarmen lachend. Till, der Sportler.

„Gequatscht“, fügte Cara hinzu. Auch sie lächelte und zeigte dabei zwei Grübchen. Mit einem Mal wirkte sie nicht mehr kalt und abweisend, sondern schüchtern und freundlich.

Der zweite Junge, Moritz, fügte hinzu: „Wir haben auch Karten gespielt.“

„Was für Kartenspiele?“, fragte Sandra.

Alle kicherten.

„Pokern?“ Sie blieb hartnäckig.

Weiteres Kichern.

Javier mischte sich ein, bevor Sandra eine konkrete Antwort aus den Jugendlichen herausgekitzelt hatte. „Was noch?“, fragte er. Seine Stimme hörte sich verschwörerisch an. Plötzlich lachte er. „Vermutlich nicht gerade Flaschendrehen.“ Frau Ruiz stockte kurz, dann übersetzte sie seinen Kommentar.

„Sie werden lachen. Genau das haben wir gespielt“, sagte Betül.

Sandra und Javier fragten noch weiter nach, bekamen aber nichts mehr heraus. Dann nickte Javier ihr zu, und wie besprochen baute sich Sandra überraschend mit geöffneter Handinnenfläche vor der Gruppe auf. „Wir möchten Sie bitten, uns Ihre Smartphones zu zeigen.“

Niemand fühlte sich angesprochen. *War klar.* Sandra warf den Lehrkräften einen Blick zu, doch sowohl Frau Bauer als auch Herr Martins sahen zu Boden, wollten mit der Aktion offensichtlich nichts zu tun haben. Sandra wandte sich an Betül. „Frau Yilmaz. Ihr Handy. Bitte.“

„Sorry, hab mein Handy gerade nicht dabei."

Sandra war sich sicher, dass die junge Frau sie anlog.

„Sie können uns nicht zwingen, unsere Handys abzugeben", sagte Till aufgebracht.

„Nein, können wir nicht, aber wir können euch bitten", kam ihr Javier zu Hilfe. „Und wenn ihr nichts zu verbergen habt ..."

Am Ende gab niemand der vier sein Smartphone aus der Hand. Als schließlich alle anderen Ramóns Büro verlassen hatten und Sandra allein mit Javier zurückgeblieben war, schüttelte ihr Kollege den Kopf. „Das verheißt nichts Gutes."

„Okay, dann sollten wir auf Plan B umschwenken und die Mädchen und Jungen gleich vor dem Mittagessen getrennt voneinander vernehmen."

„Um 13 Uhr gibt es Mittagessen, wenn ich mich richtig erinnere. In zwölf Minuten. *Yalla.*"

„Yalla?"

„Das sagt Ana neuerdings immer anstelle von *vamos.*"

Sandra kicherte. Javier schloss Ramóns Büro ab, und zusammen gingen sie zum Frühstückszimmer. Die Schülerinnen und Schüler saßen schon an den Tischen und warteten darauf, dass das Büfett in wenigen Minuten eröffnet wurde.

Sandra stellte sich vor die Serviertische und bat um Ruhe. „Das Mittagessen findet heute etwas später statt", stellte sie die Gruppe vor vollendete Tatsachen. „Ich möchte alle Mädchen bitten, mir in den Hof zu folgen."

Auf dem Weg hinaus sah Sandra, wie Javier die Hotelbediensteten über die Verzögerung informierte. Im *Patio* des Hotels fanden alle deutschen Schulmädchen auf drei Bänken Platz. Sandra blieb stehen und wiederholte

dieselben Fragen, die sie bereits Robyns Clique gestellt
hatte. Auch wenn die jungen Frauen jetzt unter sich
waren, blieben sie stumm. Keine von ihnen gab konkrete Antworten. Javier und sie hatten vorher abgesprochen, dass die geschlechtergetrennte Vernehmung, quasi als vertrauensbildende Maßnahme, ohne
Übersetzerin stattfinden sollte. Doch auch dieser Plan
schien nicht aufzugehen.

Als sie etwas später die Gruppen tauschte und nun die
männlichen Schüler auf den drei Bänken vor sich sitzen hatte, bekam sie auch aus denen nichts Hilfreiches
heraus. Genau wie vorher die Mädchen blieben sie in
Hab-Acht-Stellung. Schließlich kam Javier zu ihnen auf
den Hof gelaufen. Über seiner Schulter trug er ihre
Handtasche.

„Schick, Herr Sánchez", witzelte sie, als er sie ihr gab.
„Ich wusste gar nicht, dass du auf Damentaschen
stehst."

Doch ihr Kollege hatte keinen Sinn für Humor. „Du
solltest deine Wertgegenstände nicht einfach so liegen
lassen", sagte er.

Hallo, dachte Sandra genervt. *Was soll so ein Spruch?*
Doch sie biss die Zähne aufeinander und sagte nichts.
Javier war offensichtlich ebenso frustriert wie sie, weil
sie bei den Jugendlichen nicht vorankamen.

„Und", fragte Javier die Schüler auf Englisch. „Was
sagt ihr zu dem Graffiti auf der Hotelwand?" Natürlich
behaupteten sie, dass das noch niemand von ihnen gelesen hätte. Erbärmlich, es war wirklich zum Verzwei-
feln!

Kapitel fünfzehn

Samstag, den 20. Juni, 15 Uhr

Javier

„Tja, Sandra", fasste Javier die Befragung der Schüler zusammen. „Da haben wir noch jede Menge Arbeit vor uns."

„Wie schaffst du es nur", fragte Sandra ihn verwundert, „so gut gelaunt zu sein, wenn alle, die wir befragen, sofort dichtmachen und wir kein Stück weiterkommen?"

„Ganz einfach. Ich konzentriere mich auf das Positive, auf Anas Hochzeit."

„Klar, das versteh ich. Ich freue mich auch auf meinen SUP-Unterricht."

„Richtig, das hätte ich glatt vergessen."

„Echt nett von dir, Javier, dass du Ramón um Freizeitvorschläge für mich gebeten hast. Ich glaube, Wassersport ist jetzt genau das Richtige für mich. Von wegen einen kühlen Kopf bewahren und so."

„Erstaunlich, dass Ramón dir da eine gute Information hat zukommen lassen. Ich kriege aus ihm zurzeit nämlich kein brauchbares Wort heraus. Mir kommt es so vor, dass er jedes Mal, wenn ich mit ihm allein spreche, in eine ungute Mischung aus Panik und Selbstmitleid versinkt."

„Ist ja auch schwierig. Und der Druck steigt von Tag zu Tag. Bislang haben wir den Fall noch halbwegs unter Verschluss halten können. Doch in den nächsten Tagen wird Ramón sich auf ein regelrechtes Pressegewitter gefasst machen müssen."

„Hoffentlich behält er die Nerven."

„Also, als Ramón mir von Diego erzählt hat, was er richtiggehend charmant, kein bisschen niedergeschlagen. Ist dir das nicht aufgefallen?"

Javier dachte über Ramón und Diego nach. „Kann schon sein", murmelte er vage. Dann fiel ihm noch Capitán Antonio und seine Jacht ein. Plötzlich hatte er die Idee, Sandra um Hilfe zu bitten. „Sandra, wie kommst du denn eigentlich nach deinem Privatunterricht bei Diego wieder zurück nach Málaga?"

„Darüber hab ich mir noch keine Gedanken gemacht. Aber klar, du hast recht. Das könnte ein Problem werden. Schließlich haben wir Samstag. Da fahren die öffentlichen Verkehrsmittel vermutlich nicht mehr so oft."

„Wenn du willst, fahre ich dich zurück. Ich habe heute noch länger in Marbella zu tun."

„Danke, Javier, das brauchst du aber nicht, ist viel zu umständlich ..."

Inma hatte oft gepredigt, dass er häufiger andere um Unterstützung bitten sollte. Jetzt war seine Chance gekommen. Doch wie sollte er das anstellen? Ihm fehlte die Übung, auch wenn Inma ihm immer wieder sagte, dass das Äußern von Wünschen und Bedürfnissen nicht ein Zeichen von Schwäche, sondern, im Gegenteil, ein Ausdruck von innerer Stärke sei.

Javier gab sich einen Ruck. „Nicht unbedingt. Sag, darf ich dich um einen kleinen Gefallen bitten?"

„Wie meinst du das?"

„Vielleicht hast du Lust und Zeit, mich nach deinem SUP-Unterricht bei einer Unternehmung zu begleiten?"

„Das klingt jetzt aber sehr geheimnisvoll." Sandra warf dem *Comisario Principal* einen misstrauischen Blick zu. „Dein Vorhaben hat doch nicht etwa mit Anas Hochzeit zu tun?"

Javier lachte. „Sandra, du kennst mich viel zu gut."

Sandra kicherte. „Also, okay. Wenn es nicht zu lange dauert, bin ich dabei."

„Ich würde dich für ein, höchstens zwei Stündchen entführen, denn ich möchte dir etwas zeigen und würde gern deine Einschätzung dazu hören."

„Oh, Mann, du machst es aber spannend. Da hast du Glück, dass ich so abenteuerlustig bin. *Livin' la vida loca …*"

„Wäre dir 18 Uhr recht?" Javier sah, wie seine Kollegin ihren Zeitplan im Kopf durchging. Dann nickte sie. „Passt. Wo treffen wir uns?"

„Genau hier, auf dem Parkplatz des Hotels."

„Ich werde da sein."

„Großartig. Oh, da kommt Robyns Vater."

Herr Lehmann sah aus wie ein Stier, dem der Torero bereits so einige Wunden zugefügt hatte. Mit vorwurfsvoller Miene ging er auf Sandra und ihn zu, wild entschlossen seine ganze Umgebung mit sich in den Untergang zu ziehen.

„Schnell, mach, dass du wegkommst. Ich kümmere mich um ihn.“

Kapitel sechzehn

Sandra

Sandra fand den Bootsschuppen, vor dem sie sich mit Diego verabredet hatte, problemlos. Ramóns Wegbeschreibung zum See war perfekt gewesen. Dasselbe galt für seine zeitliche Einschätzung. Zehn Minuten strammer Fußweg vom Hotel *Parasol,* und schon stand sie vor dem Treffpunkt. Die einzige Überraschung war der Trainer selbst. Sie hatte einen jungen Studenten erwartet, aber Diego entpuppte sich als erwachsener Mann Mitte, Ende dreißig. Im rechten Ohr trug er einen Tunnelohrring. Sein Kinn wurde von einem schwarzen Bart bedeckt, seine langen dunklen Haare hatte er zu einem Pferdeschwanz zusammengebunden. Der Haaransatz an der Stirn war schon leicht zurückgegangen. Des Weiteren machte sie ein Lederband um den Hals aus, ein verwaschenes graues T-Shirt und rote locker sitzende Shorts, die er über einer Badehose trug. Eine attraktive Mischung aus einem Naturburschen und einem öko-alternativen Stadtmenschen. Allerdings sah er auf den ersten Blick nicht gerade nach jemandem aus, der ein Herz für die Polizei hatte.

Sandra war nach ihrem kleinen *Powerwalk* zum Stehen gekommen und überlegte schnell, bei der Begrüßung auf Titel und Förmlichkeiten zu verzichten.

„Hi, ich bin Sandra. Du bist sicherlich Diego."

Er begrüßte sie mit Küsschen. „Willkommen", nuschelte er dabei in ihr Ohr.

„Ich sag's dir besser gleich: Ich habe keine Ahnung von Stand-up-Paddling. Hab das noch nie gemacht. Sag mir, was muss ich tun?"

Diego sah sie kurz an, verschwand dann im Schuppen und kam mit einem Neopren-Shorty zurück. „Zieh den mal über deinen Badeanzug an. Ich denke, der könnte passen."

„Wo kann ich mich denn umziehen?" Da sie ihren Badeanzug nicht den ganzen Tag bei der Arbeit hatte tragen wollen, befand er sich noch in ihrem Rucksack.

„Im Schuppen oder einfach dahinten in den Büschen."

Sandra sah ihn entgeistert an. Das war jetzt doch etwas sehr rustikal für ihren Geschmack. „Gibt's keine Umkleidekabinen? Ich meine, wohin schickst du denn die Hotelgäste, wenn sie sich umziehen sollen?"

„Die Teilnehmenden kommen immer schon in Badeklamotten zum Training. Letzte Woche zum Beispiel, als ich diese deutschen Schüler gecoacht habe, waren die schon badefertig. Wir konnten sofort ins Wasser gehen."

Sandra starrte ihn an. Ihr Privatunterricht versprach all ihre Erwartungen zu übertreffen. Diego kannte die Freiburger Jugendlichen. Das war ja höchst interessant.

„Aber wenn es dir unangenehm ist, dich hier am See umzuziehen, kannst du auch etwas weiter hinten am Strand die Badekabinen benutzen."

„Ja", sagte Sandra, „gern. Bin gleich zurück."

„Kein Stress. Ich pumpe dir währenddessen schon mal deine *tabla* auf.

Als Sandra im engen Neoprenanzug zurückgejoggt kam, winkte ihr Diego lächelnd zu.

„So, deine *tabla* wartet bereits auf dich: Hab sie aufgeblasen, die Finne ist drinnen, das heißt, wir können mit den Trockenübungen loslegen. Schau, hier ist dein Paddel. Ein Arm ist der *Druckarm*, der andere der *Zugarm*. Darf ich?"

Diego stellte sich hinter sie und führte ihre Arme. Sandra merkte, dass sie seine Nähe nicht kaltließ. Sie staunte über sich selbst. Bislang hatte Giancarlo alles, was im Weitesten mit Verknalltheit zu tun hatte, absorbiert. Sie hatte nicht damit gerechnet, dass ein anderer Mann, noch dazu jemand, der vom Typ her das Gegenteil von Giancarlo darstellte, bei ihr ebenfalls ein Flattern im Bauch auslösen könnte. Dennoch genoss sie es, Diegos Hände auf ihren Armen zu spüren, und bedauerte es, als er die Übung beendete und wieder vor sie trat.

„Gar nicht so schlecht", sagte Diego und lächelte ihr aufmunternd zu. „Okay, machen wir weiter. Die Paddelbewegung verläuft in drei Schritten: *catch*, du stichst ein, *power*, du paddelst, und *recover*, du holst das Paddel wieder zurück. Siehst du? So!"

„Du sprichst gut Englisch."

„Muss ich." Diego grinste. „Die wenigsten Touristen verstehen Spanisch. Zeig mal, wie du die Armbewegung machst." Diego ging einen Schritt zurück und sah ihr prüfend zu. „Sieht gut aus. Prima. Bist du schon mal gesurft?"

Sandra lachte. „Habe es versucht, aber es war megaanstrengend, und meist bin ich ins Wasser gefallen und kopfüber durchgespült worden. Das hat mir nicht wirklich Spaß gemacht, aber Ramón meinte, das hier sei einfacher."

„Da wolltest du dem Wassersport noch einmal eine Chance geben."

„So ungefähr. Weißt du, ich mag Sport, habe auch eine ganz gute Ausdauer ... Aber vor die Wahl gestellt trinke ich lieber entspannt einen Cappuccino am Strand, als dass ich mich voller Tatendrang ins Wasser stürze."

„Und warum willst du dann das Stehpaddeln lernen?"

„Ramón, der Hoteldirektor, hat es mir empfohlen. Er meinte, die Hotelgäste seien ganz begeistert." Sandra wartete einen Moment, und dann gab sie sich einen Ruck. „Erinnerst du dich noch genauer an die deutsche Schülergruppe?"

„Klar, war ja erst letzte Woche." Leider sagte er nicht mehr dazu. „Okay, Sandra, dann lass uns jetzt mal zum See und ins Wasser gehen. Dein Brett ist eine *tabla* für Anfänger. Du ziehst dich da gleich irgendwie drauf. Du kannst erst einmal darauf liegen, sitzen oder knien und dich treiben lassen, bevor du aufstehst. Irgendwann gebe ich dir dann dein Paddel. Zu Beginn wirst du das Gefühl haben, auf rohen Eiern zu balancieren. Das ist völlig normal. Aber du wirst sehen, nach fünfzehn, zwanzig Minuten wirst du stabil stehen können."

Sie waren am See angelangt. Beide duschten sich schnell ab und wateten ins Wasser. Nach ein paar Schritten stand Sandra das Wasser bis zur Hüfte. Es war angenehm warm. Diego warf ihr das Brett zu, und Sandra zog sich hoch. Das gestaltete sich schwieriger als erwartet. Anfangs fiel sie sofort wieder zurück ins Wasser. Dann musste sie kichern und schluckte unangenehm viel Wasser. Doch schließlich gelang es ihr, das Brett unter sich zu halten. Sie ließ sich eine Zeit lang mit dem Bauch auf das Brett gedrückt auf dem See treiben und stellte sich vor, sie befände sich auf einer Luftmatratze.

„Und, wie ist es?" Diego stand bereits auf seinem *tabla*.

„Erstaunlich." Sandra suchte nach dem richtigen Wort. „Chillig."

„*Muy bien*. Dann bist du bereit für den nächsten Schritt. Einmal aufstehen, bitte."

Vorsichtig ging Sandra auf die Knie und erhob sich. Das Brett schwankte ein wenig, aber sie hatte das Gefühl, es unter Kontrolle zu haben.

„Das machst du richtig gut. Gib zu, das macht mehr Spaß als Kaffeetrinken."

„*Amores diferentes*. Beides gut, kann man nicht vergleichen", widersprach Sandra.

Diego lachte. „Nimm mal dein *remo*, dein Paddel, und rühr damit im See herum. Genau so, wie wir das eben auf dem Land geübt haben."

Und tatsächlich. Ihr Trainer hatte nicht zu viel versprochen. Nach einigen Anläufen fühlte sich der Bewegungsablauf immer selbstverständlicher an. Verrückt, aber das machte ihr tatsächlich Spaß. Großen Spaß sogar. Doch die Freude war bald wieder vorbei. Nicht viel später bemerkte Sandra nämlich auch, wie anstrengend das Ganze war.

„Puh, das geht in die Arme.“

„Da hast du recht. Ich glaube, das war auch einer der Gründe, warum es den deutschen Jungs so gut gefallen hat. Die wollten was für ihren Bizeps tun.“

„Und die Mädels?“

„Einige haben sich auch recht geschickt angestellt, andere haben die ganze Zeit die Luftmatratzenfunktion genossen.“

Sandra überlegte, ob sie noch mehr erfragen sollte, doch Diego sah sie bereits so komisch von der Seite an, und sie wollte keine allzu große Aufmerksamkeit erregen. Also schloss sie diesen Teil der Unterhaltung mit einer allgemeinen Frage ab. „Und nervt dich das denn nicht, wenn die Touristen deinen Unterricht nicht ernst nehmen?“

„Nö, überhaupt nicht.“

Mit dieser Antwort hatte Sandra nicht gerechnet. Sie wartete auf eine Erklärung, während sie langsam nebeneinander auf dem See glitten und immer wieder ihr Paddel ins Wasser stachen.

„Sport ist oft mit großem Ehrgeiz verbunden. Wettbewerbe, Kräfte messen, höher, schneller, weiter. Das gibt’s beim Wassersport ebenso wie bei anderen Disziplinen. Das kann auch ein Anreiz sein, klar, aber ich finde, Surfen, Segeln und SUP haben so viel mehr zu bieten. Sie verbinden dich mit der Natur und sind etwas ganz Besonderes. Die Clique, mit der ich mir den

Bootsschuppen teile, denkt genauso. Minimale Ausrüstung, unkompliziertes Miteinander. Darum gebe ich auch gern meine Kurse genau hier, an diesem See. Tja, und das war es auch schon für heute, unsere Zeit ist um.“

Sie gingen zurück ans Land und trugen die Ausrüstung zum Schuppen zurück.

„Ich bring dir den Anzug gleich zurück“, rief Sandra, nahm ihren Rucksack an sich und lief mit ihm zur Umkleidekabine am Strand. „Weißt du, wie spät es mittlerweile ist?“, fragte sie, als sie zurückkam und Diego den nassen Neoprenanzug in die Hand drückte. „Viertel vor sechs. Wieso? Hast du noch was vor?“

„Ja, ein Freund hat mich gebeten, ihn zu begleiten. Sehr geheimnisvoll, ich weiß selbst nicht, wohin die Reise geht.“

„Da bin ich froh, dass du bei der Polizei arbeitest, sonst würde ich mir glatt Sorgen machen.“

„Woher weißt du das?“

„Der Hoteldirektor, Ramón, hat so was angedeutet. Also dann, Sandra. War schön, dich kennenzulernen.“

Bildete sie sich das ein, oder sah er ihr länger in die Augen als nötig?

„Ja, fand ich auch. Und danke für das SUP-Training. Hat echt Spaß gemacht.“

Kapitel siebzehn

Samstag, den 20. Juni, 18 Uhr

Javier

Javier saß im Auto vor dem Hotel und wartete auf seine deutsche Kollegin. Um sich die Zeit zu vertreiben, schaltete er das Radio an. Schreckliche Musik. Gefiel ihm alles nicht. Er sprang von Sender zu Sender und landete bei einem Klassikprogramm. Dort spielten sie ein Potpourri aus Opernarien. Nicht schlecht. Mehr als das. Es gefiel ihm sogar sehr. Javier klopfte den Takt mit und wartete auf das Einsetzen des Refrains. Gerade als er dann aus vollem Halse zusammen mit José Carreras *„Amigos para siempre"* schmetterte, wurde die Beifahrertür geöffnet.

Sandra begrüßte ihn lachend. „Hallo, Javier. Wie ich höre, bist du schon in bester Partystimmung."

Ertappt drehte Javier das Radio leise. Er beschloss, Sandra ebenfalls ein wenig zu foppen. „Mir geht's super, anders als dir." Sie schaute ihn irritiert an. „Wenn ich mir deine nassen Haare so ansehe, würde ich mal behaupten, dass Stehpaddeln doch nicht so einfach ist, wie Ramón immer sagt. Gib zu, du bist ein paarmal ins Wasser gefallen."

Sandra setzte sich auf den Beifahrersitz und schnallte sich an. „Bin ich, aber es hat dennoch riesigen Spaß gemacht. Und Ramón hat recht. SUP ist um einiges einfacher als surfen. Und der Coach, ein Typ namens Diego, ist wirklich megasympathisch. Sehr entspannt und kann gut erklären. Aber, Javier, glaub ja nicht, ich würde dich nicht durchschauen. Deine kleinen Provokationen schaffen es nicht, mich vom Wesentlichen abzulenken. Sag schon, wohin fahren wir?“

„Es geht um Ana und Abdel.“ Kam es ihm nur so vor, oder hatte seine Kollegin tatsächlich die Augen verdreht?

„Um was denn genau?“, fragte Sandra.

„Ich habe da so eine Idee für ein Hochzeitsgeschenk. Inma und du, ihr sagt dauernd, ich sollte mich nicht in die Planung des Fests einmischen. Also habe ich mir überlegt, mich nicht um das Essen zu kümmern.“

Muy bien“, sagte Sandra. Ein wenig zu schnell für Javiers Geschmack.

„Stattdessen“, fuhr er fort „möchte ich den beiden etwas *Unvergessliches* schenken.“

Sandra sah ihn neugierig an. Javier bemerkte ein quirliges Gefühl in sich. Es hüpfte wie ein kleiner gelber Tennisball in seinem Bauch auf und ab. Vorfreude. Es war Vorfreude. Noch immer fuhr er nicht los. Er wollte seine Enthüllung auskosten und nicht gleichzeitig irgendwelche Fahrentscheidungen fällen müssen.

„Also, Sandra. Ich habe mir überlegt, dass ich den beiden ein, wie sagt man noch gleich so schön, ein unvergessliches Event schenken könnte.“

„Aha.“ Sandras Stimme blieb neutral, stellte Javier ein wenig enttäuscht fest. „Und wo soll dieses großartige

Event stattfinden? Wohin fahren wir?", wiederholte sie ihre Frage.

„Nach Estepona", antwortete er knapp.

„Das ist doch auch eine Küstenstadt hier in Andalusien, oder?"

„Ja, eine Nachbarstadt von Marbella."

Nachdem sie ein Stück gefahren waren, knurrte Javiers Magen laut vernehmlich.

„Das hatte ich mir fast gedacht. Du bist ebenso hungrig wie ich. Nach dem Schwimmen bin ich immer ausgehungert, darum habe ich uns etwas Proviant organisiert. Zeit für einen kleinen Snack", schlug Sandra vor und zeigte auf zwei Papiertüten und zwei Flaschen Wasser.

„Oh, Mann", sagte Javier lachend. „Jetzt weißt du schon, wann ich Hunger bekomme. Echt unheimlich."

„Kann man hier irgendwo parken?"

„Oh ja, ich kenne den perfekten Platz, wo wir eine kleine Pause machen können. Noch ein, zwei Serpentinen, dann sind wir da." Javier fuhr die Steilküste weiter hoch und parkte in einer Haltebucht. „Da hinten ist eine Besucherplattform."

Sie verließen den Wagen und folgten dem ausgeschilderten Weg, der sie zu einer Bank unter einer schattigen Kiefer führte. Bevor sie sich setzten, blieben sie einen Moment stehen und schauten aufs Meer.

„Megaschön", sagte Sandra bewundernd.

„Nicht wahr?"

Dann nahmen sie auf dem Bänkchen Platz, und Sandra reichte Javier ein *bocadillo*.

„Gönn dir!"

Das Baguette war so üppig belegt, dass er gar nicht so recht wusste, wie er da hineinbeißen sollte. Doch zum Glück blieben alle Zutaten dort, wo sie hingehörten. „Hm, lecker. Genau das Richtige", lobte er. Das Brot schmeckte schön knusprig, und die Tomatenstücke gaben dem Käsebelag ein frisches Aroma. „Vielen Dank, Sandra."

„Gern geschehen. Wasser?"

Beide aßen und tranken und blickten auf das Mittelmeer, wo Sonnenreflexe erst kurz geheimnisvoll aufblitzten und dann wieder verschwanden.

„Ach, das tat gut", sagte Sandra schließlich und knüllte ihre Tüte zusammen. „Es geht doch nichts über eine entspannte Pause in schöner Natur."

„Da gebe ich dir recht. Ich verstehe gar nicht, wie Ana es in Madrid aushält", sagte Javier. „Im Sommer. Ohne Meer. Ich würde eingehen."

Sandra nahm einen Schluck Wasser. „Ja, dieser Anblick lässt sich durch nichts ersetzen", stimmte sie ihm zu. „Schau mal da!" Sie zeigte in den blauen Himmel, und zusammen beobachteten sie den eleganten Flug der weißen Möwen. „Wirklich schön", murmelte Sandra erneut. „Mehr braucht man doch eigentlich nicht im Leben." Sie atmete laut aus und wandte sich Javier zu. „So, und jetzt sag mir endlich, was du in Estepona vorhast."

„Ich hatte mir gedacht ..." Er strich sich nervös durchs Haar, war sich seiner Sache plötzlich doch nicht mehr so sicher.

„Na los, sag's schon."

Javier machte eine extralange Pause, um sie noch ein wenig hinzuhalten. „Eine romantische Fahrt bei Sonnenuntergang auf einer Jacht. Nur für das Brautpaar. Mit einer Flasche Cava und Obst."

Sandra war begeistert. „Super Idee. Ich kann mir das gut vorstellen. Abdel und Ana auf einer Jacht. Sie im Bikini oder in einem luftigen langen Kleid. Neben ihr sitzt Abdel und hält ihre Hand. Ein lauer Fahrtwind. Dann würde der Kapitän vielleicht irgendwo anhalten. Das frisch vermählte Paar geht schwimmen, kommt zurück an Bord und isst Weintrauben."

Javier war noch immer unsicher. „Nicht zu abgeschmackt?"

Sandra schüttelte den Kopf. „Nein. Und sehr nett, dass es nur für die beiden ist."

Javier freute sich über Sandras Reaktion. Endlich schien er das Passende gefunden zu haben. Etwa eine halbe Stunde später kamen sie im *Puerto Deportivo de Estepona* an. Javier ging voran und betrat als Erster die Steganlage der Marina. Die Luft war salzig. Man hörte Seile gegen den Mast eines Bootes schlagen.

„Gefällt es dir hier?"

„Klar. Ist ganz schön malerisch. Weißt du, zu welchem Liegeplatz wir müssen?"

„Ja. Ich glaube, es ist nicht mehr weit. Antonio wartet sicherlich schon auf uns."

Nach ein paar Schritten sah Javier, wie ihnen ein älterer Mann zuwinkte.

„Guten Abend. Ich bin Antonio."

„Hallo, ich bin Lidias Bekannter Javier, und das ist meine Kollegin Sandra."

„Hocherfreut", sagte Sandra sehr formell.

Javier und Antonio warfen sich einen Blick zu und lachten.

„Wie wär's mit einem kleinen Begrüßungsschnaps?", fragte der Kapitän, und Javier sah, dass er schon zwei kleine Gläser neben eine eisgekühlte Flasche gestellt hatte.

„Danke. Vielleicht gleich ein alkoholfreies Bier. Wir müssen noch nach Málaga zurück. Antonio, als Erstes würden wir uns aber gern deine Jacht ansehen."

Antonio reichte Sandra die Hand, als sie auf das Boot stieg. „Na klar, ich führe euch gern herum."

Die Jacht war klein, aber fein. Sonnensegel, zwei Liegen. Eine Musikanlage. „Die jungen Leute haben alle Bluetooth", erklärte der stolze Besitzer, „damit kann sich das Paar dann mit der Musikanlage verbinden und seine Lieblingslieder abspielen." Anschließend zeigte er ihnen eine kleine Kajüte unter Deck, in der sich die Gäste zum Schwimmen umziehen konnten. Daneben gab es ein WC. „Mit etwas Glück sehen wir sogar ein paar Delfine, aber versprechen kann ich natürlich nichts." Antonio führte Javier und Sandra zum Steuerrad. Auf dem Tisch lag eine große Karte. Sie beugten sich zu dritt darüber, und der Kapitän erklärte die Route. Sandra verlor bald das Interesse, und Javier sah aus dem Augenwinkel, dass sie sich stattdessen ein paar gerahmte Fotos von glücklichen Passagieren anschaute. Antonio drückte Javier noch einen Prospekt in die Hand, und dann holte er von irgendwo drei Dosen eiskaltes Bier hervor, zwei mit, eine ohne Alkohol.

„Schlaf ruhig eine Nacht drüber, aber ich sag dir, ein Ausflug auf meiner Jacht ist genau das Richtige für ein frisch vermähltes Ehepaar."

Das Boot schaukelte träge hin und her. Javier und Sandra tranken ihr Bier aus, verabschiedeten sich, und dann fuhr Javier seine Kollegin wie versprochen zurück nach Málaga. Als er sie schließlich vor ihrem Hotel absetzte, bedankte er sich für ihre Begleitung zum Jachthafen.

„Ach, Javier", sagte sie. „Ana kann stolz auf ihren Vater sein. Echt lieb, dass du dir solche Mühe gibst, deiner Tochter und deinem zukünftigen Schwiegersohn eine so schöne Überraschung zu organisieren."

„Danke, Sandra. Deine Einschätzung bedeutet mir viel."

„Ich danke dir, Javier. Das war ein wunderschönes Erlebnis. Und mit dem Jachtausflug als Hochzeitsgeschenk kannst du, meiner Meinung nach, nichts falsch machen."

Kapitel achtzehn

Sonntag, den 21. Juni, 8 Uhr

Sandra

Sandra wachte nach einer unruhigen Nacht früher als sonst in ihrem Dachgeschosszimmer auf. Auch wenn der Ausflug zum Jachthafen wunderbar gewesen war – sie wertete die ganze Aktion als eine Art verqueren Freundschaftsbeweis –, hatte sich gegen Morgen auch ein Gefühl von Traurigkeit in ihre gute Stimmung eingeschlichen. Als sie die Augen endgültig aufschlug, dachte sie über ihre Familie nach. Hätten sich ihre Eltern auch so viel Mühe geben, ein passendes Hochzeitsgeschenk für sie zu finden? Für ihren Bruder Robert hatten sie damals ein aufwendiges Fest finanziert. Doch genutzt hatte das alles nichts. Roberts erste Ehe war mittlerweile geschieden. Liebe kam eben immer ohne Garantie. Sandra stand auf und wünschte Ana und Abdel eine dauerhafte Ehe.

Schnell machte Sandra sich frisch und zog sich an. Sie kannte sich gut genug, um zu wissen, dass ein ausgiebiges Frühstück ihre Laune schnell wieder verbessern würde. Als sie im Frühstücksraum ankam, war sie eine der Ersten. Kein Wunder. Die meisten Menschen genossen es, am Sonntag auszuschlafen. Während sie frühstückte, schaute sie aus dem Fenster, ohne den Anblick der heruntergekommenen Seitenstraße wirklich wahrzunehmen. Stattdessen dachte sie an ihren Geliebten. Ob Giancarlo seine Frau damals auch mit so viel Idealismus geheiratet hatte? Wann war er Francesca wohl das erste Mal untreu geworden? Sie hatten zwar nie darüber gesprochen, aber Sandra war sich sicher, dass sie nicht seine erste Geliebte war. Welche Bedeutung hatte sie für ihn? Verflixte Situation!

Unzufrieden leerte sie ihre Tasse Milchkaffee. Sie ging sich selbst auf den Geist. Wie unleidlich sie war! Immerhin tat ihr der Kaffee gut. Süß, stark und heiß erfüllte er seine Aufgabe als Muntermacher. Sandra spürte, dass sie zur Tat schreiten wollte. Sie konnte es nicht mehr ertragen, noch länger auf der Stelle zu treten. Höchste Zeit, dass Javier und sie endlich mit dem Fall vorankämen.

Die Oberkommissarin schaute ungeduldig auf die Uhr an der Wand. Erst kurz vor neun. Egal, sie würde sich dennoch auf den Weg zur Polizeidienststelle machen. Irgendetwas zu tun gab es immer. Und das war gut so. Es würde sie zumindest ablenken.

Die Polizeiwache wirkte so einsam wie Málagas Stadtstrand Malagueta im Dezember. Die wenigen anwesenden Kolleginnen und Kollegen grüßten einander dafür jedoch umso herzlicher. „*Buenos días*, Sandra", sagte Sofía freundlich, als sie das Büro betrat. Sandra brummelte etwas Ähnliches. Es war noch viel zu früh für eine Unterhaltung, fand sie. Doch dann gab sie sich einen Ruck und fragte höflich, ob es Neuigkeiten gäbe.

„Die Ergebnisse sind raus."

Was? Sandra konnte Sofía auf die Schnelle nicht folgen. „Von welchen Ergebnissen sprichst du?"

„Die von der Gerichtsmedizin."

„Ach so. Ja richtig. Tut mir leid, aber ich stehe gerade etwas auf der Leitung."

„Es gibt auch bereits Anfragen von den seriösen Zeitungen dazu. Ein paar Online-Gazetten stellen sogar schon die irrsten Vermutungen an. Die großen Zeitungen jedoch haben bislang zum Glück nur das Allerwichtigste benannt, ohne konkret zu werden. Auf jeden Fall habe ich jetzt den Obduktionsbericht und kann Javier nicht erreichen. Vermutlich ist er gerade dabei, etwas für die Hochzeitsfeier seiner Tochter zu organisieren ..."

Sandra unterdrückte ein Lachen, denn sie vermutete, dass Javier mit Inma im Bett lag. „Also, Sofía, du kannst mir den Bericht gern geben. Javier wird ihn sowieso an mich weiterreichen. Ich kann ihn also genauso gut auch als Erste lesen." Sandra merkte, wie neugierig sie geworden war.

„Meinst du wirklich?"

„Na klar!", antwortete Sandra selbstbewusster, als sie sich fühlte. Beim letzten Fall hatte sie im Alleingang fatale Fehlentscheidungen getroffen, welche die Ermittlungen beinahe in eine Katastrophe geführt hatten. Doch offensichtlich gelang es ihr, ihre Selbstzweifel zu überspielen. Sofía lächelte sie freundlich an und überreichte ihr die Unterlagen. „Hier, bitte."

Sandra nahm das Dossier an sich und setzte sich an Javiers Schreibtisch. Die Gerichtmediziner hatten ihre

Ergebnisse, genau wie im vorherigen Fall, in einer gelben Aktenmappe gebündelt. Auf der ersten Seite befand sich vermutlich wieder eine Zusammenfassung des Resultats, im Inneren der Mappe würden widerliche Leichenfotos auf sie lauern, und auf den letzten Seiten stünden dann, wie gehabt, die Empfehlungen.

Sandra überflog die erste Seite und scannte das Schriftstück nach Ausdrücken wie „Knochenbrüche", „Hirntrauma" und Ähnlichem ab. Doch sie fand nichts dergleichen. Stattdessen wurden vollkommen andere Begrifflichkeiten benutzt: „anaphylaktischer Schock", „Allergien" und „Organversagen". Bitte was? Hatte Sofía ihr die falsche Akte ausgehändigt?

Sie überprüfte die Personalien. Nein, es handelte sich eindeutig um die siebzehnjährige Robyn Lehmann. Jetzt versuchte auch Sandra Javier zu erreichen. Doch sie hatte genauso wenig Erfolg wie Sofía. Javier ging nicht ans Telefon. Noch nicht einmal, als sie ihn auf seinem Privathandy anrief. Scheiße, Scheiße, Scheiße. Und jetzt? Was hatte das alles zu bedeuten?

Immer schön langsam! Sandra ging den Bericht Wort für Wort durch und ließ besonders schwierige Absätze durch ein KI-Übersetzungsprogramm laufen. Sie merkte, wie verkrampft ihr Nacken war und wie sich nach kurzer Zeit die ersten Anzeichen von Kopfschmerzen bemerkbar machten. Doch nach einer Dreiviertelstunde hatte sie verstanden, was das Gutachten ans Licht gebracht hatte. Robyn Lehmann war anscheinend Allergikerin gewesen. Die Expertinnen und Experten gingen von einer Lebensmittelunverträglichkeit aus. Jedenfalls hatten sie bei der Obduktion herausgefunden, dass die Schülerin durch die Auswirkungen eines allergischen Schocks zu Tode gekommen war. Sie nahmen an, dass Robyn am Tag ihres Todes irgendwann mit Nüssen, Fischen, Schalentieren oder Ähnlichem in Kontakt gekommen war. Sandra stolperte über die Formulierung „in Kontakt gekommen war". Sie schaute auf und recherchierte das im Netz. Nach einigen Minuten hielt sie inne und dachte nach. Wenn sie das alles richtig verstand, dann hatte Robyn an dem Tag des *Balconing* entweder selbst etwas gegessen, das beispielsweise Nüsse enthalten hatte, oder sie war mit dem Allergen in Kontakt gekommen, da sie einen Teller benutzt hatte, auf dem vorher Nüsse gelegen hatten.

Perfide, dachte Sandra. Sie hatte sich bisher noch nie über Allergien Gedanken gemacht. Sie selbst konnte essen, was sie wollte, und auch in ihrem Freundes- und Bekanntenkreis litt, soweit sie wusste, niemand an irgendeiner Lebensmittelunverträglichkeit oder Ähnlichem. Doch ihre Rechercheergebnisse lasen sich so, als könnte man als Allergikerin diesen sogenannten Allergenen kaum aus dem Weg gehen. Kleinste Reste an einem Messer konnten schon reichen, um einen Anfall auszulösen. Was für ein anstrengendes Leben! Immer in Hab-Acht-Stellung! Was für ein Horror auch für die Eltern. Ob die jemals ruhig schlafen konnten? Sandra blätterte in dem Dossier, bis sie zu der Stelle kam, an welcher der mutmaßliche Verlauf von Robyns anaphylaktischem Schock im Detail beschrieben wurde. Erneut las sie sich die verschiedenen Etappen durch. Erste Anzeichen: Quaddeln auf der Haut, geschwollene Schleimhäute. Innerhalb von ungefähr dreißig Minuten waren die Schleimbeutel und Atemorgane dann so stark angeschwollen, dass die junge Frau vermutlich keine Luft mehr bekommen hatte. Als Nächstes hatte der Magen-Darm-Trakt versagt. Im Magen selbst wurden anscheinend noch Reste von Teig und Blaubeeren gefunden. Schließlich erfolgte der Atem- und Kreislaufstillstand. Sandra überprüfte noch einmal die Zeitlinie. Konnte das tatsächlich sein, dass es in so kurzer Zeit zu einem kompletten Organversagen gekommen war? Doch! Da stand es. Die Rede war von einer halben Stunde! Sie hatte sich nicht verlesen.

Sandra musste mit jemandem sprechen. Es war ihr unerträglich, allein in Javiers Büro zu sitzen und ihn nicht erreichen zu können. Sie stand auf und tigerte auf dem Flur der Polizeidienststelle auf und ab. Schließlich landete sie vor dem Süßigkeitenautomaten. Er ließ sie an Javiers Schwäche für Schokolade denken. Sandra zog ein paar Riegel. Einen riss sie sofort auf und biss hinein. Vollmilch, Nuss. Lecker. Sie lief zurück und deponierte die restlichen Riegel in Javiers oberster Schublade. Er würde sie brauchen, wenn er in sein Büro zurückkehrte. Anschließend lehnte sie sich in dem Schreibtischstuhl des *Comisario Principal* zurück. Da fiel ihr Julia ein. Ihre deutsche Kollegin wartete sicherlich sowieso schon auf einen Anruf von ihr. „Julia. Bist du noch in Freiburg?"

„Ja, Sandra. Ich bin noch vor Ort. Du klingst aufgewühlt. Was ist los?"

„Du, kannst du bitte mal die Mutter fragen, ob Robyn Probleme mit Allergien hatte?"

„Ist es dringend? Ich meine, heute ist Sonntag, und es ist noch früh. Vielleicht schläft sie noch."

„Ja. Ist es. Ich erkläre dir das später. Uns liegt da so ein Befund vor. Frag sie doch bitte sofort, dich kennt sie bereits."

„Ich kann sie jetzt anrufen, wenn du willst. Oder möchtest du, dass ich bei ihr vorbeigehe?"

„Anrufen reicht vorerst."

„Warum fragst du denn den Vater nicht? Der ist doch bei euch."

„Ich glaube, die Mutter ist zugänglicher."

„In Ordnung. Ich rufe dich gleich zurück."

Sandra wartete und machte sich währenddessen weiter im Internet kundig. Sie hatte gerade weitere Einträge über Lebensmittelallergien quergelesen, als Julia auch schon zurückrief.

„Ja. Robyn Lehmann war allergisch gegen Nüsse. Auf Erdnüsse reagierte sie besonders heftig. Seit sie ein Baby war."

„Erdnüsse also. Sonst noch was?" Sandra schaute auf den letzten medizinischen Bericht, den sie im Netz gefunden hatte. „War sie noch allergisch gegen weitere Lebensmittel, Medikamente oder gar Insektenstiche?"

„Nein, nur Nüsse. Aber sie hat von Kindsbeinen an gelernt, damit umzugehen. Hatte auch immer ein sogenanntes ‚Notfallpack' dabei. Die Mutter war ganz aufgeregt am Telefon und fragt, warum du das wissen willst."

„Ein ‚Notfallpack' sagst du?"

„Ja, und davon haben wohl auch die Lehrer gewusst, meinte Frau Lehmann."

„Komisch, dass uns das keiner gesagt hat", murmelte Sandra gedankenverloren.

„Was ist denn los?" Julias Stimme riss sie aus ihren Grübeleien. Sandra nahm die gelbe Aktenmappe zur Hand und berichtete ihrer Kollegin dann haarklein, was sie gelesen hatte. Vor allem die entsetzlichen Beschreibungen der letzten halben Stunde von Robyns Leben.

„Oje, das hört sich gar nicht gut an. Und jetzt?"

„Jetzt muss ich erst einmal Javier erreichen." Kaum dass sie das gesagt hatte, hörte sie, wie Javier draußen vor der Tür Sofía begrüßte. Er klang unbeschwert und heiter. Der Arme. Die gute Laune würde ihm schnell vergehen.

Kapitel neunzehn

Sonntag, den 21. Juni, 10 Uhr

Javier

Was für ein herrlicher Tag, dachte sich Javier, als er fröhlich pfeifend die Polizeidienststelle betrat. Nach ein paar Minuten Small Talk teilte Sofía ihm mit, dass der Bericht der Gerichtsmedizin eingetroffen war. Sie hätte ihn bereits Sandra gegeben, die ihn in seinem Büro lesen würde. „Das war doch richtig, oder?"

„Na klar. Das hast du gut gemacht." Er sah, wie die Sekretärin erleichtert aufatmete.

Javier ging in die Büroküche und nahm die silberne *cafetera*, die Kaffeekanne, aus dem Schrank und schraubte sie auf. Daran, dass er viel von dem gemahlenen Kaffeepulver beim Einfüllen verschüttete, merkte er, wie angespannt er trotz seiner guten Laune war. Er säuberte die Ablage, betätigte den Zündknopf am Herd und entflammte das Gas mit einem Streichholz. Als er die *cafetera* auf den Feuerring stellte, hörte er ein Geräusch hinter seinem Rücken.

„Javier, es gibt Neuigkeiten!"

„Ich weiß."

„Es scheint alles noch komplizierter."

„Mach es nicht so spannend. Was hat die Obduktion ergeben?“

„Das ist alles so widersprüchlich.“

„Wieso?“

„Diese Robyn ist anscheinend an einer Allergie gestorben.“

„Was?“

„Ja, das habe ich auch gedacht.“

„Was genau soll das heißen?“

„Der Tod ist vermutlich schon vor dem Video eingetreten.“

„Sie war schon vor dem *Balconing* tot?“

„Ich glaube schon.“

„Aber wie konnte sie dann dieses Video von sich machen?“

„Wir sollten es uns noch mal ansehen. Hattest du nicht von Anfang an gesagt, dass ihr Körper im Video so merkwürdig leblos auf dich gewirkt habe?“

Javier knurrte etwas Zustimmendes.

„Ich glaube, du hattest recht. Robyn hat das Video gar nicht gedreht. Jemand anders hat sie gefilmt. Robyn selbst war schon vor dem Sturz tot.“

„Wir brauchen die Schülerhandys. Sofort!“ Javier rief Sofía an. „Hör mal“, fiel er gleich mit der Tür ins Haus. „Liegt uns jetzt endlich der Gerichtsbescheid für die Beschlagnahmung der Schülerhandys vor?“

„Moment, Javier, ich schaue gleich mal nach. Sekunde.“

Javier wartete mit dem Hörer in der Hand und beobachtete seine Kollegin. Sandra schien nervös zu sein.

Endlich meldete sich Sofía. „Ja. Ich hab die Beschlagnahmeanordnung für die Schülerhandys gefunden. Sie ist anscheinend ebenfalls heute Morgen eingegangen."

„Endlich. Danke, Sofía." Er legte auf.

„Was hast du vor, Javier?" Sandra wandte sich ihm mit wachen Augen zu. Sie schien jetzt wieder völlig präsent zu sein.

„Wir müssen alles noch mal von vorn bedenken. Wenn Robyn Lehmann wirklich schon tot war, dann hat sie kein Selfie-Video mehr drehen können ..."

„Sondern jemand anders hat es gedreht und sich so der Leiche entledigt ..."

„Ich befürchte ja", stimmte Javier Sandra zu. „Es klingt alles so absurd. Aber wenn wir erst einmal die Schülerhandys haben, werden wir mehr erfahren. Sie werden uns Aufschluss über diese ganzen merkwürdigen *Challenges* und so geben."

„Weiß nicht, Javier. Ich bin da nicht so optimistisch wie du. Ich vermute, dass die Clique mittlerweile schon alles gelöscht hat. Ich hoffe aber, dass die Technikerinnen und Techniker tatsächlich so gut sind, wie du sagst, und das Gelöschte wieder hervorzaubern können." Beide schwiegen einen Moment. „Die Alibis", durchbrach Sandra die Stille erneut. „Der Täter oder die Täterin muss zu Beginn des Videos auf dem Balkon gewesen sein und das Live-Video auf Robyns Handy eingeschaltet haben."

„Ja, jetzt haben wir immerhin einen genauen Zeitpunkt und einen klaren Tatort. Aber diese ganze Allergiegeschichte verstehe ich nicht. Hast du dazu schon etwas Genaueres herausgefunden?"

„Ja, ein bisschen. Meine Kollegin Julia hat in Deutschland mit Robyns Mutter telefoniert. Sie hat bestätigt, dass Robyn seit ihrer Kindheit an einer Nussallergie litt. Vor allem auf Erdnüsse hat sie wohl besonders empfindlich reagiert. Aber die Mutter behauptet auch, dass ihre Tochter das Ganze völlig im Griff hatte. Sie sagt, sie hätten sie von klein auf dazu erzogen, peinlich genau darauf zu achten, was sie isst. Robyn wusste anscheinend genau, was sie zu sich nehmen durfte und was nicht. Außerdem gab es ein sogenanntes ‚Notfallpack‘ für den Fall der Fälle. Allerdings sei so eine Situation niemals eingetreten.“

„Ein Notfallpack? Was soll das sein?“

„Das habe ich mich auch gefragt. Es ist wohl eine vorbereitete Spritze, in der sich bereits das Medikament befindet. Die Betroffenen trainieren anscheinend, wie man im Ernstfall damit umgeht. Wenn ich das richtig verstanden habe, wird die Spritze durch den Hosenstoff hindurch in den Oberschenkel injiziert.“

„Und wo war diese Spritze, als Robyn sie brauchte?“

Sandra zuckte mit den Schultern.

„Wir sollten ihr Hotelzimmer daraufhin noch einmal absuchen. Außerdem müssen wir Robyns Freunde und die beiden Lehrkräfte befragen. Die müssen doch von der Allergie gewusst haben.“

„Stimmt. Julia meint, Frau Lehmann habe ihr gegenüber erwähnt, dass sie die Lehrkräfte von Robyns Allergie und natürlich auch von dem Notfallpack in Kenntnis gesetzt hat.“

„*Vale.* Also, Sandra, lass mich zusammenfassen, wie wir jetzt weiter vorgehen werden: Wir knüpfen uns die

Schüler noch mal vor, überprüfen deren Alibis und kassieren ihre Handys ein. Außerdem fragen wir die Lehrer und den Vater nach der Nussallergie." Was hätte Javier jetzt für eine Zigarette gegeben. Er erhob sich von seinem Bürostuhl und ging gewohnheitsmäßig zum Fenster und öffnete es. In Ermangelung einer Zigarette fischte er sich einen Kugelschreiber vom Tisch und kaute darauf herum. „Ich verstehe immer noch nicht, was passiert ist. Wie hängt das *Balconing* mit dem Allergieschock zusammen?"

„Das ist wirklich undurchsichtig. Wir sollten zuerst einmal herausbekommen, was die Allergie ausgelöst hat."

„Und warum Robyn nicht das Notfallpack benutzt hat."

„Und warum ihr keiner geholfen hat."

„Ganz richtig, Sandra." Javier setzte sich wieder.

„Außerdem wissen wir jetzt, dass es einen Zeugen oder eine Zeugin gibt", fuhr seine Kollegin fort. „Warum hat die oder der denn nicht einfach einen Notarzt gerufen, sondern stattdessen dieses merkwürdige Video aufgenommen?"

„Vielleicht war es schon zu spät, und Robyn war schon tot, als dieser ,Zeuge' Robyn entdeckt hat."

Sandra schüttelte den Kopf. „Selbst wenn. Dann kann man immer noch Hilfe holen und das Ganze melden."

„Vielleicht hat die Person Dreck am Stecken?"

„Meinst du, jemand wollte Robyn mutwillig umbringen und hat sie gezwungen, eine Tüte Erdnüsse zu essen? Das hört sich weit hergeholt an." Sandra lachte gekünstelt auf. „So viel düstere Fantasie hätte ich dir gar nicht zugetraut."

„Mach dich nur lustig über mich", parierte Javier, nur halb im Scherz. „Ich finde, wir sollten nach den Strategien der klassischen Mordermittlung noch einmal ganz von vorn anfangen. Wer hatte etwas gegen das Mordopfer? Wer profitiert von ihrem Tod?"

„Okay, aber lass uns mit dem Naheliegendsten anfangen: dem Video."

„Alles klar. Ich habe eine Kopie auf dem Computer. Ramón hat sie mir gegeben. Willst du an meine Seite kommen?"

Sandra nahm ihren Stuhl und ließ sich neben Javiers Schreibtischstuhl nieder. „Mein Vorschlag ist", sagte sie, „dass wir uns das Video zweimal hintereinander ansehen und uns jeweils Notizen machen. Erst dann tauschen wir unsere Ergebnisse aus."

„Sandrita, hast du vor Kurzem an einem Kreativitäts-workshop teilgenommen?" Javier musste sie einfach aufziehen. Einen Moment später hatte Javier sämtliche Animositäten vergessen. Stattdessen konzentrierte er sich vollkommen auf den Videoclip. Beim ersten Durchlauf achtete Javier ausschließlich auf Robyn. Nein, sie war nicht betrunken, wie Ramón anfangs vermutet hatte. Sandra betätigte den Pausenknopf. Im Standbild sah Robyns Körper schlaff und in sich zusammengefallen aus. Keinerlei Spannung. Komplett leblos. Wenn man es wusste, erkannte man, dass man eine Leiche vor sich hatte. Aber natürlich war er damals beim ersten Anschauen so von der dramatischen Handlung in Beschlag genommen gewesen, dass er nicht mit einem toten Körper gerechnet hatte. Außerdem ... Halt. „Geh noch einmal auf Pause, Sandra!" Sein Eindruck hatte ihn nicht getrogen. Einige Augenblicke später sah es wider Erwarten so aus, als ob Robyn sich noch bewegte. „Schau dir das an. Warum bewegt sie sich?"

„Sie bewegt sich nicht, Javier. Ich glaube, jemand bewegt ihren Körper", sagte Sandra langsam.

Und tatsächlich, seine Kollegin schien recht zu haben. Der Körper, vielmehr Robyns Leiche, wurde bewegt. Seltsam. Aber so sah es aus. Schweigend schauten sie sich den Clip zu Ende an. Der Schluss des Videos war mit am schlimmsten zu ertragen.

Robyns Handy war, wie die Polizisten noch am selben Abend entdeckt hatten, mit der Klemme eines Handyhalters an dem Blumenkasten neben ihrem Hotelfenster an einem Metallstreben befestigt worden. Bislang waren sie davon ausgegangen, dass Robyn es dort selbst montiert hatte. Jetzt stand zu vermuten, dass ein Täter ihr Handy dort befestigt hatte, um Robyns Fall auf den Boden neben dem Pool aus der Vogelperspektive, also von schief oben, aufzunehmen. Entsprechend unscharf waren die Bilder der Landung. Das Video war auch nach dem Aufprall noch weitergelaufen. Man sah erst Hotelangestellte zur Leiche rennen, dann kamen die Sanitäter. Sie hoben Robyn auf eine Bahre. Später beugte sich eine junge Frau mit einem Pagenschnitt und pinkfarbenem Top über die Leiche.

„Cara, Robyns beste Freundin", merkte Sandra an. Während die Bahre weggetragen wurde, brach die Aufnahme endlich ab. Jemand hatte sie ausgeschaltet.

„Also, am Abend nach dem Sturz habe ich noch mit dem Kunstlehrer gesprochen", erklärte Javier seiner Kollegin. „Herr Martins hat mir erklärt, dass einer der Schüler am Empfang Bescheid gegeben hat. Daraufhin ist wohl der Rezeptionist zusammen mit dem Schüler zu Robyns Zimmer gegangen. Gemeinsam haben sie Robyns Handy in der Halterung auf dem Balkon entdeckt und ausgeschaltet. Die Spurensicherung hat die Aussage des Kunstlehrers bestätigt. Sie haben wohl die Fingerabdrücke des Schülers und des Rezeptionisten auf der Handyhalterung nachweisen können."

„Gab es noch weitere Fingerabdrücke?"

„Nicht, dass ich wüsste."

„Hast du die Namen von dem Schüler und dem Rezeptionisten?"

„Ich setze da gleich Sofía drauf an, glaube aber, dass das eine Sackgasse ist." Sandra schüttelte sich. „Auf jeden Fall macht das Ganze es noch gruseliger, sich dieses Video anzuschauen."

„Ich werde mich jetzt beim zweiten Durchlauf auf die Bewegung von Robyns totem Körper konzentrieren", kündigte Javier an. „Das ist doch zu merkwürdig."

In der ersten Einstellung sah man Robyns Kopf und Rücken von hinten und sehr viel Himmel. Dann wurde Robyns Körper von unten *en bloc* nach oben geschoben. In einem Ruck. Javier war überzeugt, dass jeder, der sich das Video angeschaut hatte, davon ausgegangen war, dass die deutsche Schülerin sich aus eigener Kraft auf die Brüstung hochgezogen hatte. Er selbst hatte das auch geglaubt. Aber jetzt, beim genaueren Hinschauen, merkte er, dass das nicht stimmte. Robyns Arme und ihre Hände mit den grün lackierten Fingernägeln baumelten noch immer leblos neben ihrem Körper. Ein lebendiger Mensch hätte die Ellbogen gebeugt und gestreckt, um sich hochzuziehen ... Aber Robyn war bereits tot gewesen. Es sah so aus, als hätte ihr jemand einen Ruck gegeben. Was war das morbid!

„Was für eine eklige Geschichte", sagte Sandra. „Was machen wir denn jetzt?"

„Ich würde sagen: Auf nach Marbella! Ich rufe gleich die Übersetzerin an, damit sie mich bei dem Gespräch mit dem Vater und den Lehrern unterstützt. Außerdem sammle ich die Schülerhandys ein und gebe sie unseren Technikern."

„Prima, dann nehme ich die Schülerinnen und Schüler noch einmal in die Zange, insbesondere die Clique um Robyn."

„Das hört sich nach einem guten Plan an."

Es klopfte. „Reinkommen", befahl Javier unwirsch. Von seiner guten Laune war nichts mehr übrig geblieben. Sofía gab ihm einen Notizzettel. Javier überflog ihn und fluchte. Sandra sah ihn fragend an. „Heute Abend findet eine Pressekonferenz statt."

„Oh, nein", sagte Sandra. „Ausgerechnet heute!"

„Schlechte Nachrichten?", fragte Sofía.

„Schlimmer. Eine Katastrophe. Wir müssen ganz von vorn beginnen, haben komplett in die falsche Richtung ermittelt. Aber ..." Javier wusste nicht, ob er seine Sekretärin, Sandra oder sich selbst beruhigen wollte. „Aber alles halb so wild. Ich kümmere mich darum."

Kapitel zwanzig

Sonntag, den 21. Juni, 12 Uhr

Sandra

Um 12 Uhr mittags betrat Sandra mit Javier im Schlepptau den Frühstücksraum. Irritiert schaute sie sich um. Die Schulgruppe aus Freiburg nutzte den Raum zwischendurch anscheinend auch als Klassenzimmer. Jedenfalls saßen die Schülerinnen und Schüler alle eng nebeneinandergequetscht in den hinteren zwei Tischreihen. Dann kam eine Art Niemandsland zwischen Lehrern und Schülern. Ganz vorn, am anderen Ende, saß der Kunstlehrer salopp auf einem Tisch und starrte auf sein Handy. Ohne von seinem Gerät hochzuschauen, sonderte er in regelmäßigen Abständen ein „Psssst!" ins Sperrgebiet ab.

Die Mathelehrerin stand mit verschränkten Armen vor der Meute und bat mit hoher, schon ein wenig heiserer Stimme um Aufmerksamkeit. Sandra fühlte sich in die Zeit in der Polizeischule zurückversetzt. Bei „Dienstrecht" am Freitag in der letzten Stunde hatten ähnliche Verhältnisse geherrscht.

„Alle mal aufpassen", begann Frau Bauer zum wiederholten Mal. Diesmal klatschte sie in die Hände, und erstaunlicherweise schien das zu funktionieren. Die Schülergruppe hörte ihr zu. Sandra kam sich wie bei einer Dressurnummer im Zirkus vor. „Wie ihr seht, haben wir wieder die Oberkommissarin aus Köln und ihren Kollegen aus Málaga zu Besuch. Frau König, wie können wir Ihnen heute weiterhelfen?"

„Hallo allerseits. Ich möchte gerne ein paar Einzelgespräche führen."

„In Ordnung." Die Mathelehrerin wandte sich wieder den Schülerinnen und Schülern zu. „Ihr wartet hier im Essenssaal, bis ihr aufgerufen werdet." Dann nickte sie Sandra zu. „Mit wem möchten Sie beginnen?"

Diskretion schien ihr fremd zu sein. Sandra beugte sich zu ihr hinüber. „Könnten Sie bitte als Erstes Betül Bescheid geben, dass ich sie im Büro des Hoteldirektors erwarte? Danach sollen sich bitte Till, Cara und Moritz bereithalten." Sandra nickte Javier im Herausgehen zu. Während der *Comisario Principal* im Essenssaal zurückblieb, um die Handys einzusammeln, ging sie allein zu Ramóns Büro vor. Kurze Zeit später klopfte es, und Betül trat ein. Das neuerliche Gespräch mit Betül war schnell beendet. Sie hatte nichts Neues zu berichten und äußerte sich ausgesprochen vage zu Robyns Allergie. Sie habe früher in der Unterstufe mal etwas darüber gehört, sei sich aber nicht sicher, ob das Thema noch immer relevant wäre.

„Und, wo waren Sie bei Robyns *Balconing*-Aktion?"

„In unserem Zimmer."

Sandra ärgerte sich, dass sie vom Kunstlehrer noch immer keinen Belegungsplan erhalten hatten. „Welches Zimmer ist das?"

„Eins dieser sogenannten Familienzimmer", antwortete die Stufensprecherin. „Einer der wenigen Räume mit sechs Betten."

„Und, was haben Sie gemacht?"

„Im Bett gelegen und ein Buch gelesen."

„Gibt es Zeuginnen?"

„Ja, Hannah und Chrissie. Die haben sich die Haare gewaschen und geföhnt."

„Gut, das werde ich prüfen. Sie können jetzt gehen. Bitte geben Sie Frau Bauer Bescheid, dass ich jetzt Zeit für Till habe."

Die Mathelehrerin begleitete Till höchstpersönlich in Ramóns Büro und blieb im Türrahmen stehen. Der Schüler nahm auf einem Stuhl, der Sandra gegenüberstand, Platz. Kaum dass er saß, begann Frau Bauer das Gespräch. *Die Mathelehrerin?* Sandra schaute sie verwirrt an. Sie war davon ausgegangen, dass Frau Bauer Ramóns Büro schon wieder verlassen hatte.

„Till ist unser Sportler, sehr diszipliniert. Ich sehe ihn oft in der Stadt beim Lauftraining. Auch an besagtem Abend habe ich ihn etwa eine Stunde vor dem Unfall am *Plaza de los Naranjos* in der Altstadt gesehen."

Auch wenn es zeitlich möglich gewesen wäre, schien es Sandra mehr als unwahrscheinlich, dass der Junge erst trainiert und dann in aller Ruhe ein *Balconing-Video* mit einer Leiche live von Robyns Handy abgeschickt hatte. Es handelte sich schließlich um einen Oberschüler und nicht um einen Berufskiller. Sandra richtete ihre Aufmerksamkeit auf Till. Der muskulöse junge Mann schien sich in seiner Haut nicht besonders wohlzufühlen. Er schaute auf den Boden und hatte die Schultern nach vorn gerollt. Sein Kopf schien viel zu klein für den breiten Torso zu sein.

„Also, Till, ich habe gehört, Sie gehen regelmäßig trainieren? Selbst hier während der Fahrt?"

„Ja." Dieser Gesprächsbeginn schien den Jungen zu überraschen. „Von nichts kommt nichts", sagte er und lächelte sie unsicher an. Er veränderte seine Haltung und wirkte mit einem Mal selbstbewusster. „Spaß beiseite. Die regelmäßige Bewegung ist wichtig, um den Muskelabbau zu verhindern." Sandra schaute ihn an. Das klang logisch, so richtig hatte sie darüber noch nicht nachgedacht. Sie mochte Sport, konnte sich aber längst nicht so sehr dafür begeistern wie beispielsweise Javier, der in guten und in schlechten Zeiten ein eingefleischter Fan vom FC Málaga war. „Und was haben Sie an besagtem Abend gemacht?"

„Ich war laufen, wie immer. Ich habe einen festen Zeitplan."

„Und dann?"

„Als ich zum Hotel zurückkam, sah ich, dass Moritz wie gebannt auf sein Handy starrte. Er begrüßte mich nicht und hatte nur Augen für sein Smartphone, Robyns Video war gerade online gegangen. Er war völlig außer sich und konnte das Handy gar nicht weglegen. Ich fragte, was los sei. Er wollte mir den Clip zeigen, aber ich war nicht in der Stimmung. Ich meine, ich war gerade völlig durchgeschwitzt vom Training zurückgekommen und wollte zuerst unter die Dusche gehen. Ich hatte zu dem Zeitpunkt doch keine Ahnung, was auf dem Display zu sehen war. Also drängte ich Moritz, mir doch bitte einfach schnell zu sagen, was los sei. Na ja, und als er anfing herumzustammeln, sah ich mir das Video dann doch an. Natürlich dachte ich nicht mehr ans Duschen, sondern rannte zum Fenster."

„Nicht zum Balkon?"

„Nein, unser Zimmer hat keinen."

„Und dann?"

„Dann sah ich Robyn dort unten liegen. Seltsam verrenkt." Till senkte den Blick, vermochte nicht mehr weiterzusprechen.

„Till, wissen Sie etwas über Robyns Essgewohnheiten?"

„Was meinen Sie damit?" Till starrte sie verwirrt an. Ihre Frage hatte ihn wie geplant aus dem Konzept gebracht.

„Ist Ihnen da etwas aufgefallen?"

„Na ja, sie hat wenig gegessen. Aber ich esse auch sehr bewusst. Viel Protein, wenig Billigfleisch. Wollen Sie auf etwas Bestimmtes hinaus?"

„Wissen Sie, ob Robyn Allergikerin war?"

„War sie?"

„Das frage ich Sie."

„Nicht, dass ich wüsste."

„Und wissen Sie etwas von einem Notfallpack?"

„Was meinen Sie damit? Einen Erste-Hilfe-Koffer?"

„Ich vermerke das mal als ein Nein."

Sandra wandte sich erneut an Frau Bauer, die noch immer im Büro neben der Tür stand. „Bitte schicken Sie mir jetzt Cara herein."

Kurz darauf betrat Cara in Begleitung der Psychologin den Essenssaal. Das Mädchen war mittelgroß, unauffällig. Schwarze Jeans, schwarzes T-Shirt. Brünettes

Haar im Pagenschnitt. Cara blies sich den fransigen Pony aus der Stirn. Musste vermutlich mal wieder zum Frisör, dachte Sandra. Insgesamt wirkte Cara unnahbar, schien eher der verschlossene Typ zu sein. Allerdings erinnerte Sandra sich auch, dass sie Grübchen hatte, wenn sie lächelte. Dann sah Sandra die Szene aus dem Video vor ihrem inneren Auge, in der sich Cara fassungslos über die Leiche ihrer besten Freundin beugte. Kein Wunder, dass die Schülerin so mauerte. Reiner Selbstschutz. Cara versuchte bloß, sich von der grausamen Welt abzukapseln. Sandra warf ihr einen mitfühlenden Blick zu, doch das Mädchen bekam das nicht mit. Sandra räusperte sich. „Cara, ich würde unser Gespräch gern aufnehmen. Haben Sie etwas dagegen?"

Jetzt blickte die Schülerin hoch und musterte sie. „Nein, Sie können es ruhig mitschneiden."

„Gut, danke." Sandra überlegte einen Moment, wie sie beginnen sollte. Mit der Überprüfung des Alibis, beschloss sie. Doch sie wollte behutsam vorgehen. Wie konnte sie ihre Frage danach formulieren, ohne den Namen von Caras toter bester Freundin direkt zu erwähnen? Plötzlich fiel ihr eine Möglichkeit ein. „Wo waren Sie zu dem Zeitpunkt, als das Video aufgenommen wurde?"

„An dem Abend hatte ich ein Gespräch mit meinem Kunstlehrer. Als wir fertig waren, durchquerte ich den Hof, um zu unserem Zimmer zurückzukehren. Und da sah ich ..."

Die Psychologin wollte sich gerade einschalten, als Sandra Cara unterbrach. „Hat Ihre Freundin Ihnen gegenüber einmal eine Allergie erwähnt?"

Cara sah Sandra kurz an und dachte nach. Dann nickte sie. „Ja, ich glaube schon, aber das war kein Thema zwischen uns."

„Wieso nicht?", hakte Sandra nach.

„Wissen Sie, wir Mädels sprechen nicht über so was. Wir versuchen einfach nur, schlank zu bleiben. Kaum jemand isst etwas von dem Hotelessen. Wenn überhaupt, dann Salat. Keine große Sache. Viele von uns haben ihre kleinen Ticks und Tricks, was das Essen angeht, aber darüber reden wir nicht. Robyn schon gar nicht. Das wäre uncool gewesen."

Sandra bemühte sich um ein Pokerface, überspielte bewusst ihre Verwirrtheit. Diese Art der Weltsicht war ihr so etwas von fremd. Lag das an dem Altersunterschied? Ihr ging es wie Javier, der öfter sagte, er habe den Kontakt zu jüngeren Generationen verloren. Eine Allergie zu verschweigen, weil das uncool war und den guten Ruf mindern könnte ... was für ein völlig abstruser Gedankengang! „Okay, danke. Das war's auch schon für heute."

Nach dem Gespräch mit Cara vernahm Sandra zuletzt Moritz, den Jungen, mit dem Till ein Zimmer teilte. Moritz' Eltern befanden sich mittlerweile ebenfalls in Spanien, um ihren Sohn vor Ort zu unterstützen. Sie waren bislang die einzigen Erziehungsberechtigten, die bei einem Gespräch mit der Polizei dabei sein wollten. „Moritz, wussten Sie, dass Robyn auf Nüsse allergisch reagiert hat?"

„Was? Hat sie? Nee, wusste ich nicht."

Viel Neues bekam sie auch aus Moritz nicht heraus. Im Wesentlichen bestätigte er Tills Aussage. Auch wenn Moritz sich nicht mehr genau an die Uhrzeit erinnern konnte, deckte sich sein Bericht mit dem seines Mitbewohners. Till sei in Sportzeug vom Joggen gekommen und habe sich duschen wollen, als er ihm das Video gezeigt habe. Daraufhin waren beide jungen Männer entsetzt zum Fenster gelaufen.

Moritz war der Wortkargste aller Schülerinnen und Schüler, die Sandra bislang vernommen hatte. Sandra fiel auf, dass er sich auch seinen Eltern gegenüber sehr einsilbig zeigte.

„Wir sind fertig. Danke, dass Sie sich Zeit für unser Gespräch genommen haben."

Moritz erhob sich und ging so langsam zur Tür, an der seine Eltern bereits warteten, dass Sandra das schon fast als Provokation empfand.

„Ach, Moment noch." Plötzlich fiel ihr ein, dass Javier und sie die Schülerhandys beschlagnahmen wollten. „Ihr Handy, bitte ...“

„Hat Ihr Kollege bereits eingesammelt.“

Gut gemacht, Javier, dachte Sandra. Sobald Moritz und seine Eltern die Tür hinter sich geschlossen hatten, rief sie den *Comisario Principal* an. Er hob ab und meldete sich in einem ungewöhnlich barschen Tonfall.

„Javier, alles klar bei dir?“

„*Hola*, Sandra“, sagte er. „Nein, nichts ist klar. Ich habe nichts erledigt bekommen. Zwar habe ich die Handys eingesammelt und kurz mit Robyns Vater gesprochen, aber das ist auch alles. Jetzt sitze ich hier schon seit mindestens einer halben Stunde mit den beiden Lehrern und der Übersetzerin herum. Und glaubst du, ich hätte sie befragen können?“ Sandra wollte gerade eine Antwort geben, da ratterte ihr Kollege schon weiter:

„Nein, ich komme da einfach nicht zu. Immer wieder
stört mich jemand und will etwas von mir. Alles wegen
dieser fürchterlichen Pressekonferenz.“

„Das tut mir leid zu hören“, beeilte sich Sandra zu sagen, als der *Comisario Principal* eine kurze Pause
machte. „Kann ich dir Arbeit abnehmen? Ich bin jetzt
durch.“ Sie fasste kurz zusammen, was sie Neues erfahren hatte.

„Danke, Sandra, dann bin ich im Bilde. Und was dein
Angebot angeht, kannst du leider nichts für mich tun.
Ich werde nun mit den Lehrern reden. Aber du, du hast
frei. Schau dir Marbella an, oder fahr nach Málaga zurück. Ruh dich noch ein bisschen aus vor der Konfe-
renz. Gönn dir einen Mittagsschlaf oder so. Ich werde
hier noch ein Weilchen brauchen.“ *Mittagsschlaf vor der
Pressekonferenz?* So heiß war es nun auch wieder nicht,
dass man eine Siesta machen musste. In Sandras Ohren klang Javier ungewohnt alt und erschöpft.

„Nicht nerven lassen“, versuchte Sandra ihn aufzu-
muntern. „Denk an was Schönes. Die Jacht beispielsweise.“

„Bis später, Sandra“, hörte sie ihn sagen. Wieder klang
seine Stimme erschreckend angespannt.

Kapitel einundzwanzig

Sonntag, den 21. Juni, 13 Uhr

Javier

Endlich schwieg sein Handy. Anfangs hatte Javier noch überlegt, es auf Flugmodus zu stellen, um die Lehrer in Ruhe vernehmen zu können. Doch er hatte sich dagegen entschieden. Vor der Pressekonferenz war es wichtig, erreichbar zu bleiben. Die Lawine von Anfragen und Weisungen war zwar nervenaufreibend, aber notwendig gewesen. Je älter er wurde, umso mehr Kraft kostete es ihn, mehrere Bälle gleichzeitig in der Luft zu halten. Zum Glück war das Handygewitter dann irgendwann weitergezogen. Er wandte sich an die beiden Lehrkräfte.

„Danke für Ihre Geduld. Herr Martins. Meine Kollegin meinte, Robyns Freundin Cara habe ausgesagt, am besagten Abend zur Tatzeit ein Gespräch mit Ihnen geführt zu haben."

Er hielt inne und wartete darauf, dass Frau Ruiz ihre Übersetzung beendete. Der Kunstlehrer begriff sofort, worauf Javier hinauswollte.

„Ja, ich kann Caras Alibi bestätigen."

„Wunderbar, danke." Als Nächstes wandte sich Javier an die Mathelehrerin. „Frau Bauer, meine Kollegin hat mir ebenfalls mitgeteilt, dass Sie Till ein Alibi geben können, da Sie ihn circa eine Stunde vor der Tatzeit am *Plaza de los Naranjos* gesehen haben."

„Ja, ja. Das habe ich bereits ausgesagt. Ich hatte mir gerade das Rathaus an dem Platz angesehen. Die Fassade mit den Gedenksteinen und der Sonnenuhr ist wirklich wunderschön." Sie sah Javier anerkennend an, so als ob er das Gebäude höchstpersönlich architektonisch gestaltet hätte. „Na ja", fuhr sie fort, „und dort habe ich Till beim Fitmachen gesehen. Er hat sich aufgewärmt oder abschließend gedehnt oder so was." Frau Bauer wirkte nervös. Außerdem wedelte sie ständig mit irgendeinem Zettel vor Javiers Nase herum.

„Moment", intervenierte er. „Was ist das für ein Papier?"

Die Frau lächelte unsicher, fast mädchenhaft. „Das ist die medizinische Auskunft."

Javier hatte keinen Schimmer, wovon sie sprach. „Darf ich?", fragte er höflich und streckte seine offene Hand aus. Frau Bauer gab ihm das Blatt, und Javier reichte es an die Übersetzerin weiter. Frau Ruiz informierte ihn dann endlich über den Inhalt. Es handelte sich um die Gesundheitsauskunft der Eltern, welche die Lehrer anscheinend vor der Stufenfahrt eingesammelt hatten. Robyns Eltern hatten mit einem Kugelschreiber vermerkt, dass ihre Tochter Robyn von klein auf Allergikerin sei und stets einen „Erste-Hilfe-Pen" mit sich führte.

„Moment." Javier suchte ein Bild von besagtem „Erste-Hilfe-Pen" im Internet, da er sich nichts darunter vorstellen konnte. Endlich fand er ein Foto, das einen Autoinjektor zeigte. Vom Aussehen her erinnerte er Javier an einen dieser dicken Klebestifte mit Kappe, die er seiner Tochter damals in der Grundschule für den Bastelunterricht besorgt hatte. So also sah die vorbereitete Notfallspritze aus. Sie mussten nicht nach einer Spritze, sondern nach einer Art Klebestift Ausschau halten.

„Danke", sagte Javier, „ich nehme das Dokument an mich, und auch noch einmal vielen Dank, dass Sie sich so lange geduldet haben, bis ich Zeit für unser Gespräch hatte." Er stand auf und begleitete die Lehrer und die Übersetzerin zur Tür. Dort verabschiedete er die drei, verzichtete auf seine Mittagspause und kehrte sofort zu Ramóns Schreibtisch zurück. Er hatte noch viel vor, keine Zeit zum Essen. So wie sich die Dinge entwickelt hatten, würde die Pressekonferenz eine echte Herausforderung für ihn werden.

Javier wusste, dass er ein sehr gewissenhafter Ermittler war, aber die Öffentlichkeitsarbeit überforderte ihn schnell. In brisanten Gesprächssituationen war er alles andere als schlagfertig. Ihm fielen zwar geistreiche Antworten ein ... aber immer erst mit mehreren Stunden Verzögerung. Es gab nur eine Strategie, die ihn davor bewahrte, bei der Pressekonferenz gegrillt zu werden: Er musste sich vorab auf den Hosenboden setzen und sich fleißig kluge Bemerkungen auf eine ganze Palette möglicher heikler Fragen überlegen.

Kapitel zweiundzwanzig

Sonntag, den 21. Juni, 15 Uhr

Sandra

Sandra tat ihr Bestes, es sich gut gehen zu lassen. In der Markthalle, die zum Glück auch am Wochenende geöffnet war, hatte sie sich einen leckeren vegetarischen Kichererbsen-Eintopf mit Auberginen und frittiertem Seitan gegönnt. Mit vollem Magen schaffte Sandra es dann gerade noch, sich bis zur nächsten schattigen Bank mit blau-weißen Keramikfliesen, den berühmten *Azulejos*, die so typisch für Andalusien waren, zu schleppen. Sie setzte sich und genoss ihre kleine Mittagspause, indem sie das bunte Treiben um sich herum beobachtete. Nach ein paar Minuten fühlte sie sich wieder frisch und gut erholt. Sie dachte an Javiers Bemerkung zum Thema Mittagsschlaf. Er war doch sonst nicht so lahm.

Sandra stand auf und bummelte durch die malerisch weißen Gässchen der Altstadt von Marbella. Überall standen und hingen Töpfe mit farbenfrohen Blumen. Sandra schoss einige Fotos. Die violetten Geranienblüten vor dem Hintergrund der gekalkten Mauern waren ein echter Blickfang. Sie lief ein Stück an den Resten der alten Stadtmauer entlang und kühlte sich die Hände in einem hübschen Steinbrunnen mit fließend Wasser. Dieser kleine Spaziergang war ganz nach Sandras Geschmack, denn Marbella war durchaus eine attraktive Stadt. Dennoch. So richtig warm wurde sie nicht mit ihr. Hier war es ihr zu protzig, ein wenig so wie in Düsseldorf an der Kö.

Sandra blieb vor dem Schaufenster einer Boutique stehen. Aparte Auslage, aber die Preisschilder konnten nicht ernst gemeint sein! Wer würde so viel Geld für Kleidung und Accessoires ausgeben? Sie jedenfalls nicht. In dieser Preisliga würde sie niemals mitspielen. Weder als Oberkommissarin noch mit einem Gehalt drei Beförderungsstufen höher. Nach ein paar Schritten machte ihr Handy „pling". Eine Textnachricht von Giancarlo. Seine Nachrichten zauberten ihr jedes Mal ein Lächeln auf die Lippen. Er schrieb so ein süßes, verrückt-romantisches Zeug. Ohne groß nachzudenken, schickte sie ihm ein pochendes Herz.

Kurze Zeit später kam sie am Busbahnhof an. Direkt vor dem Eingang wurden frische Erdbeeren verkauft. Sie sahen so rot und saftig aus, dass ihr das Wasser im Mund zusammenlief. Sandra reihte sich in die Schlange ein. Während sie wartete, dachte sie daran, was sie über den Anbau von Erdbeeren gelesen hatte. Erdbeeren, Tomaten, Avocados und Co waren nicht nur lecker, sondern leider auch berühmt-berüchtigt für ihren extrem hohen Wasserbedarf. Dennoch. Sandra verdrängte ihre Bedenken. Sie liebte Erdbeeren. Als sie an die Reihe kam, kaufte sie eine große Tüte nur für sich und naschte, während sie auf den Bus nach Málaga wartete, von den roten, prallen Früchten. Unsagbar aromatisch. Zuckersüß. Einfach köstlich.

Und dann kam der Bus. Sandra gab dem Fahrer ein Handzeichen, dass sie mitfahren wollte. Schnell verstaute sie die Erdbeeren, stieg ein und setzte sich auf einen der vielen freien Plätze. Ihr gegenüber las eine Frau Zeitung. Sämtliche Busfenster standen offen. Als ihre Sitznachbarin ausstieg, legte sie ihre Zeitung auf den Sitz neben Sandra. Und als der Bus wieder anfuhr, ließ eine Bö die Blätter zu Boden segeln. Sandra hob sie vom Boden auf. Es war diese neue Zeitung, in der Sandra das letzte Mal einen erstaunlich gründlich recherchierten Artikel der ehemaligen Sensationsreporterin entdeckt hatte. Sandra nahm die Zeitung zur Hand und blätterte sie durch. Und wieder fand sie einen Artikel von Frau Blasco.

Ess-Störungen und Social Media: eine unglückselige Allianz
Wie die Schönheitsideale auf Instagram, Tiktok und Co die Gesundheit unserer Jugend bedrohen
Von Isabel Blasco
Perfekte Bilder machen Druck
Dramatische Posen, makelloser Körper, ausgefuchstes Make-up. Die oft mit Filtern bearbeiteten „aufgehübschten" Bilder in den sozialen Medien verunsichern Heranwachsende. Sie setzen unrealistische Standards und erhöhen dadurch den Druck auf Teenager, sich zu „optimieren", um ebenso „perfekt" wie ihre Vorbilder auszusehen.

Nicht schlecht, dachte Sandra, nachdem sie den Artikel zu Ende gelesen hatte. Erneut musste sie zugeben, dass sie Frau Blasco unterschätzt hatte. Die Journalistin kannte sich mit dem Thema aus. Was sie schrieb, hatte Hand und Fuß. Sandra dachte an Cara und deren Erklärung, dass ihre Freundin Robyn ihre Nuss-Unverträglichkeit nicht an die große Glocke hängen wollte, da sie befürchtete, dass das ihrer Popularität schaden könnte. Vielleicht war das doch mehr als ein persönlicher Tick. Frau Blasco zufolge entsprach Robyns Verhalten durchaus dem gängigen Zeitgeist.

Kapitel dreiundzwanzig

Sonntag, den 21. Juni, 18 Uhr

Javier

Javier betrat den Saal mit den Journalisten und fühlte sich fehl am Platz. Warum? Angespannt suchte er nach möglichen logischen Gründen für die ungute Stimmung. Vermutlich war das lange Herauszögern der Informationen schuld. Dadurch hatte sich die Erwartungshaltung der Pressevertreter künstlich hochgeschaukelt. Außerdem vermeinte er wahrzunehmen, dass die Medienleute ihn und Sandra abfällig anschauten. Als ob sie ihnen schon vor Konferenzbeginn an der Nase ablesen könnten, dass die Investigationsergebnisse der Polizei dürftig ausfallen würden. Presseheinis besaßen einen sechsten Sinn für so etwas.

Al ataque, auf zum Angriff! Javier zog sich seine Dienstkrawatte zurecht und ging zum Rednerpult, um erst einen kleinen Vortrag zu halten und dann der Menge Rede und Antwort zu stehen. Sandra hielt sich zwar tapfer in aufrechter Haltung an seiner Seite, aber er wollte sie – komme, was wolle – aus der Schusslinie nehmen.

„Guten Abend, meine Damen und Herren. Schön, dass Sie den Weg hierher gefunden haben", fing Javier an. Er begann, fürchterlich zu schwitzen. Auge in Auge mit zahlreichen Kameras, vor seinem Mund jede Menge dicke und dünne Mikrofone, auf denen Logos von spanischen, deutschen und auch englischen Sendeanstalten prangten. Javier wagte kaum zu schlucken. Diese Teile würden gnadenlos jeden Laut aufnahmen, den er von sich gab. „Ich möchte mich bei Ihnen auch noch einmal für Ihre respektvolle Zusammenarbeit bedanken." Mehr wollte er zu der Vereinbarung, konkrete Informationen erst verzögert zu veröffentlichen, nicht sagen.

Doch schon diese indirekte Anspielung ließ die Wellen hochschlagen. Grell aufleuchtende Blitze blendeten ihn, Arme schossen in die Höhe, Fragen wurden laut, vereinzelte Buhrufe ertönten. Aus dem Augenwinkel sah Javier seine deutsche Kollegin, die sich ein Dauerlächeln abrang, sich aber zumindest ebenso unwohl fühlte wie er. Die Stimmung erinnerte Javier an ein Fußballstadium nach einem verlorenen Spiel. Irgendwie waren Sandra und er zu den Fußabtretern der Nation geworden.

„*Hola*, hallo. Ich bitte Sie ..." Er klopfte ans Mikrofon und machte eine beschwichtigende Handbewegung.

„Lassen Sie mich doch bitte zuerst die Untersuchungsergebnisse vorstellen. Danach haben Sie die Möglichkeit, Verständnisfragen zu stellen." Javier wusste, wie wichtig es war, sich nicht das Heft aus der Hand nehmen zu lassen. „An dieser Stelle möchte ich mich noch einmal ausdrücklich für die gute Zusammenarbeit mit der deutschen Polizei bedanken."

Ursprünglich hatte er „unbürokratische Zusammenarbeit" sagen wollen, aber bei der aufgeladenen Stimmung ließ er diesen zweideutigen Begriff lieber weg. Die Devise heute Abend hieß: Auf Nummer sicher gehen! Er mied alles, aus dem man ihnen später einen Strick drehen könnte. Erneut schaute er zu seiner deutschen Kollegin hinüber. Sandras breites Lächeln sah schon fast so grotesk aus wie das festgefrorene Joker-Grinsen im „Batman"-Film. Javier spürte, dass der Humor ihm half, ein wenig inneren Abstand zur Pressekonferenz aufzubauen.

„Kommen wir also zu den Untersuchungsergebnissen. Die siebzehnjährige Robyn Lehmann aus Freiburg, Deutschland, ist am 12. Juni im Rahmen der Abschlussfahrt ihrer Schule in Marbella angekommen. Es handelt sich um eine Kursfahrt mit siebenundzwanzig deutschen Schülern, die von zwei Lehrkräften, einem Mann und einer Frau, begleitet werden. Am Mittwoch, den 17. Juni um 21.40 Uhr stürzte Robyn Lehmann vom Balkon und landete neben dem Pool. Die Sanitäter, die bereits um 21.55 Uhr eintrafen, stellten auf der Fahrt ins Krankenhaus den Tod der jungen Frau fest. Die Polizei ging zuerst davon aus, dass die Schülerin beim *Balconing* tödlich verunglückt wäre. Die Annahme fußte auch darauf, dass ein Live-Video von dem Sturz auf Social-Media-Kanälen ins Netz gestellt wurde. Dieses Video wurde dann so schnell wie möglich von den Administratoren entfernt. Es schien sich um einen Unfall zu handeln, der dem jugendlichen Leichtsinn geschuldet war. So sah es zumindest zunächst aus. Erst kürzlich erhielten wir das Gutachten der Gerichtsmedizin, das noch weitere Aspekte enthüllt hat."

Javier stockte. Seine Wörter schienen nicht zusammenzupassen. Er machte eine Pause und schaute in den Saal. Das hätte er nicht machen sollen. Er sah kein einziges freundlich interessiertes Gesicht, sondern nur Aggression und Häme. Gleich würden sie über ihn herfallen, ihm Vorwürfe machen. Schnell richtete er seinen Blick auf das Blatt, das vor ihm auf dem Rednerpult lag. Er hatte den vorformulierten Text in einer großen, gut lesbaren Schrift für sich ausgedruckt. Javier zwang sich, den Text laut und langsam vorzulesen.

„Man hat herausgefunden, dass Robyn Lehmann an einem anaphylaktischen Schock gestorben ist."

Im Saal wurde getuschelt. Aus den Augenwinkeln bemerkte Javier, dass Bewegung durch die ersten Reihen ging. Er fokussierte sich wieder auf sein Papier.

„Die Schülerin litt von klein auf an einer Lebensmittelallergie gegen Nüsse. Vermutlich wurde der Schock, der zu multiplem Organversagen und letztlich zum Tod der Schülerin führte, durch den Kontakt zu Allergenen, sprich Nüssen, vermutlich Erdnüssen, ausgelöst."

Im Saal war es mittlerweile so unruhig geworden, dass Javier mit dem Mund immer näher ans Mikrofon herangehen musste, um sich Gehör zu verschaffen.

„Jetzt sind Sie an der Reihe. Sie haben nun eine Viertelstunde Zeit, Verständnisfragen zu stellen. Wir fangen mit dem Herrn mit dem gelben Hemd in der dritten Reihe an. Bitte."

Der besagte Mann stand auf, und während er seine Frage formulierte, wurde es ruhig im Saal.

„Wie kann es passieren, dass Touristen die Anlagen eines spanischen Sternehotels als Kletterpark benutzen?"

Jemand fing an zu klatschen und „*Olé*" zu rufen.

Eine tiefe männliche Stimme wiederholte die provokante Frage: „Genau, *Comisario principal,* sagen Sie uns: Wie ist das möglich?"

Ohne Javier Zeit für eine Antwort zu geben, machte eine Frau mit streng zurückgekämmten Haaren ihrem Ärger Luft. „Was haben schlecht erzogene deutsche Schulkinder in unserem schönen Marbella zu suchen?"

„Da bin ich der falsche Ansprechpartner", versuchte Javier die Kontrolle zurückzugewinnen. „Wir untersuchen lediglich, was zu dem Tod der jungen Frau geführt hat."

Ein sympathisch aussehender junger Mann meldete sich zu Wort. „Bitte korrigieren Sie mich, wenn ich Sie nicht verstanden habe, *Comisario Principal,* aber wer ist denn nun für den Tod des Schulmädchens verantwortlich?"

Javier schluckte. Am liebsten hätte er „Keine Ahnung" gemurmelt, denn das entsprach den Tatsachen. Eigentlich war alles komplett unklar. Sandra und er wussten weder, was passiert war, noch, warum es passiert war, und schon gar nicht, ob es überhaupt Schuldige gab. Doch bevor er Luft holen konnte, um eine Antwort zu formulieren, ging ein Raunen durch die Menge. Die Reporter traten einen Schritt zurück und machten Platz für einen weiteren Besucher: Herrn Lehmann, Robyns Vater. Nach einigem Hin und Her hatte sich eine Gasse gebildet. Nun stand genügend Raum zur Verfügung, um nicht nur Herrn Lehmann, sondern auch seine zwei Begleiterinnen durchzulassen. An Herrn Lehmanns rechter Seite befand sich Valeria Ortega, eine der bekanntesten Anwältinnen der Stadt, an seiner Linken stand eine Frau, die Javier vom Sehen kannte. Er erinnerte sich zwar nicht an ihren Namen, wusste aber, dass sie wie Frau Ruiz als staatlich anerkannte Übersetzerin tätig war. Das Dreiergespann aus Vater, Anwältin und Übersetzerin begab sich zielstrebig in die erste Reihe. Alle Kameras waren auf sie gerichtet. Als sie in der Mitte des Saals ankamen, erhoben sich gleich mehrere Journalisten von ihren Stühlen, um ihnen Platz zu machen. Die Anwältin setzte sich, aber Herr Lehmann blieb zusammen mit der Übersetzerin stehen.

Er sammelte sich, blickte in die Runde und donnerte los: „Was haben Sie mit meiner Tochter gemacht? Was? Sie ist mein einziges Kind. Wir haben ihr alles gegeben. Ein liebevolles Elternhaus, ihre Freunde waren uns stets willkommen, wir haben ihre Hobbys gefördert, für die beste Ausbildung gesorgt, ihr das Reisen ermöglicht. Und jetzt soll das alles vorbei sein? Sie hatte so viele Pläne. Ausgerechnet auf einer billigen Nullachtfünfzehn-Schulreise soll sie ums Leben gekommen sein?" Er rang um Fassung. „Sie alle werden dafür geradestehen müssen. Sie alle."

Er drehte sich im Halbkreis und starrte dabei allen Umstehenden gefährlich ins Auge. Die Übersetzerin übertrug seine Worte fast simultan ins Spanische.

„Ich kann meine Tochter nicht mehr lebendig machen, aber ich werde Sie drankriegen! Ich werde Sie zur Verantwortung ziehen für jeden einzelnen Fehler, der zu Robyns Tod geführt hat. Ich verspreche Ihnen, dass alle, die Schuld an dem Tod meiner Tochter tragen, nachts kein Auge mehr zukriegen werden. Nicht die Mitschüler, die nicht genügend auf sie geachtet haben, nicht die Lehrer, die ihre Aufsichtspflicht verletzt haben, nicht die Hotelbetreiber, welche die Bauvorschriften missachtet haben, und auch nicht die Polizisten, die uns alle hinhalten und ihrer Sorgfalts- und Informationspflicht nicht nachgekommen sind. Ich werde niemandem irgendeine Schlamperei durchgehen lassen. Ihr Gestümper hat meiner Tochter das Leben gekostet. Ich werde Sie zu Verantwortung ziehen! Sie alle!"

Er wartete, bis die Übersetzerin auch den Rest seiner Hasstirade ins Spanische übersetzt hatte, und verließ dann mit erhobenem Haupt den Saal. Die Journalisten hängten sich an seine Fersen, und Javier blieb mit Sandra und einer Handvoll Leuten zurück.

„Und hiermit beende ich die Fragerunde", sprach Javier ironisch ins Mikrofon, bevor er es ausschaltete. Er verließ den Saal und steckte sich vor der Tür eine Zigarette an.

Kapitel vierundzwanzig

Montag, den 22. Juni, 8 Uhr

Sandra

Entgegen ihren Gewohnheiten nahm Sandra am Morgen nach der Pressekonferenz nicht zuerst Kurs auf die Kaffeemaschine ihres Hotels, sondern ging direkt zu dem Ständer mit den Zeitungen. Sie nahm wahllos einen Arm voller Zeitungen mit an ihren Frühstückstisch. Erst dann holte sie sich einen Becher mit starkem Milchkaffee und las die reißerischen Artikel.

Tödliche Klassenfahrt-Tragödie: Schulmädchen erliegt Erdnussallergie. Es ist empörend, dass deutsche Schüler in teuren spanischen Hotels untergebracht werden. Wir fragen uns, um was es bei dieser Stufenfahrt eigentlich geht. Lernen oder Luxus?

Sandra legte das Blatt wieder weg. Sie mochte nicht weiterlesen. All das Herziehen über Deutschland würde ihr sonst noch den Appetit verderben. Okay, Zeit für eine andere, hoffentlich ausgewogenere Zeitung.

Sandra überflog den Artikel und blieb bei einer längeren Passage, in der Herr Lehmann zitiert wurde, hängen.

… und deshalb stellt der Vater der toten Schülerin die Sicherheitsvorkehrungen des Parasol-Hotels grundsätzlich infrage. Lesen Sie unser Exklusiv-Interview mit Robyns Vater auf den Seiten 17 und 18.

„Scheiße!", fluchte Sandra und schlug so heftig mit der Faust auf den Tisch, dass ihr Kaffee überschwappte. „Das darf doch nicht wahr sein!"

Sie hatte Robyns Vater unterschätzt. Natürlich trauerte er um seine Tochter, aber dass er sich so medienwirksam als Aufrührer präsentieren würde, damit hätten weder Javier noch sie gerechnet. Wer weiß, vielleicht hatte er sogar Geld für das „Exklusiv-Interview" kassiert. Warum waren Javier und sie ihm auch aus dem Weg gegangen? Sie hätten mit ihm sprechen, ihn von den öffentlichen Beschimpfungen abbringen müssen. Jetzt war's zu spät. Sandra war gleichzeitig frustriert und wütend. Javier und sie hatten sich solche Mühe gegeben, den Ball flachzuhalten. Warum musste Herr Lehmann jetzt ausgerechnet einen auf Graf von Montechristo machen?

Kapitel fünfundzwanzig

Montag, den 22. Juni, 11 Uhr

Javier

Nachdem Javier Sandra von ihrem Hotel in Málaga abgeholt hatte, fuhren sie schweigend nach Marbella. Sie saß auf dem Beifahrersitz und zitierte einige der beschämenden Schlagzeilen, die sie beim Frühstück gelesen hatte. Plötzlich explodierte sie. „Ich bin so wütend. Das kotzt mich alles an." Javier schaute erstaunt zu seiner Kollegin hinüber. So eine ordinäre Ausdrucksweise war er von ihr nicht gewohnt. „Es ist zum Heulen. Nichts passt zusammen. Wie kann das sein?"

„Doch", widersprach Javier. „Es wird alles zusammenpassen, wir sehen es nur noch nicht."

„Das glaube ich nicht. Es ergibt keinen Sinn. Selbst die Zeitungsmeldungen widersprechen sich. Geht es um *Balconing* oder um Organversagen aufgrund einer Nussallergie?"

„Fang bloß nicht an, das, was die Schmierfinken schreiben, ernst zu nehmen. Das sind nur Kleingeister, die ihr Blatt verkaufen wollen. Je negativer die Schlagzeile, desto größer der Absatz. Das hat Frau Blasco selbst gesagt. So kommen wir nicht weiter!"

Schlecht gelaunt stiegen beide aus. Auch der Empfangschef war mürrisch. „Die deutsche Gruppe ist im Frühstücksraum." Javier öffnete die Tür. Niemand nahm Notiz von ihnen. Alle waren beschäftigt. Die Schüler saßen an den Essenstischen in Kleingruppen zusammen und arbeiteten. Verwirrt ließ Javier die Augen schweifen. Der Kunstlehrer sah ihn ebenfalls an und begrüßte ihn und Sandra mit einem Nicken.

„Was machen die denn da?", flüsterte Javier seiner Kollegin zu, doch in Sandras Augen standen ebenfalls Fragezeichen. Javier sah, dass ein Schüler auf seinem Handy scrollte und sich dabei Notizen machte. Dann schaute er einer anderen Schülerin über die Schulter und beobachtete, wie sie der Skizze einer Frau mit langen schwarzen Haaren im roten Kleid eine Zigarre hinzufügte.

„Schau mal, Sandra", sagte er. „Während ganz Spanien über die deutsche Schulgruppe herfällt, arbeiten die seelenruhig an irgendetwas. Sieht aus, als würden sie ein Werbeplakat für Spanien entwerfen oder so."

Allmählich hatten sie den Tisch erreicht, an dem Herr Martins saß. Vor ihm lag ein Stapel Kunstbücher. Sandra übersetzte ihm den obersten Titel: „Über den *Carmen*-Mythos"

„Fleißige Schüler haben Sie", begann Javier das Gespräch und gab Sandra ein Zeichen, seinen Kommentar zu übersetzen. Der Kunstlehrer schaute Javier wohlwollend an und hielt einen langen Monolog. Sandra fasste seinen Vortrag in wenigen Worten zusammen und erklärte Javier, dass der Kurs an einem Kunstprojekt zum Thema „Carmen" arbeite.

„Schöne Oper", Javier nickte wertschätzend und konzentrierte sich auf die Schülerarbeiten. Er ging die Tische entlang und blieb schließlich neben Sandra stehen, die sich ein großformatiges Bild mit kräftigen Farben anschaute. Es zeigte einen schwarzen Stier, aus dessen Wunde so viel rotes Blut floss, dass es zwei Drittel des Blattes bedeckte.

„Sandra", einer plötzlichen Eingebung folgend, nahm er seine Kollegin zur Seite. „Ich glaube, es war Mord."

„Wie meinst du das?"

„Dieses Video, das in den sozialen Medien gepostet wurde. Ich fand das so geschmacklos und wollte mir den Unfall nicht live ansehen. Mittlerweile bin ich davon überzeugt, dass es genau mit dieser Absicht gepostet wurde. Um uns abzulenken! Um uns hinzuhalten! Jemand wollte überspielen, dass er oder sie Robyn nicht geholfen hat, sondern sie jämmerlich hat sterben lassen. Was, wenn es um Eifersucht geht?"

„Wer soll denn deiner Meinung nach auf wen eifersüchtig sein?"

„Ich weiß auch nicht. Irgendwer auf Robyn."

„Ein Freund, ein Geliebter?"

„Vielleicht. Sandra, wir müssen uns diese Handyvideos anschauen."

„Wo sind die Handys der Jugendlichen denn jetzt?"

„Bei unseren Technikern. Die haben gesagt, dass kurz nach Robyns Tod auf allen Handys viele Dateien gelöscht worden sind. Genau wie du das prophezeit hast. Die versuchen jetzt, sie wieder zu rekonstruieren. Dafür brauchen sie wohl ein, zwei Tage."

„Javier, das hört sich jetzt seltsam an, aber das könnte uns tatsächlich weiterbringen."

„Wie meinst du das?“

„Offensichtlich hat die Clique etwas zu verbergen. Darum wollten die uns ihre Handys auch nicht freiwillig geben, sondern haben panisch versucht, die belastenden Dateien noch, so gut es ihnen in der kurzen Zeit möglich war, zu löschen.“

„Du könntest recht haben.“

Javier schaute sich mit neuem Schwung die Skizzen, Collagen und Acrylbilder der deutschen Schüler an. Sandra versuchte mit einigen von ihnen ins Gespräch zu kommen, doch die meisten ließen seine Kollegin anscheinend abblitzen. Daraufhin unternahm Javier einen Anlauf, sich in seinem schlechten Schulenglisch mit dem Kunstlehrer über das „Carmen“-Thema zu unterhalten. Nach etwa einer Stunde gab Javier den Versuch auf, vor Ort etwas in Erfahrung zu bringen.

„Lass uns zurückfahren!“, forderte er Sandra auf. „Solange die Handys nicht ausgewertet sind, kommen wir hier nicht weiter.“

Als er sie an der Dienststelle aussteigen ließ, gab er ihr den Rest des Tages frei. Er selbst arbeitete jedoch weiter, da ihm eine neue Idee gekommen war. Er nahm einen Stift und ein Blatt Papier zur Hand und ging den Zeitplan, das Allergiethema und die Alibis noch einmal durch.

Kapitel sechsundzwanzig

Sandra

Sandra lächelte, als sie ihr Handy checkte. Giancarlo schickte ihr ohne Ende Fotos und Kurznachrichten. Ihr Liebhaber schrieb ihr genau das, was sie hören wollte. Dazu benutzte er eine unwiderstehliche Mischung aus Pathos, Humor und Zärtlichkeit. Seine Ehefrau Francesca erwähnte er nie, gerade so, als gäbe es sie gar nicht. Sandra spürte Stiche in der Magengegend. Erstaunt stellte sie mit einem Mal fest, dass sie eifersüchtig war. Eine seltsame Art von Eifersucht. Sie kannte Francesca nicht einmal. Und ehrlich gesagt kannte sie auch Giancarlo nur oberflächlich, wusste nur sehr wenig über ihn. Sie dachte an ihre gemeinsamen Träumereien, die unbestreitbare körperliche Anziehungskraft zwischen ihnen und die euphorische Spanienstimmung, die sie miteinander geteilt hatten. Wie konnte sie da Giancarlos Ehefrau als Konkurrenz wahrnehmen? Wirklich komisch, zumal Giancarlo seine Frau nur indirekt in vereinzelten Satzfetzen erwähnt hatte.

Doch vielleicht war es genau darum so schmerzhaft. Sandra musste gegen ein Phantom ankämpfen. Vermutlich bereitete ihr gerade das so viele Schwierigkeiten. Denn das Phänomen „Schattenboxen" kannte sie bereits. Auch gegen ihren erfolgreichen Bruder Robert hatte sie nie eine reale Chance gehabt. Und während schon wieder eine neue Textnachricht von Giancarlo einging, klingelte Sandras Telefon. Unbekannte Nummer.

„Hallo", meldete sie sich.

„Spreche ich mit Sandra? Hier spricht Diego."

Diego? Sandra war so sehr in ihre Gedanken über Giancarlo vertieft, dass sie erst einmal überlegen musste, ob sie einen Diego kannte. Dann machte es klick.

„Diego, Stand-up-Paddling. Klar, jetzt weiß ich wieder, wer du bist. Entschuldige, ich war mit dem Kopf ganz woanders."

„Kein Problem. Hör mal, wir geben morgen eine Party in Marbella, am Bootsschuppen. Ich weiß, das ist ein bisschen kurzfristig, aber hättest du Zeit und Lust zu kommen?"

„Bitte was? Morgen, also am Dienstag?" Das hatte sie nicht erwartet. Überhaupt hatte sie Diego schon so gut wie vergessen. Wieso besaß er ihre Nummer? Dann fiel ihr ein, dass sie ihm ihre Kontaktdaten bei der Anmeldung zum Privatunterricht gegeben hatte.

„Du musst nicht nervös werden." Sie hörte ihn kichern. „Ist keine große Sache. Wir sind kein Marineklub, eher klein und kuschelig. So mit Lagerfeuer und Gitarre. Gefällt dir bestimmt, und wir können mit dir dann ein bisschen angeben. So von wegen internationales Flair."

Sandras Gedanken rasten. Was wollte Diego von ihr? Hatte sie ihm erzählt, dass sie für die deutsche Polizei arbeitete? Was wusste sie von ihm? Er war nett, ein geduldiger Coach, der das Wasser liebte.

„Ist das eine Veranstaltung zur Kundenbindung?" Sie hörte Diego laut lachen. „Gaaaanz bestimmt", zog er sie auf. „Nein, es gibt keinen geheimen Plan. Die Idee, mal wieder ein Fest zu veranstalten, hat sich spontan entwickelt." Er lachte wieder. „Wir hängen einfach ab und lassen es uns gut gehen."

„Okay, theoretisch hätte ich da Zeit."

„Also abgemacht. Wo in Málaga wohnst du?"

Sandra wollte ihm nicht den Namen ihres Hotels nennen. „Wir könnten uns vor der Kathedrale in Málaga treffen."

„In Ordnung. Ich werde dort um 22 Uhr auf dich warten."

„Soll ich was mitbringen?"

„Nö, wie gesagt, erwarte keinen Dom Pérignon."

„Okay, dann also bis morgen."

„Ja, ich freue mich auf dich."

„Bitte was?"

„Ich freue mich auf dich. Sagt man das nicht so?"

„Du sprichst Deutsch?"

„Nee, aber ich habe mal einen Kurs belegt. Mir gefällt Deutschland."

„Ach ja?"

„Absolut. Die Musik. Das politische Engagement. Immer was los."

Jetzt war Sandras Neugier geweckt. Was für ein Deutschlandbild hatte ihr Stehpaddel-Trainer? Aber sie beschloss, dass dies nicht der geeignete Zeitpunkt zur

Vertiefung des Themas war. „Hör mal. Ich muss noch arbeiten. Aber vielen Dank für die Einladung."

Sie verabschiedete sich von Diego, beendete das Telefonat und schaute nach, ob Giancarlo ihr noch etwas geschrieben hatte. Doch da war nichts mehr gekommen. Gut, dann war es wieder einmal Zeit, sich ein bisschen um ihren Account zu kümmern. Letztens hatte sie im Intranet der spanischen Polizei einen spannenden *Funfact* darüber gefunden, an welchem Tag besonders viele Straftaten verübt wurden. Schließlich war es kein Zufall, dass Polizistinnen und Polizisten vor allem an Wochenenden besonders gefragt waren. Sandra wusste, dass das eine Information war, die ihre Follower schätzten und mit Likes belohnen würden. Sie öffnete die App. Oh, sie hatte einen neuen Follower. Diego! Wie nett. Sie folgte ihm gleich zurück. Klick.

Und dann wurde sie doch neugierig. Was Diego wohl so alles postete? Sie ging auf seine Seite. Sein Profilbild kannte sie bereits. Ein Stand-up-Paddler auf dem Meer. Sie konnte nicht sagen, ob er das war oder jemand anders. Sonderlich viel schien Diego nicht zu posten. Nur eine Handvoll Beiträge. SUP, Natur, Fußball. Unaufgeregt und nett. Ihr gefiel sein Minimalismus. Jetzt aber zu ihrem eigenen neuen Post. Schnell suchte Sandra ein passendes Bild und überlegte sich eine Frage als Bildunterschrift.

Pol-Sol: Neues von der Polizei an der Costa del Sol
Hätten Sie's gewusst? Laut einer Studie der spanischen Polizei finden die von Urlaubern angezeigten Straftaten fast zu 30 % am Wochenende statt. Der Dienstag hingegen ist

*der sicherste Tag. Am zweiten Tag der Woche werden nur
ca. 10 % der kriminellen Vergehen verübt.*
#straftaten #sicheretage #unsicheretage

Kurz darauf piepte ihr Handy. Einmal, zweimal und
immer wieder. Ohne Unterlass. Wir krass war das
denn? Dreiundfünfzig Nachrichten auf ihrem Account.
Wie cool! Eine so hohe Zahl hatte sie noch nie erreicht.
Mit etwas Glück wären auch zahlreiche neue Follower
mit dabei. Begeistert öffnete sie die App.

Schäm dich!
Schlampe!
Ihr habt Robyn auf dem Gewissen!

Sandra scrollte weiter nach unten. Kein einziger
Kommentar bezog sich auf ihren Beitrag. Alle hatten
mit Robyn und der Pressekonferenz zu tun. Sogar eine
Videodatei war dabei, sie klickte sie sofort an. Die Kamera zeigte Javier in einem Close-up. Oh, Mann, ihr
Kollege kam nicht gerade gut rüber. Unterlegt wurde
das unvorteilhafte Videomaterial dann auch noch mit
Javiers ironischem Kommentar, mit dem er die Konfe-
renz in dem sowieso schon leeren Saal offiziell beendet
hatte. Seine an sich geistreiche Bemerkung wurde in
Schleife abgespielt, sodass der *Comisario Principal* wie
ein plappernder Papagei wirkte. Sandra konnte sich leider nur allzu gut vorstellen, wie sich ihre Follower lachend auf die Schenkel schlugen und sich gegenseitig
zuriefen: „Guck mal, was für ein Tölpel!" Instinktiv
wollte sie die App ausschalten und das Handy wegle-

gen, doch sie zwang sich, dem Impuls nicht nachzugeben. Sie musste die Statements lesen. Nur so konnte sie sich dagegen wehren. Also biss sie die Zähne zusammen und kämpfte sich durch die Kommentare. Sie scrollte immer weiter runter, doch es wurde und wurde nicht besser. Beschimpfungen, das Bild von einem Scheißhaufen, verletzende Witze über Cops.

Wir wissen, dass du auf Staatskosten im Hotel Victoria wohnst.

War das eine Drohung? Würden sie ihr jetzt auflauern? Sandra ging auf ihre Profilseite. Fast die Hälfte ihrer so mühsam gewonnenen Follower war ihr bereits entfolgt. Und jetzt? Sollte sie eine Gegendarstellung schreiben? Sich rechtfertigen? Die schlimmsten Trolle blockieren? Dem Admin Bescheid geben?

Kapitel
siebenundzwanzig

Montag, den 22. Juni, 18 Uhr

Javier

Als Javier das Hotel von Ramón verließ, musste er sich durch eine aufgeregte Menge von Protestierenden kämpfen. Er schaute sich die Schilder nicht an, sondern blickte streng geradeaus und wiederholte auf sämtliche Anfragen: „Kein Kommentar." Sobald er seinen Wagen sah, öffnete er die Autotür per Fernbedienung. *Bloß weg hier*, dachte er beim Einsteigen und schreckte zusammen, als ihm jemand auf die Schulter klopfte. „*Madre mía*", schimpfte er und drehte sich wütend um, bereit, sich notfalls mit Fäusten der Kamerafritzen zu entledigen. Doch vor ihm stand kein Reporter, sondern der Empfangschef.

„Entschuldigen Sie bitte, *Comisario Principal*, aber der Hoteldirektor wünscht Sie in seinem Büro zu sprechen. Er bat mich, Ihnen das sofort mitzuteilen. Es sei dringend." Auf Javiers fragenden Blick hin zuckte der Empfangschef mit den Schultern. Auf dem Weg zum Büro wandte er sich jedoch neugierig an Javier.

„Gibt's schon was Neues bei Ihren Ermittlungen zur Kursfahrt in den Tod?"

„Bitte was?"

„Na ja, so hat Rafaela vom Frühstücksfernsehen das heute Morgen genannt."

„Darüber sprechen wir gleich noch. Jetzt gehe ich erst einmal zu Ihrem Vorgesetzten.“

„Ramón, du hast ein Problem“, sagte Javier seinem Bekannten, sobald er die Tür hinter sich geschlossen hatte. „Deine Angestellten fallen dir in den Rücken.“

Ramón sah ihn noch nicht einmal an, lachte nur kurz spöttisch auf. „Das ist noch meine geringste Sorge.“

Javier betrachtete seinen Bekannten genauer. Schon beim letzten Mal sah er mitgenommen aus, aber jetzt wirkte er so krank, dass jeder Arzt ihm, ohne zu zögern, eine Kur verschrieben hätte. „Was ist passiert?“, fragte Javier betroffen und nahm Platz.

„Der Deutsche will mich fertigmachen.“

Javier ahnte bereits, was jetzt kommen würde.

Kapitel achtundzwanzig

Dienstag, den 23. Juni, 5 Uhr

Sandra

Sandra schaute auf ihr klingelndes Handy. Wer rief sie noch vor dem Frühstück an? Oh, es war Julia. Sie ging dran.

„Guten Morgen, Sandra. Herzlich willkommen im Albtraum."

Das klang kein bisschen nach ihrer Kollegin. Julia war der ausgeglichenste Mensch, den sie kannte. Normalerweise war nichts so schlimm, als dass es sich nicht „in Ruhe bei einem Tässchen Tee" bereden ließe.

„So schlimm?" Sandra hörte, dass Julia grinste.

„Wer hätte das gedacht, dass ich in meinem Leben noch einmal eine echte Hexenjagd erleben würde."

„Wegen der Pressekonferenz gestern?"

„Nicht nur, aber auch. Der Vater des toten Mädchens prangt auf der Titelseite jeder deutschen Zeitung, wird auf jedem Kanal im O-Ton zitiert. Der Kerl ist aber auch ein prima Aufmacher."

„Ja, hier auch."

„Ich verstehe, dass er als Vater rotsieht. Aber dass er alle, die irgendetwas mit seiner Tochter zu tun hatten, öffentlich teert und federt, das geht wirklich zu weit. Darf ich dir eine kleine Kostprobe der Überschriften vorlesen?"

„Bitte nicht!"

Julia kicherte. „Okay, Themenwechsel. Wie sieht's denn bei euch in Spanien aus? Also nicht pressetechnisch oder so. Ich meine, was eure Ermittlungen angeht."

„Javier ist überzeugt, dass Robyn von jemandem aus Eifersucht umgebracht wurde."

„Oh, wie in *Carmen*."

„Genau, wie in *Carmen*. Das sagt ihm wohl sein Bauchgefühl."

„Aber du siehst das anders?"

„Ja. Der ganze Fall scheint mir alles andere als eindeutig zu sein. Er ist komplexer, irgendwie psychologischer." Sandra zögerte einen Moment und ordnete ihre Gedanken. Dann sprach sie weiter. „Mein Problem ist, dass die Schülerinnen und Schüler heutzutage ganz anders ticken als wir früher."

„Verstehe, die berühmte Gen Z."

„Stimmt, die Generation Z." Sandra grinste. Julia hatte sie sofort verstanden. Es handelte sich um ein Generationsproblem. „Gib mal ein Beispiel, Sandra, damit ich mir das noch genauer vorstellen kann."

„Also gut. Robyn hat ihre Allergie wohl als Makel empfunden und anscheinend kaum jemandem davon erzählt. Ist doch seltsam, oder?"

„Ach, wo du gerade davon sprichst. Es gab da einen Artikel, den ich richtig gut fand. Er wird von den großen deutschen Zeitungen zitiert, stammt ursprünglich aber wohl von einer spanischen Journalistin. Sie wählt einen anderen Ansatz als die ganzen Boulevardblätter und versucht das Ganze in einen größeren Zusammenhang einzuordnen."

Sandra kam ein Verdacht. „Schreibt deine Autorin über das Zusammenspiel von Jugend, Social Media und Corona?"

„Ganz genau. Das macht sie sehr überzeugend, und sie beruft sich auf Expertenmeinungen ..."

„Krass."

„Was ist krass?"

„Ich kenne die Journalistin. Und du auch. Isabel Blasco."

„Ja, der Name stimmt. Aber wieso glaubst du, dass ich sie kenne?"

„Es ist die Paparazza vom letzten Sommer. Die Frau, die die sensationslüsternen Fotos von der Leiche am Geierberg geschossen hat."

„Echt wahr?"

„Ja."

„Kann ich mir gar nicht vorstellen. Ihr Artikel ist jedenfalls richtig gut. Hebt sich wohltuend von den sonstigen Hetztiraden ab."

„Wie schön für die Reporterin. Immerhin eine, für die der Fall nicht, wie du es genannt hast, zum Albtraum geworden ist."

„Okay, lass uns mal für einen Moment diese Frau Blasco vergessen. Mir ist das ganze Mordszenario bei euch da unten nämlich noch immer nicht ganz klar. Also, du hast erzählt, kaum jemand wusste über Robyns Allergie Bescheid. Was willst du damit sagen? Dass ihr Tod das Zusammenspiel unglücklicher Zufälle war?"

„Nein, eben nicht. Meiner Meinung nach kommt der entscheidende Punkt in diesem Fall viel zu kurz. Jemand hat nach Robyns Tod das *Balconing*-Video gedreht und sich dadurch der Leiche entledigt. Ich bin zwar keine Rechtsanwältin, aber sehe das als Straftat an. Eine abstruse Form der Leichenschändung. Doch da steckt noch mehr dahinter. Warum sollte man sich Robyns Leiche entledigen, wenn ihr Tod selbst verursacht war?"

„Weil das nicht der Wahrheit entspricht und ihr Tod von jemandem herbeigeführt wurde."

„Ganz genau." Wieder verstand Julia, auf was Sandra hinauswollte. „Oder ..."

„Oder es geht um unterlassene Hilfeleistung. Jemand hat Robyn gefunden, entweder, als sie schon tot, oder vielleicht sogar schon vorher, als sie gerade noch bei Bewusstsein war ..."

Julia ergänzte ihren Satz. „... hat ihr aber nicht geholfen. Wollte mit der Sache nicht in Zusammenhang gebracht werden."

„Aber warum nicht? Beides ist doch völlig unproblematisch: Wenn das Mädchen noch lebt und offensichtlich leidet, dann ruft man den Notarzt. Wenn sie bereits tot ist, dann ruft man die Polizei."

„Javier sagt, dass wir uns fragen müssen, wem es nutzt, wenn Robyns Tod vertuscht wird." Sandra stand auf und fischte mit der freien Hand nach dem Bademantel. „Mir fallen da vor allem zwei Parteien ein. Zum einen die beiden Lehrkräfte. Du hättest sehen sollen, wie die Finger der Mathelehrerin gezittert haben, als ich sie auf die Elternbriefe, in denen die gesundheitlichen Besonderheiten der Schülerinnen und Schüler vermerkt sind, angesprochen habe."

„Du meinst, sie hatte Angst, man würde ihr vorwerfen, ihre Aufsichtspflicht verletzt zu haben? Entschuldige, Sandra, das hört sich für mich an den Haaren herbeigezogen an."

„Ist aber das, worauf Robyns Vater gleich abgefahren ist."

„Und wer wäre die zweite Partei?"

„Das Hotel. Der Hygienebereich. Die Küche."

„Ach Quatsch."

„Wart's ab. Herr Lehmann wird klagen, da bin ich mir sicher."

„Aber das ist doch völlig undenkbar, dass die Lehrerin oder der Küchenchef sich die Mühe geben, ein Live-Video zu posten, um alles als Unfall aussehen zu lassen."

„Das war die Strategie. Alle dachten, Robyn wäre bei einer Kletteraktion von einem Balkon zum anderen gestorben. Ein Unfall. Das Live-Video war nichts anderes als ein Ablenkungsmanöver."

„Ich weiß nicht."

„Ich doch auch nicht. Vor allem frag ich mich, wo diese Notfallspritze geblieben ist. Frag doch Robyns Mutter noch einmal, ob sie sie vielleicht einfach zu Hause in Deutschland vergessen hat."

„Okay, mach ich. Ich schau mich auch selbst noch einmal in Robyns Zimmer um. Außerdem könnte ich auch mit dem behandelnden Arzt sprechen."

„Sehr gute Idee."

„Ist notiert, ich klemme mich dahinter und melde mich dann noch mal bei dir. Eine Info kann ich dir jetzt

schon einmal geben. Alkohol verschlimmert anscheinend den Verlauf von Allergien. Vielleicht eine weitere
Spur, die ihr verfolgen könnt. Ich weiß nicht, was für
wilde Partys eure Schüler da gefeiert haben.“

Kapitel neunundzwanzig

Javier

Javier fuhr erneut nach Marbella. Diesmal parkte er nicht vor dem Hotel, sondern suchte sich einen Platz ohne Reporter in einer kleinen Seitenstraße. Er lief von der Terrassenseite auf das Hotel zu und nahm den Personaleingang. Kurz darauf betrat er Ramóns Büro. Sein Bekannter schien seinen Arbeitsplatz schon lange nicht mehr verlassen zu haben. Seine Anzugjacke sah so zerknautscht aus, als hätte Ramón die letzte Nacht auf der Sitzecke in seinem Büro verbracht.

„Du siehst schlimm aus, Kumpel", begrüßte er ihn mit einem Schlag auf die Schulter.

„Was erwartest du auch? Die Bestien lassen einen nicht in Ruhe." Der Hoteldirektor zeigte auf die zugezogene Gardine vor seinem Fenster. „Kaffee?"

Javier nickte. Ramón gab die Bestellung per Telefon durch.

„Und, wie läuft's?", fragte Javier.

„Der Vater des toten Mädchens stand heute Vormittag Punkt 9 Uhr vor der Tür.“

„Nicht allein, nehme ich an.“

„Nein. Er ist mit einem Architekten gekommen, und der hat den Balkon vor dem Zimmer des toten Mädchens vermessen.“

„Ich kenne den Scheiß, Ramón. Ich habe dir doch von meinem Kollegen Luis erzählt, der in Magaluf, Mallorca, arbeitet. Von ihm habe ich diesen ganzen Mist mit dem *Balconing* gehört.“

„Das ist doch alles der Wahnsinn! Weißt du, Javier, wie diese Idioten das nennen?“ Er machte eine Pause und gab dann selbst die Antwort. „*Risikosport*. Was hat das mit Sport zu tun? Diese verwöhnten Touris und ihre angeblichen *Heldentaten*.“

„Diese saufenden jungen Männer aus Nordeuropa sind die Pest, das sagt mein Freund Luis auch immer. Noch schlimmer sind aber die Klagen und Schadensersatzforderungen ihrer Eltern. Also genau das, was dieser Lehmann mit dir abzuziehen versucht.“

„Ich kann es nicht fassen, dass der mir mit baulichen Klagen kommt. Der Abstand zwischen den Balkons wäre angeblich nicht groß genug, die Geländer zu niedrig. Als ob es darum ginge. Warum hat er seine Tochter nicht einfach anständig erzogen?“

„Ruhig Blut, Ramón, du bist nicht der erste Hoteldirektor, der mit so etwas konfrontiert wird, und du wirst auch nicht der Letzte sein. Du brauchst einen guten Anwalt, jemand der sich mit dem Thema auskennt. Jemand, der schon auf den Balearen solche Fälle erfolgreich durchgekämpft hat. Frag ...“

Doch Ramón hörte ihm nicht mehr zu. „Hast du nicht gesehen, dass der Deutsche ausgerechnet Valeria Ortega engagiert hat?"

„Das zeigt, dass er eine der bekanntesten und teuersten Anwältinnen genommen hat, aber nicht darauf geachtet hat, ob sie sich mit diesem speziellen Thema auskennt. Weißt du, Luis kann dir sicherlich einen erfahrenen Rechtsanwalt empfehlen. Und auch unsere gemeinsame Bekannte Lidia verfügt über ein riesiges Netzwerk. Mach dich kundig. Lass nicht alles mit dir machen. Geh in die Offensive!"

„Ach, Javier, das sagst du so einfach. Das kostet! Ich werde das Hotel aufgeben müssen!" Seine Stimme klang resigniert, als er weitersprach. „Geld regiert die Welt. Das gilt hier in Marbella vielleicht sogar noch mehr als irgendwo anders. Ich muss dich nicht an den Korruptionsskandal von 2006 erinnern."

Javier nickte. „Natürlich erinnere ich mich an diesen beschämenden Bestechungsskandal. Schließlich sind damals fast zwanzig Stadtratsmitglieder wegen des Verdachts, Schmiergelder angenommen und im Gegenzug Baugenehmigungen erteilt zu haben, verhaftet worden."

„So sieht's aus", murmelte Ramón.

„Warte erst einmal ab. Die deutsche Schülerin ist doch gar nicht durch *Balconing* gestorben, sondern an den Folgen ihrer Allergie."

„Schau dir die Fernsehsendungen an, lies die Schlagzeilen, und dann sag mir ins Gesicht, dass die Leute mit Verstand an die Sache rangehen."

„Hallo, Ramón, bist du etwa ein Anhänger von Verschwörungsmythen? Wir leben in einer Demokratie und verfügen über ein valides Rechtssystem.“

„Schon klar.“ Ramóns Gesicht hatte wieder etwas Farbe bekommen. Offensichtlich tat es ihm gut, sich seine Wut von der Seele reden zu können. „Aber mir bereiten zwei Sachen Kopfzerbrechen. Das eine ist die finanzielle Seite. Mögliche Kompensationszahlungen und Umbaukosten. Das andere ist aber fast noch bedrohlicher. Der Ruf meines Hotels. Schon der Todesfall könnte den Untergang für das Hotel bedeuten. Jetzt noch die Schlammschlacht in der Presse. Unfassbar, wie dreist da Unwahrheiten verbreitet werden! Du glaubst doch nicht ernsthaft, dass irgendjemand Gutsituiertes demnächst bei mir noch ein Zimmer buchen wird.“

Javier legte seinem Bekannten eine Hand auf die Schulter. „Ich sehe das Problem, Ramón. Aber auch wenn ich nicht vom Fach bin, denke ich, dass du nur eine Möglichkeit hast.“

„Und zwar welche?“

„Den Angriff. Du darfst das nicht auf dir sitzen lassen. Du musst dich wehren. Nimm Kontakt zum Hotelverband auf. Ihr müsst zusammen gegen Billigtourismus und das Dumping von Hotelimmobilienpreisen vorgehen.“

„Javier, es ist mein Geld, das in dem Hotel steckt. Ich bin total verschuldet. Corona. Keine Gäste und jetzt kaum Angestellte, verstehst du denn nicht? Es geht um meine Existenz.“

Kapitel dreißig

Dienstag, den 23. Juni, 21 Uhr

Sandra

Sandra hatte das Gefühl, der Tag würde nie zu Ende gehen. Während Javier nach Marbella gefahren war, hatte sie Bereitschaftsdienst in Málaga geschoben. Die ganze Zeit hatte sie auf Neuigkeiten gewartet, aber nichts. _Nada._ Die Rekonstruktion der Daten auf den Schülerhandys dauerte noch an, und die Kolleginnen und Kollegen hatten Sandra deutlich zu verstehen gegeben, dass ihr ständiges Nachfragen den Prozess auch nicht beschleunigen würde. Immerhin, ein bisschen ging es dann doch mit den Ermittlungen weiter: Julia rief an und berichtete von ihrem Gespräch mit Robyns Hausärztin. Anscheinend hatte Robyn so schwer allergisch auf Erdnüsse reagiert, dass sie Flugreisen, wenn möglich, vermieden hatte. Das bloße Öffnen einer Erdnusstüte in einer Sitzreihe vor oder hinter ihr hätte nämlich, so die Aussage der Hausärztin, bereits ausgereicht, um bei Robyn Atemnot auszulösen.

„Ehrlich? Sie bekommt bereits Symptome, wenn sie Erdnüsse nur riecht?", fragte Sandra ungläubig.

„Ja", bestätigte Julia. „Heftig, oder?"

„Das kann ich mir kaum vorstellen.“

„Die Ärztin meinte, es gäbe sowohl psychologische als auch medizinische Gründe. Irgendwie geht es um die Proteine der Erdnüsse, die in die Luft gelangen. Aber das ist nur für kurze Zeit gefährlich und auch nur, wenn der Allergiker sich in unmittelbarer Nähe befindet. Die psychologische Begründung ist noch krasser. Sollte jemand schon einmal einen schweren allergischen Anfall erlitten haben, merkt sich das Gehirn den Geruch und geht bei der Ausdünstung des Allergens in Alarmmodus. Das wiederum kann zu Atemnot führen.“

„Also so ähnlich wie bei einer Panikattacke.“

„So habe ich das verstanden.“

„Sehr merkwürdig. Wenn die Allergie Robyn das Leben so schwer machte, begreife ich ihre Verschwiegenheit umso weniger. Warum sagt sie nicht allen Bescheid und bittet um Rücksicht?“

„Das kann ich schon nachvollziehen. Als Jugendlicher möchte man nicht auffallen. Man möchte von der Gruppe akzeptiert werden. Bloß keine Außenseiterin sein.“

„Dennoch hätte sie ihr Notfallset stets dabeihaben sollen. Das wäre doch kein Problem gewesen. So wie viele Frauen stets Tampons mit sich führen. Sie verstecken sie dann eben in einem kleinen Täschchen oder hinter irgendeinem Reißverschluss.“

„Vielleicht war sie leichtsinnig und wollte nicht immer an ihre Allergie erinnert werden.“

„Ja, möglich“, gab Sandra unwillig zu. Dennoch war sie nicht überzeugt. Da stimmte irgendetwas nicht. Das spürte sie deutlich. Sie wusste nur noch nicht, was.

„Und sonst, wie gefällt es dir, wieder im Süden zu ermitteln?"

„Super", antwortete Sandra schnell, dankbar für den Themenwechsel. „Hör mal, das habe ich dir noch gar nicht erzählt. Heute Abend bin ich zu einer Strandparty im Bootsschuppen eingeladen."

„Wirklich? Von wem denn?"

„Von meinem SUP-Trainer. Ich habe dir doch von meiner Stunde erzählt. Er heißt Diego."

„Weiß Giancarlo davon?"

„Warum sollte er?", antwortete Sandra schnippisch. Dann setzte sie noch einmal neu an. „Wie sagt man so schön: Es ist kompliziert ..." Sie sprach nicht gern über ihre Affäre mit einem verheirateten Mann, wobei es ihr fast noch unangenehmer war, Julia gegenüber auch noch zugeben zu müssen, dass Diego sie nicht kaltließ. Zugleich empfand sie eine Art Stolz auf sich selbst. Oder war es eher Neugier? Normalerweise verliebte sie sich ausschließlich in die falschen Männer. Doch Diego war ein anderer Typ. Er war ein Mann, der ihr guttat.

„Nachricht angekommen. Okay, ich mache dann mal weiter. Sag Bescheid, wenn es etwas Neues gibt. Viel Spaß heute Abend!"

„Danke."

Nach dem Telefonat zog sich der Abend weiterhin in die Länge. Endlich war es so weit, und Sandra ging zur Kathedrale, dem Treffpunkt in Málaga, den sie mit Diego vereinbart hatte. Er wartete bereits auf sie.

„Hallo", sagte er zwischen den Begrüßungsküsschen, „wie schön, dass du mit zu unserem kleinen Fest kommst."

Sandra, die froh war, endlich Javiers Büro und dem verfahrenen Fall den Rücken zukehren zu können, begrüßte ihn ebenso herzlich. Sie stieg in seinen Wagen, und zusammen fuhren sie nach Marbella.

„Nochmals vielen Dank für die Einladung. Und nett, dass du mich mitnimmst." Trotz ihrer guten Vorsätze fiel es Sandra schwer, abzuschalten und Konversation zu machen.

„Kein Problem", sagte Diego. „Für mich ist das Pendeln das Normalste der Welt, da ich in Málaga wohne und in Marbella arbeite."

„Du wirst lachen, aber mittlerweile kenne ich die Strecke auch schon besser, als mir lieb ist."

„Tatsächlich?", sagte Diego und warf ihr einen amüsierten Blick zu, und Sandra spürte deutlich, wie sich die Atmosphäre im Auto veränderte. Flirtete er etwa mit ihr? Auf einmal fiel es ihr leicht, sich auf Diego einzulassen. Sie plauderten unbefangen, und kurz darauf zeigte ein Ortsschild ihre Ankunft in Marbella an.

„Diego, was machst du eigentlich beruflich? Bist du Trainer?"

Er lachte. „Welchen meiner Berufe meinst du?"

„Hast du mehrere?" Sandra schaute ihn verwundert an.

„Ich bin Sportlehrer an einer Privatschule, gebe Privatunterricht für SUP und Surfen und schreibe manchmal Artikel für Sportzeitungen."

„Hut ab, das hört sich beeindruckend an."

„Ach, das kann man so oder so sehen."

„Wie meinst du das?"

„Du arbeitest bei der deutschen Polizei, nicht wahr? Was verdienst du da?"

Sandra war die Frage unangenehm. „Na ja, ganz gut eigentlich“, antwortete sie vage. „Ich kann gut davon leben, und es ist ein sicherer Beruf.“

„Genau darauf will ich hinaus. Ich habe drei Jobs, weil ich mich mit nur einem nicht über Wasser halten könnte. Nur durch diese Dreierkombination, wir nennen das *multiempleo*, muss ich mir nicht allzu viele Gedanken über Kohle machen. Wenn du hier heute Abend mal rumfragen würdest, dann würdest du merken, dass das bei fast allen so ist.“

„Und, was machst du am liebsten? Ich meine, es ist ziemlich cool, dass du so viele unterschiedliche Talente hast. Du bist selbst sportlich, kannst dein Wissen auch Laien erklären und bist darüber hinaus noch in der Lage, darüber zu schreiben.“

„Na ja, so erstaunlich ist das nicht. Alle drei Bereiche hängen eng zusammen. Es wechselt ständig, was ich gerade besonders gern mag. Ehrlich gesagt, hat es mir neulich ausgesprochen gut gefallen, SUP-Kurse für die deutsche Schülertruppe aus dem *Parasol*-Hotel zu geben. Da waren ein paar wirklich gute Sportler dabei.“

„Wer denn zum Beispiel?“

„Mir ist aufgefallen, dass Ingo, der Lehrer, sehr schnell den Dreh raushatte, wie es geht. Er hat nur eine Minute lang gekniet, dann stand er auch schon und konnte problemlos die Balance halten. Und das, obwohl er, wie er sagte, noch nie zuvor Wassersport gemacht hatte.“

„Ja, das ist wirklich erstaunlich.“

„Na, und dann ist mir natürlich das Tier der Gruppe aufgefallen.“

„Tier der Gruppe? Was meinst du denn damit?“

„Maschine, der Typ. Dieser Schüler, Will, Bill, irgendwas. Der war so was von durchtrainiert und hatte eine Kondition, von der ich nur träume. Und Tier, weil man ihm das sofort ansieht. Diese Oberarme. Der Kerl muss jeden Tag stundenlang trainieren."

„Ah, ich weiß, wen du meinst. Till. Ja, der hat sich wohl für ein Sportstipendium an einer dieser US-amerikanischen Elite-Unis beworben."

„Das wundert mich nicht. Der wird Berufssportler, das garantiere ich dir. Der sollte sich nur mit diesen ganzen Mittelchen in Acht nehmen, sonst wird das nichts."

„Was? Ich verstehe nicht ganz."

„Unerlaubte Mittelchen, um die Leistung zu erhalten oder zu steigern."

„Sprichst du von Doping?"

Diego wich einer direkten Antwort aus. „Leistungssport ist eine eigene Welt. Dazu gehört ein gewisses Mindset. Du suchst Herausforderungen, gehst ans Limit, überbietest deine eigenen Höchstleistungen." Sandra war sich nicht klar, ob er über sich selbst, Till oder Leistungssportler im Allgemeinen sprach. „Und zusammen mit den Höchstleistungen kommt auch immer die Angst zu versagen. Dann nimmst du erst Proteine und Ergänzungsmittel, später dann Amphetamine und Steroide." Plötzlich wechselte er das Thema. „Oh, schau mal. Eine Parklücke, extra für uns. Perfekt."

Sie waren angekommen. Diego parkte das Auto in der Nähe des Bootsschuppens, und so abrupt, wie er mit dem Thema Doping begonnen hatte, hörte er auch wieder auf. Sie stiegen aus, und Diego ging mit einem breiten Grinsen auf seine Freundesclique zu. Sandra hielt sich ein wenig hinter ihm und schaute sich um. An der Wäscheleine vor dem Bootshäuschen hingen ein paar verknüllt über das Seil geworfene klamme Neoprenanzüge. Am Ufer des Sees lagen SUPs. Während der Feier gingen die Gäste offensichtlich immer wieder mal kurz aufs Wasser. Einer von Diegos Freunden, ein junger Mann mit Männerdutt, fischte ihnen zwei Flaschen Bier aus einem mit Wasser gefüllten Bottich.

„Magst du?" Sandra nickte grinsend. Der Dutt versuchte den Kronkorken ihrer Flaschen mithilfe seiner Turnschuhe zu öffnen, doch der Trick wollte ihm nicht so recht gelingen. Diego, Sandra und auch der Typ selbst mussten lachen.

„Keine Sorge, *amigo*", spottete Diego gutmütig. „Du hast noch den ganzen Abend Zeit, die Nummer zu perfektionieren." Er wandte sich Sandra zu. „Sandra, das ist übrigens Santi. Frag ihn doch einmal, wie viele Jobs er hat."

„Vier", sagte Santi. „Stadtführer, SUP-Lehrer, außerdem repariere ich Fahrräder und gebe Nachhilfe. Willkommen, Sandra."

„Darauf trinken wir!", sagte Diego. Alle stießen mit ihren Flaschen an.

„Vier Jobs. Fleißig, fleißig", murmelte Sandra, hauptsächlich, um irgendetwas zu sagen.

„Wie sieht's aus? Hast du Hunger?", fragte Diego.

„Klar doch." Zusammen begaben sie sich zum Grill. Es roch herrlich nach Knoblauch. Diego stellte Sandra noch weiteren Bekannten vor. Und er hatte recht. Niemand arbeitete hauptberuflich als Wassersportlehrer. Alle hatten noch mindestens einen anderen Brotberuf.

Während sie immer wieder mit Diegos Freunden anstieß, warf sie einen Blick auf das Büfett. Hmm, das sah aber auch appetitlich aus! Alle möglichen Köstlichkeiten, die rustikal auf einem Tapetentisch angerichtet worden waren. Verschiedene Salate, gegrillter Fisch, Aioli, Oliven und Baguette. Nicht zu vergessen die Tetra Paks mit *Vino Tinto*, Rotwein.

„Komm, Sandra, lass uns hier eben die Teller füllen, und dann setzen wir uns ans Wasser." Sandra und Diego hamsterten ein paar Leckerbissen und ließen sich diese im Schneidersitz, mit dem Rücken an eine Palme gelehnt, neben dem See schmecken. Von einer Bluetooth-Box wurde Reggaeton und Bachata abgespielt. Diego klopfte den Rhythmus auf seiner Flasche mit, und Sandra hörte ihm zu. Was ging es ihr gut! Frisch gestärkt schloss sie zufrieden die Augen und genoss die kühle Brise auf ihrem Gesicht.

Jemand räusperte sich. Sie schlug die Augen wieder auf. „Willst du tanzen?", fragte sie der Typ mit Vollbart, der eben am Grill gestanden hatte.

„Ich weiß nicht", antwortete sie überrumpelt.

„Klar will sie", hörte sie Diego hinter sich sagen. „Aber mit mir." Er zog sie zu sich hoch, und Hand in Hand gingen sie zu einem kleinen Lagerfeuer und bewegten sich mit den anderen Tanzenden zu einem alten Bob-Marley-Song. Während sie ihren Kopf an Diegos Schulter schmiegte und wahrnahm, wie gut er roch, hörte sie plötzlich ihren Namen.

„Sandra?", und dann etwas lauter: „Sandra, bist du das?"

Erschrocken riss sie die Augen auf und fühlte sich ertappt. Sofort ging sie auf Abstand zu Diego. Vor ihr stand Ana, Javiers Tochter.

„Ana, was machst du denn hier? Ich denke, du bist in Madrid?“

„Auch, aber ich bin jetzt häufiger in Málaga, um unser Hochzeitsfest vorzubereiten und noch etwas Geld zu verdienen.“

„*Qué bueno.* Und wohnst du bei Javier?“

„Nein, Papa weiß nicht, dass ich hier bin. Ich wohne bei Marco. Er arbeitet im Picasso-Museum und hat eine riesige Wohnung. Sie nickte in Richtung des Kerls mit dem Vollbart. Der hat mich auch zu der Feier heute Abend mitgenommen. Und du? Gefällt es dir hier?“

„Ja, coole Feier und tolle Musik.“ Das Picasso-Museum. Sandra hatte sich immer vorgenommen, ihm einmal einen Besuch abzustatten. Vielleicht an einem Regentag. Aber dazu war es nie gekommen. Der Vollbartmann rief Anas Namen.

„Tut mir leid, ich muss schon wieder los. Viel Spaß noch! Und du kommst doch zu unserer Hochzeitsfeier, oder? Sag Papa, er soll dir eine Einladungskarte geben.“

„Vielleicht. Danke für die ...“ Doch da war Ana schon wieder weg. Auf einmal überkam Sandra eine bleierne Müdigkeit. Sie wollte nur noch ins Bett. Schnell. „Diego, kannst du mich zurückfahren?“

„Schon?“, fragte er erstaunt.

„Es war ein ewig langer Tag heute.“

„Na klar, kein Problem.“ Er suchte nach dem Autoschlüssel und verabschiedete sich von seinen Freunden. „Ich komme gleich wieder“, versprach er ihnen,

woraufhin seine Kumpel etwas erwiderten, was
Sandra nicht verstand.

Kapitel einunddreißig

Javier

Javier war zum Hotel gefahren, um Ramón Begleitschutz anzubieten. Sein Bekannter hatte seit Tagen das Hotel nicht mehr verlassen. Er hatte Angst, dass die Presseleute Jagd auf ihn machen würden. Und tatsächlich. Da hausten sie. Der gesamte Hotelparkplatz war voll. Ü-Wagen, Zelte, Mikrofone, Kameraträger, Reporter.

„Bitte, lassen Sie mich durch", bat Javier immer wieder und ignorierte stoisch die Fragen der Journalisten. In Ramóns Büro angekommen, forderte er seinen Bekannten mit kurzen Kommandos auf, alles für die Heimfahrt zusammenzupacken. Es dauerte Ewigkeiten, bis sein Bekannter endlich fertig war. Javier nahm Ramóns Jackett von der Lehne, warf es ihm über den Kopf und führte ihn aus dem Hotel hinaus. Ramón roch nach Schweiß und Alkohol. Mit dem Ellbogen öffnete Javier eine Seitentür. Und da waren sie auch schon. Als Javier mit Ramón in Schlepptau das Hotel verließ, hob er automatisch seine Hand, um seine Augen vor der Sonne zu schützen. Nur dass es nicht die Sonne war, die ihn blendete, sondern ein Blitzlichtgewitter, das auf ihn und Ramón abgeschossen wurde. Die Reporter standen rund um den Eingang, einige Kameraleute waren sogar auf parkende Autos geklettert, um von dort oben besser fotografieren zu können. Irgendeine Gruppe von Demonstranten fing an, einen Spottgesang auf die spanische Polizei anzustimmen. Javier hörte, wie Ramón immer wieder „Scheiße" murmelte.

„Alles klar bei dir?", fragte er den Hoteldirektor. Doch statt zu antworten, riss Ramón sich vom *Comisario Principal* los und versuchte sich abzusetzen. Er hatte wohl die Hoffnung, sich allein unbemerkt seinem Auto nähern zu können. Doch Javier sah sofort, dass Ramóns Manöver nicht funktionierte. Die Journalisten rannten hinter Ramón her, während dieser mittlerweile andere brutal aus dem Weg schubste und nur noch versuchte, so schnell wie möglich zu seinem Wagen zu kommen. Die Journalisten, die ihn filmten und ihn mit ihren Mikrofonen bedrängten, waren bei Weitem nicht das Schlimmste. Noch viel beunruhigender waren die Passanten, die sich um das Hotelgebäude herum versammelt hatten und immer wieder *„asesino"*, Mörder, skandierten. Javier forderte Verstärkung an, doch er wusste, dass es dauern würde, bis die Kollegen bis zum Hotel *Parasol* durchkämen.

Plötzlich sah Javier etwas Metallenes in der Sonne aufblitzen. Ein Messer. „Halt", schrie er und rannte in die Richtung eines Mannes mit Kapuzenpulli, bei dem er die Waffe gesehen hatte. Doch er kam nicht an ihn ran, wurde immer wieder von der Menge behindert. Der *„Asesino"*-Sprechgesang wurde lauter. „Mörder,

Mörder", hörte Javier den Mob immer aggressiver brüllen. Einzelne Männer stellten sich Javier in den Weg. Trotz aller Hindernisse gelang es ihm dann doch noch, Ramón zu erreichen. Der Typ mit dem Messer war verschwunden.

„Bleib bei mir, Javier." Javier bemerkte die aufgeschlitzten Autoreifen der Kraftfahrzeuge vor ihm. Zum Glück waren die von Ramóns Wagen unversehrt geblieben.

„Ganz ruhig, Ramón. Die Kollegen sind gleich hier und geben dir Geleitschutz. Am besten fährst du heute nicht nach Hause, sondern woandershin. Überlege dir schon einmal wohin."

„Ich könnte eventuell zu ..."

„Pssst, Ramón. Keine Namen nennen."

Eine Frau schrie den Hoteldirektor mit wutverzerrtem Gesicht an. „Schäm dich! Du hast unschuldige Kinder auf dem Gewissen. *Asesino*. Du und dein baufälliges Hotel ..."

„Wieso baufälliges Hotel? Komm her, und zeig mir, wo hier was baufällig ist", blaffte Ramón.

„Lass dich nicht provozieren", sagte Javier und zog den Hoteldirektor von der aufgebrachten Frau weg. Dann hörte er Polizeisirenen in der Ferne. Endlich!

Kapitel zweiunddreißig

Mittwoch, den 24. Juni, 18 Uhr

Sandra

Sandra saß in ihrem Hotelzimmer und kam sich überflüssig vor. Javier hatte sie gegen Mittag am Tag nach Diegos Party angerufen und ihr unerwartet freigegeben. Dabei hatte er mehrmals gesagt, dass er sie nicht in der Nähe vom Hotel seines Freundes sehen wolle. Ihre Frage nach dem Warum hatte er ignoriert. Sandra sollte es recht sein. Sie war noch mal ins Bett gegangen, hatte die unverhoffte Siesta genossen, ferngesehen und wusste nicht, wo die letzten Stunden geblieben waren. Abends kramte sie ihr Handy hervor. Das erste Mal nach den Troll-Attacken wagte sie es, auf ihren Account zu gehen. Zwei neue Follower. *Díos mío*, und was für welche! Die Staatsanwältin Díaz und Jörg, ihr Kölner Chef. Was wollten die beiden von ihr? Sofort fühlte Sandra sich überwacht und kontrolliert. Und das gerade jetzt, wo sie auf Pol-Sol dermaßen gemobbt wurde! Wie sollte sie mit den Hatern umgehen? Sandra überlegte, ob sie Stellung beziehen sollte, entschloss sich jedoch dagegen. Sie hatte sich schlaugemacht: Alle rieten, dass man Trolle unbedingt ignorieren sollte. Außerdem durfte und wollte sie keinerlei Hinweise über die aktuellen Ermittlungen verlauten lassen. Erst recht nicht jetzt, seit sie wusste, dass ihre Vorgesetzten mitlasen. Sandra überlegte kurz und beschloss, ihren Account mit einem allgemeinen, unverfänglichen Thema zu füttern. Während sie an den Formulierungen feilte, rief sie zwischendurch immer wieder ihre Dienstmails ab. Wieso dauerte es so lange, die Schülerhandys auszuwerten? Als ihr Handy klingelte, zuckte sie zusammen.

„Sandra, ich bin's, Javier. Komm bitte mal in mein Büro!"

„Was gibt's denn?"

„Die Techniker haben die gelöschten Videos der Schülerhandys zum Teil wiederherstellen können."

Sandra boxte mit der Faust in die Luft. Shaka! Endlich! Sie hatte sich viel zu lange in Geduld üben müssen. Doch nun ging es endlich voran. Zehn Minuten später saß sie in Javiers Büro.

„Und, bist du bereit?", fragte er sie.

Sandra nickte, und der *Comisario Principal* öffnete feierlich den ersten von mehreren Anhängen. Zwanzig Minuten später schloss er die letzte Datei.

„Und jetzt?", fragte Sandra und klopfte nervös mit einem von Javiers Kugelschreibern auf der Tischplatte herum.

„Könntest du das wohl lassen? Du machst mich wahnsinnig."

„Was?" Sie folgte Javiers Blick und ließ den Stift fallen. „Ach so. Das. Also, Javier, sag schon, hast du eine Idee, wie wir jetzt weiter vorgehen sollen?"

„Sicher. Wir überlegen uns, welche Schlüsse sich aus dem Material ziehen lassen. Ob wir irgendeine Ordnung, ein Muster, darin erkennen können." Sandra konnte Javiers Gedanken nicht so recht folgen, wollte ihn aber nicht unterbrechen. „Erstens, …", Javier dachte laut nach. „Wir hatten recht mit der Vermutung, dass wir die Verdächtigen höchstwahrscheinlich auf die Freundesclique der Verstorbenen einschränken können."

„Logisch, denn die anderen Kursteilnehmenden haben keine *Balconing*-Videos gedreht", stimmte ihm Sandra zu.

„Ganz richtig: Nur Betül, Cara, Till und Moritz haben gleich mehrere *Balconing*-Filme hochgeladen, gelikt und geteilt."

„Es war genau so, wie wir uns das vorgestellt haben", sagte Sandra, „Robyns Live-Video war nicht die erste *Balconing*-Aktion."

„Stimmt. Sie haben es schon vier Mal vorher getan."

„Sie … damit meinst du die Jungs, oder? Moritz und Till."

„Moritz und Till", wiederholte Javier. „Die beiden jungen Männer haben sich anscheinend in einer Art Wettkampf befunden und wollten sich gegenseitig übertreffen. Das erste Mal sind beide auf der zweiten Etage des Hotels herumgekraxelt. Beim nächsten Video befanden sie sich noch weiter oben, auf der dritten Etage. Außerdem …"

„Du hast recht", unterbrach ihn Sandra aufgeregt. „Ich glaube auch, dass einer der Jungen unser Täter ist. Ich habe neulich mit meinem SUP-Trainer gesprochen. Diego hat mir so einiges über Muskelkraft erzählt. Und wenn Robyn bereits tot war und sie dann für das Video über die Brüstung gehievt wurde ..."

Javier führte den Gedanken seiner Kollegin zu Ende. „Einen zusammengesackten, leblosen Körper hochzuhieven ist ein echter Kraftakt."

„Das hätte sowohl Betül als auch Cara vermutlich nicht geschafft."

„Das glaube ich auch", sagte Javier. „Natürlich können wir die beiden jungen Frauen nicht gänzlich ausklammern. Ich glaube jedoch auch, dass Moritz und Till unsere Hauptverdächtigen sind. Schon aufgrund ihrer Muskelkraft."

„Nicht nur das. Moritz und Till waren die Macher. Beide haben aktiv *Balconing* betrieben. Die Mädchen haben die Videos zwar gelikt und geteilt, aber es sind die Jungs, die darauf zu sehen sind. Außerdem sind die Mädchen sowieso raus, weil sowohl Betül als auch Cara ein Alibi haben." Als Javier nicht auf ihre Bemerkung reagierte, erinnerte ihn Sandra noch einmal an die jeweiligen Zeugen und Zeuginnen. „Cara hatte die Besprechung mit ihrem Kunstlehrer, und Betül war in ihrem Zimmer mit den anderen Mädchen. Beides ist bestätigt. Und somit hat eigentlich nur Moritz kein Alibi. Till hat ihm zwar eins gegeben, aber ..."

Sandra erhob sich und hörte auf zu reden. Stattdessen lief sie unruhig auf und ab. Am Fenster blieb sie einen Moment stehen, drehte sich zu Javier um und teilte ihm mit, was ihr durch den Kopf ging.

„Ich weiß es doch auch nicht, Javier. Aber das Alibi von Moritz ist mehr als schwach. Eben nur die Sorte von Alibi, die sich Freunde gegenseitig geben. Till jedoch wurde zusätzlich noch von der Mathelehrerin beim Training gesehen."

„Moment, Sandra, nicht so schnell. Ich habe das noch einmal nachgerechnet. Ich glaube, wir haben uns bei der Rekonstruktion des Tathergangs vertan. Wir sind immer vom Ende ausgegangen, von dem Balkonfall. Vermutlich einfach deswegen, weil wir durch das Video eine konkrete Zeitangabe haben. Es könnte sich aber vorher ganz anders abgespielt haben. Lass uns das Ganze mal von Anfang an durchspielen. Robyn hat eine Kontaktallergie. Etwa eine halbe Stunde vor ihrem allergischen Schock kommt sie mit etwas in Kontakt, das ihre Allergie auslöst."

„Willst du andeuten, dass ihr Till oder Moritz Nüsse gegeben haben?"

„Ich will gar nichts andeuten, nur kurzerhand mal verschiedene Möglichkeiten durchspielen. Unseren Denkapparat trainieren, damit wir auf neue Ideen kommen."

Sandra sah ihren Kollegen misstrauisch an, während er seine Gedanken ausführte.

„Na klar. Schon bei Robyns Kontakt mit den Nüssen gibt es viele Optionen. Entweder war es ein dummes Missgeschick. Durchaus möglich, schließlich hat deine Kollegin Julia berichtet, dass das Mädchen so übersensibel war, dass sie die Nüsse noch nicht einmal essen oder berühren musste, um einen Anfall zu bekommen. Irgendwer hat eine Tüte mit einem Nuss-Snack irgendwo herumliegen lassen, und vielleicht hat schon der Geruch allein Robyns Allergie ausgelöst." Sandra wartete, was Javier noch zu sagen hatte. „Allerdings kann es auch sein, dass irgendjemand eine Art Köder für Robyn stehen lassen hat, ohne zu wissen, wann sie darauf anspringen würde.“

„Wie das? Glaubst du etwa, dass jemand versucht hat, Robyn mit einer Spur von Nüssen in Gefahr zu bringen?“ Sandra schüttelte zweifelnd den Kopf. „Nein, Javier. Da steig ich aus. Willkommen in der Welt der Sagen und Märchen.“

„Na ja“, ruderte der *Comisario Principal* zurück. „War nur eine Idee. Jedenfalls ist es ein Fakt, dass Robyn allergisch reagiert. Der Täter weiß, dass er circa eine halbe Stunde Zeit hat, sich ein Alibi zu besorgen.“

„Mit dem Täter spielst du auf Till oder Moritz an?“

„Till, denn er hat praktischerweise seine Sportroutine. Also geht er in die belebte Altstadt, zum *Plaza de los Naranjos,* und hofft, dass er von möglichst vielen gesehen wird. Und sein Plan geht auf. Sogar seine Mathelehrerin gibt ihm ein Alibi.“

„Okay, ich spiele dein Szenario jetzt einmal durch. Till wärmt sich auf, ganz demonstrativ, auf einem der beliebtesten Plätze Marbellas. Dann läuft er aber nicht seine Joggingrunde ...“

„Nein. Er stellt nur sicher, dass er gesehen wird, und kehrt anschließend so unauffällig wie möglich vorzeitig zum Hotel zurück. Er sieht die leidende Robyn und wartet, bis sie gestorben ist, und dreht dann aus irgendwelchen uns noch unbekannten Gründen das Video, anstatt einen Arzt zu rufen.“

„Hört sich wild an. Training für unsere Gehirne. Lass uns jetzt aber lieber über etwas Handfestes reden.“

„Okay, Sandra. Tut mir leid, dass du meine Theorien so abwegig findest.“

Sandra sah den *Comisario Principal* überrascht an. Hatte sie ihn zu heftig kritisiert? Er wirkte gekränkt. Letztes Jahr war er noch nicht so empfindlich gewesen. Ob es daran lag, dass sie mittlerweile Freunde geworden waren? Doch dann gab er sich wieder betont sachlich.

„Lass uns über die wiederhergestellten *Balconing*-Videos reden. Ist dir etwas aufgefallen?"

Sandra runzelte die Stirn. „Moment, Moment. Warte mal. Ich hab da so eine Idee." Sandra spulte eines der Videos zurück.

„Was denn, Sandra? Was hast du entdeckt?" Javier schaute sie neugierig an.

„Die Perspektive. Wir sollten uns die vier *Balconing*-Videos vor Robyns Tod noch einmal daraufhin anschauen, wer sie aus welchem Winkel gedreht hat. Mit etwas Glück können wir sie mit dem Live-Video von Robyn abgleichen."

„Tut mir leid, ich kann dir nicht folgen."

„Warte, ich zeig's dir." Sandra hantierte eifrig am Computer herum. „Wir gehen in der Timeline zurück. Hier, das ist das allererste *Balconing*-Video. Moritz klettert auf der zweiten Etage von seinem Zimmer zu dem Balkon nebenan. Aber er hat das Video nicht selbst gedreht. Jemand anders hat es gefilmt. Und zwar aus der Vogelperspektive, damit man ganz unten den Swimmingpool links hinten sieht und ein Gefühl für die Höhe bekommt. Coole Perspektive. Krasser Effekt."

„Aha", murmelte Javier wenig überzeugt. Ihm war anscheinend nicht klar, worauf sie hinauswollte.

„So, jetzt das zweite *Balconing*-Video. Es zeigt Till und wurde ebenfalls von jemand anders gefilmt. Diesmal wurde die Kletteraktion horizontal aufgenommen. Man sieht Till auf Augenhöhe. Dadurch ist man nah dran an der Szene, sieht aber gar nicht das Besondere, nämlich, dass die ganze Kletteraktion gefährlich weit oben stattfindet.“

„Ich glaube, ich beginne zu verstehen, was du meinst.“ Javier nickte ihr aufmunternd zu.

„So, das waren die beiden ersten *Balconing*-Videos. Beide kurz hintereinander von der zweiten Etage aufgenommen. Das von Moritz befindet sich auf Tills Handy und wurde später geteilt. Das von Till stammt von Moritz’ Handy. Jetzt kommt das nächste Set, das erste wurde zwei, das andere drei Tage später gefilmt. Beide diesmal von der dritten Etage und im Selfie-Modus. Moritz teilt das Video von seinem eigenen Handy, und Till macht dasselbe mit seiner Aufnahme von sich selbst. Das erste von Moritz, wieder horizontal, vermutlich mit so ’nem Handystativ. Das zweite zeigt Till. Und, Überraschung: wieder aus der Vogelperspektive, vermutlich mit derselben Handyklemme am Geländer befestigt, die wir bei Robyns Live-Video gefunden haben. Und das genau meine ich. Tills Vorliebe für die Vogelperspektive und seine Verwendung der Handyklemme. Beides genau dieselben Rahmenbedingungen wie beim Live-Video von Robyn.“

Javier starrte seine Kollegin an. „Genial, Sandra.“

„Ergibt doch Sinn, oder?“, fragte sie stolz.

„Oh ja, noch nicht genug, um ihn zu verhaften, aber genug, um ihm ordentlich Feuer unterm Hintern zu machen. Willst du ihn dir vorknöpfen, Sandra?“

„Con mucho gusto, sehr gern.“

„Herr Martins hat mir mitgeteilt, dass die deutsche Gruppe am Donnerstag, also morgen, um 14 Uhr im Museo Picasso hier bei uns in Málaga ist. Der Kunstlehrer hat dort Workshops für die Teilnehmer seines Kunstkurses gebucht. Zur Feier des Tages kannst du dir die Pendelei zwischen Málaga und Marbella sparen.“

„Willst du bei der Konfrontation nicht dabei sein?“

„Nee, das passt schon. Mach du das erst mal allein. Dadurch sparen wir uns die Übersetzerin. Ich werde mich währenddessen mit Staatsanwältin Díaz kurzschließen. Das dauert.“

„Du willst sie über den Stand unserer Ermittlungen unterrichten?“

„Ja, und je nachdem, was Till dir morgen sagt, müssen wir überlegen, wie es mit ihm weitergehen soll.“

„Du glaubst, wir könnten da üble Sachen herausfinden …?“

„Ja“, sagte Javier kurz angebunden. „Zudem muss ich morgen früh auch rasch noch etwas anderes erledigen. Aber danach komme ich ebenfalls in das *Museo*.“

„Alles klar, Javier.“ Sandra hielt automatisch ihre Hand zum Abschlagen hoch. Javier zögerte einen Moment, dann schlug er ein. „Gute Arbeit, Sandra!“

„Gleichfalls. Wir sehen uns morgen Abend im Picasso-Museum.“

Kapitel dreiunddreißig

Javier

Javier wusste, wo sich Ramóns Privatwohnung befand. Sie hatten sich nach Lidias Feiern schon häufiger ein Taxi geteilt, und er konnte sich erinnern, vor welchem Haus der Hoteldirektor sich hatte absetzen lassen. Obwohl das Hotel in Marbella stand, lebte Ramón in Málaga. Ihm gefiel es, seinen Arbeitsplatz von seinem Wohnort zu trennen. Eine Entscheidung, die sich jetzt tatsächlich als außerordentlich hilfreich erwies. Javier klingelte bei Ramón, doch niemand öffnete ihm. Seltsam. Der *Comisario Principal* war irritiert, wusste er doch mit Bestimmtheit, dass sein Bekannter sich zu Hause aufhielt. Javier klingelte noch zwei weitere Male, dann wählte er Ramóns Privatnummer. Endlich nahm sein Bekannter ab. „Wer spricht da?"

„Ich bin's, Ramón. Javier, ich stehe unten vor deiner Haustür. Bitte mach mir auf."

„Bist du allein?"

„Ja. Keine Journalisten in Sicht."

Es surrte, und Javier drückte die Tür auf. Mit einem Mal stand er mitten in einem riesigen, lichtdurchfluteten Korridor. Goldene Lampen, Porzellanstatuen. Beeindruckend, aber für Javiers Geschmack definitiv zu verschwenderisch eingerichtet.

„Komm rein. Willst du etwas trinken?"

Javier folgte Ramón in den Salón. „Ein Glas Wasser gern."

Ramón ging in die Küche. Javier sah ihm nach. Der Hoteldirektor trug Jeans, T-Shirt und Birkenstocksandalen. So leger gekleidet hatte er Ramón noch nie gesehen. Javier setzte sich auf eine schwarze Ledercouch und wartete. Bevor er sich genauer in dem luxuriös eingerichteten Zimmer umschauen konnte, war Ramón auch schon wieder zurück. Beide Männer nahmen einen Schluck Wasser, dann fragte Javier den Hoteldirektor, wie es ihm ging.

„Wieder besser. Es war gut, dass ich das Hotel verlassen habe. Ich habe endlich wieder eine Nacht durchgeschlafen."

„Das freut mich zu hören. Und, hast du dich schon rechtlich beraten lassen?"

„Ach, das ist komisch. Ich glaube, das brauche ich gar nicht mehr."

„Was? Wieso denn das?" Javier beugte sich neugierig nach vorn.

„Du wirst es nicht glauben, aber mein Empfangschef hat mir gesagt, dass wir ausgebucht sind. Journalisten von überallher haben sich im *Parasol* einquartiert und auch einige Eltern aus Deutschland, deren Kinder an der Kursfahrt teilnehmen."

„Und was ist mit der Klage von Herrn Lehmann?"

„Ach, das scheint keinen zu jucken. Sie übernachten dennoch im Hotel. Es war eine harte Zeit, aber jetzt ist es ausgestanden."

„Sicher?"

„Ja. Entwarnung. Sollen wir darauf anstoßen?" Ramón stand auf, bereit, ihnen beiden etwas Hochprozentiges zu kredenzen.

„Für mich nicht, danke. Bin noch im Dienst. Hör mal, ich hoffe auch, dass es das war, allerdings hat mir Luis ..."

Ramón ließ ihn nicht ausreden. „Danke, Javier, für alles, was du für mich getan hast. Und das sage ich nicht nur so, das meine ich wirklich. Aber ab jetzt komme ich wieder allein zurecht."

Javier erhob sich, was sich schwierig gestaltete. Die Ledercoach sah zwar bequem aus, war aber Gift für seinen Rücken. „Na dann ..." Javier versuchte sich seine Unannehmlichkeiten beim Aufstehen nicht anmerken zu lassen.

„Ich bring dich noch zur Tür", bot Ramón an. Kurz darauf stand der *Comisario Principal* wieder auf der Straße.

Kapitel vierunddreißig

Donnerstag, den 25. Juni, 14 Uhr

Sandra

Sandra brauchte nicht lange bis zum Museum. Wenige Minuten nachdem sie ihr Hotel verlassen hatte, stand sie bereits vor dem alten *Palacio de Buenavista* in der Calle San Agustín, unweit des Geburtshauses des Künstlers. Sandra betrat das Gebäude, und die aufgedrehten Stimmen von Schülerinnen und Schülern ließen keinen Zweifel aufkommen, welche Richtung sie einschlagen musste. Als sie im Foyer zu ihnen stieß, begann Herr Martins gerade mit einer Führung. Sandra schloss sich dem Schülerpulk an. Sie kannte sich zwar nicht sonderlich gut mit Kunst aus, aber über Picasso und seine vielen Schaffensphasen hatte sie schon einiges gehört. Sie war stolz auf sich, dass sie im Laufe des Rundgangs sogar einige berühmte Werke wiedererkannte, und fand es beeindruckend, sie im Original zu sehen.

Unauffällig blieb sie in der Nähe der Clique und bemühte sich, Cara, Betül, Till und Moritz im Auge zu behalten. Vor allem Till. Wie unsicher er wirkte. Ein überforderter, hilfloser kleiner Junge in einem athletischen

Männerkörper. Was machte ihm nur so einen Druck? Sein Sport, das Stipendium, Robyn? Sandra dachte an das, was Diego gesagt hatte. Vielleicht nahm Till auch Drogen und Aufputschmittel. Was auch immer die Ursache für seinen Stress sein mochte ... Der Junge war kein Monster. Da gab es sicherlich eine Hintergrundgeschichte. Aber schuldig gemacht hatte er sich dennoch. Mist, die Clique versuchte sie abzuhängen. Die Schülerinnen und Schüler waren nicht dumm. Natürlich bemerkten sie, dass sie ihnen nicht von den Fersen wich und sie auffällig unauffällig beschattete. Je mehr Zeit verging, umso herausfordernder wurde die Aufgabe für Sandra. Ihre Anwesenheit im Museum machte nicht nur die Jugendlichen nervös, sondern auch Herrn Martins. Der Kunstlehrer schien jedenfalls merklich erleichtert zu sein, als er nach der etwa halbstündigen Führung unter dem Motto „Im Gespräch mit dem Künstler" verschiedene Workshops ankündigte.

„Ihr habt euch alle für einen der insgesamt drei Schnupperkurse angemeldet. Alle, die am Aktzeichnen teilnehmen, versammeln sich bitte rechts von der Treppe. Unser Modell, eine Studentin, müsste gleich hier sein, hat man mir gesagt." Sandra starrte ihn fassungslos an. „Eine gute Übung, um Körperformen und Proportionen darstellen zu können."

Damit hätte Sandra nicht gerechnet. Schnell setzte sie ein Pokerface auf. *Aktzeichnen mit hormongetriebenen Jugendlichen*, dachte sie. *Ganz schön gewagt!*

„Die Teilnehmenden des zweiten Workshops zum Thema Farbe und Mischtechnik warten bitte links von der Treppe, und alle, die mehr über das Leben Picassos erfahren möchten, setzen sich bitte hier direkt vor mir auf die Stufen."

Während sich die Jugendlichen zu den vereinbarten Treffpunkten bewegten, beugte Sandra sich zum dem Kunstlehrer vor.

„In welchem Workshop finde ich Till?"

„Nummer drei. Treffpunkt auf der Treppe."

„Picassos Biografie?"

Herr Martins nickte und schob einen jungen Mann vorsichtig auf die richtige Seite der Treppe.

„Ich hätte gedacht, Till würde sich für den ersten Workshop für Anatomie und Proportionen interessieren. Doch dafür hat sich kaum jemand angemeldet. Nur drei Mädchen."

Sandra starrte Herrn Martins an. *Wie weltfremd kann ein Lehrer nur sein,* dachte sie. Aktbilder von einer nackten Studentin im Beisein anderer Schüler und Schülerinnen anfertigen zu lassen. Sie hätte ebenfalls die Flucht ergriffen. Sandra wollte gerade etwas sagen, als sie Till entdeckte. Er hatte sich so weit weg von ihr wie möglich auf der Treppe niedergelassen. Schnell stieg sie die Stufen zu ihm hoch.

„Till, könnte ich Sie bitte kurz sprechen?"

Sofort versuchte der Schüler sich unter einem Vorwand aus dem Staub zu machen. Doch Herr Martins, der Sandra gefolgt war, hielt ihn auf. „Du bist entschuldigt. Geh ruhig mit Frau König mit."

„Wenn Sie mir bitte folgen würden." Auf ihrer Suche nach einem leeren Raum, in dem sie sich ungestört mit Till unterhalten konnte, öffnete sie mehrere Türen. Schließlich fand sie ein kleines Zimmer, auf dessen Tür „Kunstlabor" stand. Sandra ließ Till den Vortritt und zog dann schnell die Tür hinter ihnen zu. Endlich ein wenig Ruhe. Sie ließ den Blick über die Einrichtung schweifen. Anscheinend wurde dieser Raum als eine Art Bastelzimmer für Kinder genutzt. Auf den Tischen befanden sich Scheren, Knöpfe, Stifte, Papier und Kleber, an den Wänden hingen bunte, fröhliche Grundschul-Collagen. Sandra schob das Material zur Seite und legte stattdessen ihr Tablet auf den Tisch. Till nahm zögerlich ihr gegenüber Platz. Sie holte sich seine Zustimmung für die Tonaufnahme ein und begann mit der Vernehmung.

„Wir befinden uns im Picasso-Museum von Málaga. Till, haben Sie auch vor, später etwas mit Kunst zu machen?"

„Wie meinen Sie das?"

Sandra beobachtete, wie Tills Finger sich an der Tischkante festkrallten. Till merkte ihren Blick, nahm die Hände vom Tisch und faltete sie in seinem Schoß zusammen.

„Nach dem Abi. Beruflich."

„Nein, vermutlich nicht. Ich gehe in die Staaten."

„Und würde Informatik Sie reizen oder, allgemeiner gefragt, Social Media?"

„Nein. Wie kommen Sie darauf?"

„Keine Accounts?"

„Doch, klar."

„Das ist doch prima. Dann lassen Sie uns doch ein bisschen über Storys und Reels sprechen."

„Wenn Sie wollen ..."

„Welche Kameratechniken sind denn da besonders effektiv?

„Ich verstehe Ihre Frage nicht."

„Zum Beispiel, um Ihren Followern das Gefühl von Höhe oder Tiefe zu vermitteln."

„Meinen Sie die Unter- und Obersicht?"

Sandra stutzte. Dann lächelte sie so verbindlich wie möglich. „Wenn das die Fachbegriffe für Frosch- und Vogelperspektive sind ..."

Er nickte. Fünf Minuten später hatte sie ihn so weit. Sie konfrontierte Till mit ihren Beobachtungen zur Perspektive der *Balconing*-Videos.

„Ja, das stimmt."

„Könnten Sie bitte in einem ganzen Satz sagen, was stimmt?"

„Es stimmt, dass ich Robyns Handy mit der Halterung befestigt habe, sodass ihr Sturz live aus der Obersicht übertragen wurde."

„Danke. Aber wie kann ich mir das konkret vorstellen?", Sandra bemühte sich um einen möglichst neutralen Tonfall. „Zuerst haben Sie Robyns Handy mit der Handyhalterung befestigt und dann auf Start gedrückt?"

„Ja."

„Wie bitte?"

„Es war genau so, wie Sie sagen."

„Gut, dann hätten wir das geklärt."

Sandra war zufrieden und wollte die Aufnahme schon beenden, als Till weitersprach.

„Man sollte nicht bemerken, dass Robyn schon tot war", stammelte er. Dann fing er an zu schluchzen, konnte kaum weitersprechen. Irgendwann fasste er sich wieder. „Sie sollte lebendig wirken, sich bewegen. Darum habe ich das Video mit Zeitverzögerung ge-

dreht. Ich musste mich erst unter ihr in Position bringen. Damit sie lebendig wirkt eben, verstehen Sie?"
Sandra starrte ihn an. Die Szene hatte sich anscheinend noch gruseliger abgespielt, als sie sich das vorgestellt hatte. „Also habe ich ihre Leiche huckepack genommen. Habe nur ihren Oberkörper gefilmt, damit
man mich nicht sieht. Ihr Körper lehnte schon so halb
auf der Brüstung, und ich habe mich dann ruckartig ein
Stück aufgerichtet, aber nur so weit, dass man mich
nicht sehen konnte, und habe Robyns Leichnam über
die Brüstung geworfen."

Was? Till unter der Leiche? Sie konnte sich das nicht
vorstellen. So tun, als bewege sich Robyn noch? Was
für ein Horror! Sandra wollte sich diese ekelhafte Szene
nicht im Detail ausmalen und musste sich zwingen,
den Jungen weiterhin anzusehen.

„Warum?", fragte sie.

Till zuckte mit den Schultern. „Als ich kam, war Robyn schon tot. Da habe ich Panik bekommen. Ihre Leiche musste weg. Was anderes konnte ich nicht denken.
Wir hatten die ganzen Nächte davor nur wenig geschlafen, aber viel gefeiert. Mehr weiß ich auch nicht."

„Und was ist vorher geschehen? Wie genau muss ich
mir das vorstellen? Warum haben Sie keine Hilfe geholt? Wie konnten Sie sich so sicher sein, dass Robyn
wirklich nicht mehr lebte?"

Noch während Sandra eine vorwurfsvolle Frage nach
der anderen auf Till abschoss, bemerkte sie, wie der
Junge zumachte. Verdammt, warum hatte sie sich nicht
besser im Griff? Jetzt kam sie nicht mehr an ihn heran.
Wie ungeschickt sie vorgegangen war. In jedem Polizei-

Handbuch stand, dass man keine Mehrfachfragen stellen sollte. Verflucht noch mal! Warum hatte sie nicht darauf bestanden, dass Javier bei der Befragung dabei war?

Kapitel fünfunddreißig

Donnerstag, den 25. Juni, 15 Uhr

Javier

Der Besuch bei Ramón war unerwartet kurz gewesen. Javier ärgerte sich. Er hätte lieber Sandra ins Museum begleiten, ihr bei Tills Befragung beistehen sollen. Doch vielleicht öffnete sich der Schüler eher, wenn das „Gespräch" so informell wie möglich anfing. Ohne Übersetzerin und ohne einen spanischen Polizisten. Sei's drum, er hatte die unerwartet entstandene Freizeit gut genutzt und Antonios Jacht gebucht. Javier fuhr zur Polizeidienststelle zurück. In seinem Büro angekommen, rief er die Staatsanwältin Díaz an. Er hatte mit Besetztzeichen gerechnet, aber erstaunlicherweise wurde er sofort durchgestellt. Javier erklärte der Staatsanwältin, was Sandra herausgefunden hatte.

„Dieser Till hat das Video also mit einer Leiche gedreht", fasste die Staatsanwältin zusammen. „Da müssen wir handeln."

„U-Haft?", fragte Javier.

„Wie alt ist der deutsche Schüler denn?"

„Siebzehn."

„Eine Festnahme unter haftähnlichen Bedingungen geht da nicht. Schwierig, schwierig. Zumal es sich um einen deutschen Jugendlichen handelt ...“ Staatsanwältin Díaz schwieg, und Javier wartete. Einen Moment später fuhr sie fort. „Keine gute Idee. Das würde unsere Beziehung mit Deutschland belasten.“

„Was schlagen Sie denn vor?“

„Sehr komplizierte Rechtslage. Ich muss erst mit dem Richter sprechen, aber vielleicht könnten wir diesen Jungen, diesen Till, in einem sozialpädagogisch betreuten Wohnprojekt unterbringen.“

„Sozialbetreutem Wohnprojekt?“ Javier dachte, er habe sich verhört.

„Ja, genau. Er spricht doch Englisch?“

„Ja, ich vermute schon. In der Regel sprechen die Deutschen auffallend gut Englisch. Also diejenigen, die ich kennengelernt habe.“ Javiers Gedanken rasten. Sozialbetreutes Wohnprojekt. War vielleicht gar keine so schlechte Idee. Der Junge brauchte therapeutische Unterstützung. Jemanden, der ihn wieder auf den richtigen Weg zurückbringen würde.

„Was haben Sie denn jetzt vor, *Comisario Principal?*“

War das eine Fangfrage? Worauf wollte die Staatsanwältin hinaus? „Ich muss hier in der Dienststelle erst noch ein wenig Papierkram erledigen, und später wollte ich dann zum *Museo Picasso* gehen, wo meine deutsche Kollegin den Jungen gerade vernommen hat.“

„Dann lassen Sie sich ruhig noch ein wenig Zeit. Ich kläre jetzt die Situation ab und werde Sie anschließend auf Ihrem Diensthandy anrufen und Ihnen Anweisungen geben, wie Sie mit dem deutschen Schüler zu verfahren haben.“

„In Ordnung", sagte Javier, aber da hatte Frau Díaz schon aufgelegt. Wie seltsam. Das Telefonat war völlig anders als erwartet verlaufen. Die Staatsanwältin hatte sofort Nägel mit Köpfen gemacht.

Kapitel sechsunddreißig

Donnerstag, den 25. Juni, 15.30 Uhr

Sandra

Sandra stand am Fenster des Bastelraums. In ihrem Hirn hatten jäh widerliche Kopfschmerzen eingesetzt. Sie fühlte sich hilflos und überfordert. Jetzt saß dieser deutsche Junge hier vor ihr am Tisch, aber er hatte seit einer Viertelstunde nichts mehr gesagt. Dabei hatte die Vernehmung so gut begonnen. Plötzlich klingelte ihr Handy. „Javier?"

„Hat er gestanden?"

„Ja. Till ist verantwortlich für das Video."

„Das brauchen wir schriftlich."

„Okay. Was hast du vor?"

„Die Staatsanwältin will, dass wir Till in Gewahrsam nehmen."

„U-Haft?"

„Nein, er soll in einem betreuten internationalen Wohnprojekt für Jugendliche untergebracht werden."

„Krass. Was soll ich tun?"

„Till muss das Geständnis unterschreiben. Dann mailst du mir das. Frau Ruiz übersetzt den Text ins Spanische, und ich lege es der Staatsanwältin vor. Sie hat uns schon ihre Unterstützung zugesagt. Sobald ich Ihre Unterschrift habe, komme ich zum Museum und Till wird in Gewahrsam genommen."

Normalerweise hasste Sandra es, wenn jemand anders ihr sagte, was zu tun war. Doch seit sie im letzten Jahr um ein Haar wegen eines Formfehlers aus Spanien abgezogen worden wäre, hatte Sandra großen Respekt vor dem spanischen Rechtssystem. Eine halbe Stunde später mailte sie ihm das Geständnis. Jetzt hieß es warten. Natürlich durfte sie Till nicht aus den Augen lassen. Er war bleich, wirkte aber gleichzeitig seltsam gefasst. Erleichtert sogar? Sie wollte es noch einmal versuchen, mehr aus ihm herauszubekommen. Das war doch lächerlich, dass sie den Jungen nicht zum Reden bewegen konnte. „Wie geht es Ihnen?"

„*Lost.* Ich fühle mich komplett *lost.* Komme ich jetzt ins Gefängnis?"

Sandra bekam fast Mitleid mit Till, doch dann dachte sie an seine gruseligen Schilderungen. Was für ein Horror, sich vorzustellen, wie er die Leiche der besten Freundin seiner Freundin huckepack genommen hatte. Voller Berechnung. Um den Eindruck zu erwecken, Robyn wäre noch am Leben. Sandra brauchte einen Moment, um in die Gegenwart zurückzukommen. Till hatte ihr eine Frage gestellt und wartete auf eine Antwort.

„Vermutlich nicht. Zumindest noch nicht. Das werden wir bald genauer wissen."

Till schaute auf den Boden. „Und warum sitzen wir hier? Warten wir auf etwas?", fragte er.

„Ja. Auf meinen Kollegen Herrn Sánchez."

„Und was passiert dann?"

Sandra überlegte, was sie antworten konnte, ohne sich vorab auf etwas festlegen zu müssen. Letztendlich fabulierte sie sich ein nichtssagendes Blabla zusammen. „Dann werden Sie unter eine Art Beobachtung beziehungsweise Betreuung gestellt werden."

Dem Schüler schien ihre Auskunft zu genügen. „Kommt das in meine Akte?"

Sandra schaute ihn verwundert an. Sie hatte alle möglichen Fragen erwartet. Nach den Eltern, den Lehrkräften oder nach einem Anwalt, nicht aber die Sorge um einen Aktenvermerk.

Kapitel siebenunddreißig

Javier

Es klopfte an Javiers Bürotür. „Ja?", fragte er unwirsch. Als er das Gesicht seiner Sekretärin im Türspalt sah, tat ihm seine barsche Art leid. Aber diese Warterei machte ihn mürbe. Er hasste es, nur dazusitzen und nichts zu tun. Er wollte handeln, Sandra helfen. Stattdessen war er an den Schreibtisch gebunden und versuchte das Telefon durch Anstarren zum Klingeln zu bringen.

„Entschuldige, Sofía, aber ich bin genervt, weil sich die Staatsanwältin nicht meldet."

„Schon gut. Ich seh doch, was los ist."

Javier lächelte sie dankbar an. „Was gibt's denn?"

„Javier, du hast ja gesagt, dass ich deine Leitung frei halten soll. Aber jetzt habe ich Herrn Lehmann am Telefon. Er will unbedingt mit dir sprechen."

Am besten regelte er das sofort, überlegte Javier. „Okay, stell ihn durch. Auf die zwei Minuten wird es schon nicht ankommen."

„*Vale*, in Ordnung. Kann ich sonst noch was für dich tun?"

Javier schüttelte den Kopf. Einen Moment später hatte er Robyns englischsprechenden Vater in der Leitung.

„Ich erwarte einen dringenden Anruf. Was gibt's?"

„Wo ist der Junge?"

„Wen meinen Sie?"

„Till Schröder."

„Warum?"

„Ich muss ihn sprechen. Sofort."

Javier lehnte sich entspannt auf seinem Stuhl zurück und ließ sich Zeit mit seiner Antwort. „Das wird nicht möglich sein."

„Was? Wieso?"

„Weil Informationen über seinen Aufenthaltsort für die Öffentlichkeit nicht zugänglich sind. Aber sprechen Sie doch einfach mit mir. Vielleicht kann ich Ihnen ja weiterhelfen."

Javier steckte sich einen Kaugummi in den Mund. Ohne Zigarette warten zu müssen war die Hölle. Javier fragte sich, wie Robyns Vater auf seine Ansage reagieren würde. Doch Herr Lehmann stieß nur einen Fluch aus und legte auf. Javier wunderte sich über sein seltsames Verhalten. Am Anfang des Telefonats hatte er es genossen, den Choleriker ein wenig hinzuhalten. Aber jetzt kamen Javier Bedenken. Was, wenn Herr Lehmann rotsah und Till etwas antun wollte? Bevor er diesen bedrohlichen Gedanken weiter ausspinnen konnte, klingelte das Telefon. Die Staatsanwältin. Endlich!

„Hören Sie, es ist alles geregelt. Sie können loslegen. Ich lasse Ihnen gleich die Adresse der Wohngemeinschaft zukommen. Und der Richter bittet Sie, dem deutschen Jugendlichen seine Ausweispapiere abzunehmen."

„Wieso denn das?"

„Damit er sich nicht nach Deutschland absetzen kann."

„In Ordnung", sagte Javier, auch wenn er eine Flucht nicht für sonderlich wahrscheinlich hielt. „Ich bestelle jetzt die Übersetzerin zum Museum und mache mich auf den Weg, sobald Sie mir die Unterlagen geschickt haben."

In diesem Moment öffnete Sofía die Tür zu seinem Büro. „Javier, das Fax der Staatsanwaltschaft ist angekommen."

„Okay, dann ist alles geklärt. Danke, Frau Staatsanwältin." Javier spuckte den Kaugummi wieder aus, und schon war er durch die Tür.

Kapitel achtunddreißig

Sandra

Sandra hätte jede einzelne der Grundschul-Collagen, die an den Wänden des Kunstlabors hingen, aus dem Kopf nachzeichnen können. Als sie Till gähnen hörte, richtete sie ihre Aufmerksamkeit jedoch wieder auf den Jungen ihr gegenüber.

„Haben Sie schlecht geschlafen?"

Er nickte und schloss die Augen. Zehn Minuten später hörte sie ein leises Schnarchen. Till schien tatsächlich eingeschlafen zu sein. *Seltsam, in so einer Situation einzunicken,* dachte Sandra. *Vielleicht sollte ich mich ebenfalls entspannen und etwas auf meinem Account posten.* Sie wischte durch ihre Fotogalerie. Dort fand sie ein paar gute Bilder und überlegte, welches Thema sie damit präsentieren könnte. In der Regel kamen Posts über die Unterschiede zwischen der deutschen und spanischen Polizei gut an. Sollte sie ihre Follower über Uniformfarben informieren? Oder besser über die verschiedenen Untergruppen im spanischen Polizeiapparat? Während sie sich Notizen machte, schaute sie immer wieder zu Till hinüber. Er saß entspannt auf dem

Stuhl, der Kopf war auf die Brust gefallen. Sie blickte wieder auf ihr Handy und fand das Bild von dem alten schwarzen Telefonapparat mit Wählscheibe, das sie gestern im Frühstücksraum ihrer Pension aufgenommen hatte. Sandra textete schnell ein paar kurze, knackige Sätze und lud den neuen Beitrag sofort hoch:

Pol-Sol: Neues von der Polizei an der Costa del Sol
Diese Telefonnummer müssen Sie kennen: Unter 091 errei-
chen Sie die spanische Nationalpolizei zu jeder Stunde an
jedem Tag.
#notfall #polizeinotruf

Till bewegte sich, veränderte die Sitzposition, behielt die Augen jedoch geschlossen. Sandras Blick fiel auf seine Oberarme. Automatisch tastete sie nach ihrer Dienstwaffe. Sie war dort, wo sie sein sollte. Wenn Till sie überraschend angreifen würde, wäre er ihr an Körperkraft zweifelsfrei überlegen. Nicht, dass sie glaubte, er würde das tatsächlich machen, aber sie musste auf der Hut sein. In diesem Augenblick begann Till wieder zu schnarchen. Ein wenig Speichel lief ihm aus dem Mund. Sein Brustkorb hob und senkte sich regelmäßig. Wo blieb denn Javier nur? Sandra ließ die linke Hand auf der Waffe liegen und scrollte sich mit der rechten durch neue Beiträge durch. Dabei verteilte sie so üppig Likes, als werfe sie Kamelle auf dem Kölner Rosenmontagszug. Sandra war gerade dabei, ein weiteres malerisches Foto zu liken, als plötzlich die Tür des Kunstlabors aufgerissen wurde. Till schreckte auf. Sandras Zeigefinger legte sich auf den Abzug der Waffe. Eine junge Frau im weißen Frotteebademantel und mit langem schwarzem Haar stürzte herein. Vor Sandra kam sie abrupt zum Stehen. „Sandra!“

„Ana?“ Waaas? Was machte Javiers Tochter hier?

Ana zog den Gürtel des Bademantels fester. „Sandra, wie geht es dir?“ Anas Stimme klang halb belustigt, halb trotzig. Sandra überkam mit einem Mal eine Ahnung, warum Javiers Tochter im Museum war. Ihr fiel ein, dass Ana damals beim Grillfest am Bootsschuppen eine diesbezügliche Andeutung gemacht hatte. Aus dem Augenwinkel sah sie, dass Till hellwach war. Er sah aus wie kurz vor dem Sprung.

„Ich arbeite“, sagte Sandra. Sie warf Ana einen vielsagenden Blick zu, wollte ihr zu verstehen geben, dass sie das Zimmer verlassen musste.

„Ich auch“, antwortete diese aufgedreht.

„Verstehe. *Multiempleo*“, sagte Sandra grinsend. Während sie mit Javiers Tochter sprach, erhob sie sich langsam und baute sich breitbeinig neben der Tür auf. Sie hatte das seltsame Gefühl, dass Till fliehen wollte. „Es gibt viele Arten von Nebenjobs. Die einen arbeiteten als SUP-Coaches, die anderen stehen Modell im Kunstmuseum.“

„So ist es, Frau Polizistin.“ Ana ging in die Knie und nahm einen Stapel Kleidung, der auf einem Stuhl in der Ecke lag, an sich. „Bis bald“, flötete sie anschließend und warf Till einen kurzen Blick zu, während sie in Richtung Tür auf Sandra zulief. Die Oberkommissarin trat zur Seite. Bevor Ana den Raum verließ, drehte sie sich noch einmal um.

„Sandra? Magst du eigentlich die Rockmusik der Achtziger-, Neunzigerjahre?“

Überrascht schaute Sandra sie an. „Klar. Warum nicht?"

„Für morgen Abend haben meine Mädels einen Junggesellinnenabschied für mich vorbereitet. Offiziell weiß ich nichts davon, aber inoffiziell habe ich rausgehört, dass sie wohl eine Art Karaokeabend im *Loco* geplant haben. Komm doch auch vorbei. Ab zehn." Sie winkte ihr neckisch mit den Fingern zu. „Nun gehe ich aber. Ich will dich schließlich nicht von deiner Arbeit abhalten."

Sandra nickte ihr zu und wandte sich wieder pflichtbewusst dem Jungen zu. Sie schaute Till an und fragte sich, ob er die Unterhaltung zwischen ihr und Ana verstanden hatte. Nein, es sah nicht so aus. Es ging auch keine Bedrohung mehr von ihm aus. Der Schüler schien wieder in seine eigene Welt versunken zu sein. Karaokesingen im *Loco* also. Das *Loco* war eine ziemlich abgewrackt aussehende Szenebar im Stadtteil Lagunillas. Allein würde sie sich da nicht blicken lassen. Aber zusammen mit Ana und ihren Freundinnen könnte ein Abend dort durchaus lustig werden.

Ungefähr eine Viertelstunde später wurde die Tür erneut geöffnet. „Javier. Endlich."

Sandras Kollege kam auf sie zu. Seine Bewegungen waren ruhig und gelassen. „*Hola*, Sandra. Alles klar?" Den Jungen begrüßte Javier souverän mit einem Kopfnicken, während er demonstrativ auf die Uhr aus bunter Modelliermasse im Miró-Stil schaute. „Tut mir leid", sagte er. „Schon 18 Uhr. Entschuldigung, Sandra. Es ging leider nicht früher. Die haben sich schön viel Zeit gelassen, um das Rechtliche zu klären. Dafür ist jetzt al-

les hieb- und stichfest." Er legte einige amtlich aussehende Dokumente auf den Tisch. „Hier ist sie: die Anordnung zur Unterbringung in der betreuten Wohngemeinschaft auf Deutsch, Englisch und Spanisch. Beeindruckend, oder? Die Eltern und der Schuldirektor in
Freiburg sind ebenfalls informiert." Javier legte das Papier in der deutschen Fassung so auf den Tisch, dass Till
es lesen konnte.

Sandra setzte sich über Eck zu dem Jugendlichen und
erklärte ihm den Text. „Noch Fragen?"

Till schüttelte den Kopf.

„Ready?", fragte Javier mit rollendem „r".

Der Junge nickte. Doch dann drehte er sich noch einmal zu Sandra um. „Frau König, könnten Sie meiner
Mathelehrerin Bescheid geben? Vielleicht kann sie
mich besuchen."

Sandra nickte. „Klar. Ich werde es ihr ausrichten, aber
zum jetzigen Zeitpunkt kann ich Ihnen nichts versprechen."

„Und Sie selbst, Frau König? Werden Sie mich zu dieser Wohngemeinschaft begleiten?"

Sandra bemerkte, wie eine Woge des Mitgefühls sie
durchflutete. Till hatte Angst, fühlte sich ausgeliefert.
Verständlich. Schließlich befand er sich im Ausland,
vor ihm lag eine ihm völlig unbekannte Wohnsitua-
tion. Leise fragte sie Javier nach seiner Meinung. Doch
der schüttelte den Kopf. Sie unterhielt sich noch kurz
mit ihrem Kollegen und erläuterte Till anschließend
die Situation.

„Die Übersetzerin Frau Ruiz, die Sie bereits kennen,
wartet unten beim Ausgang des Museums auf Sie. Sie

wird Sie zusammen mit dem *Comisario Principal* begleiten. Kleidung und Hygieneartikel werden Ihnen in ein,
zwei Stunden ebenfalls gebracht werden.

„*Let's go!*", sagte Javier und forderte Till mit einer
Handgeste auf, ihm zu folgen. Sandra wollte dem Jungen noch aufmunternd zulächeln, aber er sah sie nicht
mehr an. Und dann war sie allein im „Kunstlabor". Sie
blieb noch einen Moment sitzen, um sich zu sammeln.

Anschließend griff Sandra nach ihrem Handy. Ana
hatte ihr eine lustige Textnachricht geschickt, in der sie
„bedauerte", ihren Vater im Museum verpasst zu haben. Sandra schickte ihr ein Smiley mit einem ver-
schlossenen Reißverschlussmund zurück. Als Nächstes
rief Sandra Frau Bauer in ihrem Hotelzimmer in Marbella an und informierte sie über Tills Bitte.

Die Lehrerin zögerte keine Sekunde. „Natürlich stehe
ich Till bei. Ich nehme sofort ein Taxi. Wie lautete noch
die Adresse?"

„Ich kann Ihnen aber nicht versprechen, dass Sie ihn
heute schon besuchen dürfen. Rufen Sie besser vorher
an."

„Egal, ich werde es auf jeden Fall versuchen."

Auch wenn Sandra die Mathelehrerin nicht durchge-
hend sympathisch fand, musste sie der toughen Frau
Respekt zollen. Immer wenn es hart wurde, bezog sie
klar Position im Sinne ihrer Schülerinnen und Schüler.

Es klopfte schon wieder an der Tür. „Ja bitte?", rief
Sandra gereizt. Sie hatte keine Kraft mehr für weitere
Überraschungen.

Ein Museumsangestellter betrat das Zimmer. „Ich
wollte Sie nur daran erinnern, dass wir in einer guten

halben Stunde, um Punkt sieben, das Museum schließen.“

Sandra stand sofort auf. „Danke“, sagte sie. „Ich bin
hier sowieso fertig.“ Fix und fertig, fügte sie innerlich
hinzu.

Kapitel neununddreißig

Javier

Javier fuhr mit dem Jungen und Frau Ruiz im Schlepptau zu der Wohngemeinschaft. Die Fahrt vom Museum zu der Adresse, die Javier von der Staatsanwältin erhalten hatte, dauerte nicht lange. Das Haus war leicht zu finden. Es lag in einer kleinen Sackgasse unweit von Málagas Industriehafen. Javier klingelte und hielt seinen Ausweis in die Kamera. Kurz darauf hörte er einen Summer, und die Haustür sprang auf. Zu dritt nahmen sie die Treppen bis oben in die dritte Etage. Dort stand schon ein Betreuer in der Tür, um sie zu empfangen.

„Hey", grüßte er sie. „Ich bin Ernesto."

Javier stellte sich, Till und die Übersetzerin vor.

„Kommt doch rein." Der stämmige junge Mann trat einen Schritt zur Seite.

„Sehr schönes Shirt", konnte Javier sich einen Kommentar zu Ernestos FC-Málaga-Trikot nicht verkneifen. Der lachte und schlug ihm kurz auf die Schulter. Außer der Tatsache, dass der Betreuer ein netter Kerl zu sein schien, konnte Javier der Wohngemeinschaft beim ersten Rundgang nicht viel abgewinnen. Er fand, dass das Apartment freudlos, um nicht zu sagen deprimierend aussah. Auch die Bewohner waren gewöhnungsbedürftig. Die Jugendlichen sahen noch so jung aus, doch ihr Umgang miteinander wirkte erschreckend kaltschnäuzig und abgebrüht. Der *Comisario Principal* wollte sich nicht vorstellen, was sie schon alles gesehen hatten. Ernesto sagte, dass meist unbegleitete minderjährige Flüchtlinge in der internationalen Jugendgruppe auf Zeit wohnen würden. Im Moment seien jedoch nur drei schwedische Mädchen anwesend. Ernesto senkte die Stimme und deutete etwas von Ausreißen und Drogen an. Gerade als er ihnen die Küche zeigen wollte, klingelte es an der Tür.

„Wer ist denn das? Außer dir, Till, erwarten wir heute niemanden mehr. Sollen wir mal nachschauen?“

Javier schloss sich den beiden auf dem Weg zur Wohnungstür an. Neben dem Eingang sah er die Mathelehrerin auf einem Monitor. Sie stand draußen vor der Haustür.

„Kennst du diese Frau?“, fragte Ernesto.

„Das ist Frau Bauer, meine Mathelehrerin.“

„Was macht die denn hier?“, fragte Javier. Ohne eine Antwort abzuwarten, verließ er die WG, lief die Treppen hinunter und öffnete die Haustür. „Woher wissen Sie, dass Till hier ist?“

„Von Ihrer Kollegin.“

„Die Oberkommissarin hat Ihnen die Adresse mitgeteilt?“

„Ja, Till will mich sehen, und ich wollte meinen Schüler in dieser schwierigen Situation nicht allein lassen. Kann ich zu ihm hochgehen?“

„Ich werde mit dem Betreuer reden und ihn bitten, Sie kurz mit Ihrem Schüler sprechen zu lassen. Eine Ausnahme. Hören Sie, ist Ihnen klar, warum wir Till hier einquartiert haben?"

Frau Bauer schüttelte zögerlich den Kopf. „Ehrlich gesagt, nicht wirklich."

„Nicht nur, um die Fluchtgefahr zu minimieren, sondern auch, um ihn zu schützen. Sie dürfen niemandem sagen, wo der Junge sich befindet. Womöglich bringen Sie ihn dadurch in Gefahr."

„Oh, das war mir nicht bewusst."

Javier ging noch einmal zurück in die Wohngemeinschaft. Während er die Treppen hochstieg, überlegte er sich, dass er unbedingt mit seiner Kollegin reden musste. Sandra hatte vorschnell gehandelt. Verständlich, denn der Fall und seine Rahmenbedingungen waren außergewöhnlich. Vielleicht war er auch übervorsichtig, aber Sandra musste verstehen, dass sie es mit sehr sensiblen Daten zu tun hatten. Mit solchen impulsiven Reaktionen brachte sie möglicherweise den Jungen in Gefahr. Wieder oben in der dritten Etage angekommen, hielt Javier Rücksprache mit dem Betreuer. Dann bediente Ernesto den Summer und ließ Frau Bauer das Gebäude betreten.

Kapitel vierzig

Sandra

Sandra kam nicht zur Ruhe. Der Tag war zu aufregend gewesen. Sie lag im Hotelbett und zappte sich durch das Fernsehprogramm. Doch sie konnte sich auf nichts konzentrieren, dachte nur an den Fall. Das tote Mädchen, das grausame Video, die Leichenfledderei. Sandra bekam die Bilder nicht aus dem Kopf, musste mit jemandem reden. Auch wenn es schon spät war, rief sie Julia an.

„Julia, der Fall ist gelöst!"

„Oh, hallo, Sandra. Dir auch einen schönen Abend."

„Ähm, sorry, störe ich?"

„Nee, ich hab gerade zu Abend gegessen und mir überlegt, was ich jetzt machen soll. Passt also, dass du anrufst."

„Entschuldige die späte Störung, aber ich bin so aufgewühlt, und da dachte ich mir ..."

„Cool, dass du anrufst. Und jetzt noch mal zurück. Was hast du eben gesagt? Euer Fall ist geklärt?"

„Also fast. Eigentlich."

„Holla, die Waldfee. Das ging jetzt aber schneller als erwartet. Und, wer ist der Täter?“

„Der *Täter* des Videos ist Till.“

„Aha. Warum sagst du das so komisch?“

„Weil das alles so komisch ist. Zutiefst unbefriedigend.“

„Erzähl mal genauer.“

„Ach, ich weiß auch nicht. Ich war so stolz, ihn überführt zu haben. Wie du weißt, habe ich mich in letzter Zeit ja verstärkt mit den sozialen Medien und so beschäftigt.“ Sie hörte, wie Julia auf der anderen Seite der Leitung kicherte. „Was?“, fragte sie misstrauisch.

„Das ist die Untertreibung des Tages! Du hast dich mit den sozialen Medien nicht ‚beschäftigt‘, sondern bist uns allen gnadenlos damit auf den Geist gegangen. Ich sage nur: Pol-Sol.“

„Nicht dein Ernst“, spielte Sandra die Beleidigte, doch dann musste sie selbst lachen. „Kann schon sein, dass ich öfter mal den einen oder anderen Beitrag gepostet habe.“

„Ich lass das mal so stehen … Aber was ist jetzt mit dem Fall?“

Sandra erzählte Julia ihre Beobachtung mit der Vogelperspektive und dass Javier und sie Till damit haben überführen können. „Er hat gestanden. Aber nur, dass er Robyn gefunden hat. Er behauptet, sie sei zu dem Zeitpunkt bereits tot gewesen. Weiterhin hat er es so dargestellt, dass er plötzlich Panik bekommen und sich der Leiche mit dem Pseudo-*Balconing*-Video entledigt habe.“

Sandra hörte, wie Julia schluckte. Sie konnte nicht einschätzen, ob ihre Freundin schockiert war oder einfach nur mal wieder zwischendurch eine Tasse Tee trank.

„Wie schätzt du Till denn ein?", fragte Julia. „Für mich hört er sich fast wie ein Psychopath an. Oder glaubst du, dass er einfach überfordert war?" Sie schluckte erneut.

Okay, dachte Sandra grinsend, offensichtlich trank Julia gerade Tee.

„Oder waren vielleicht sogar Drogen im Spiel?"

„Ist alles noch nicht raus", antwortete Sandra. „Aber apropos Psychopath. Die Video-Aufnahme war ultragruselig. Ich sag's dir. Richtig eklig. Till hat gestanden, dass er es mit Zeitverzögerung gedreht hat."

„Soll was heißen?"

„Sitzt du?"

„Ja, mich haut nichts um. Ich sitze am Fenster, schaue auf die nächtliche Dreisam, und mein Tässchen Tee steht vor mir auf dem Fensterbrett."

„Okay. Viele Grüße vom Hotelzimmer in Málaga an das Hotelzimmer in Freiburg."

„Darauf trinke ich. Und jetzt leg los!"

Sandra schilderte Julia die widerlichen Details. Ihre Kollegin hörte sich alles schweigend bis zum Ende an. Dann erst verlieh sie ihrem Entsetzen Ausdruck. „Bah, das ist ja eiskalt."

„Nicht nur das. Ich verstehe den Jungen nicht. Warum macht er das? Warum holt er nicht einfach einen Notarzt oder die Polizei?"

„Ich klemm mich da mal hinter. Vielleicht hat er irgendetwas auf dem Kerbholz, ist vorbestraft oder was auch immer.“

„Danke, das wäre toll.“

„Und wie geht's jetzt weiter? Kommst du zurück?“

„Kann ich noch nicht sagen. Vom Gefühl her bin ich hier noch nicht fertig. Es sind noch so viele Fragen offen. Irgendwie passt das alles noch immer nicht zusammen.“

„Und so wie du mir Herrn Lehmann geschildert hast, wird sich auch der Vater nicht mit den Ermittlungsergebnissen zufriedengeben, sondern weiterhin Druck machen.“

„Tja, und er weiß, wie das geht. Du hast ja selbst mitbekommen, wie er die gesamte Presse für sein Anliegen instrumentalisiert. Wenn er nicht gerade seine Tochter verloren hätte, würde ich behaupten, er genießt den Wirbel, den er verursacht.“

„So wie du das schilderst, ist der Fall wirklich noch nicht abgeschlossen. Was hast du als Nächstes vor?“

„Am liebsten würde ich mir einen entspannten Abend in meinem Hotel machen. Nach dem anstrengenden Tag heute bin ich platt. Aber meine Gedanken drehen sich im Karussell. Darum habe ich dich auch angerufen. Ich komm einfach nicht zur Ruhe.“

„Dann drücke ich dir die Daumen, dass du jetzt nach unserem Gespräch etwas runterkommst. Heute Nacht kannst du eh nichts mehr erreichen.“

„Danke. Und was machst du heute noch Schönes?“

„Mich auf Köln freuen. Jörg-you-know-who sagt, am Wochenende darf ich endlich mal wieder nach Hause fahren. Hab richtig Sehnsucht nach unserer City-Polizeiwache in Köln. Sitze jetzt schon die ganze Zeit in Freiburg fest."

„Nicht schön?"

„Doch klar. Freiburg ist ein süßes historisches Städtchen. Der Schwarzwald hat auch was, aber ich ersticke in der Provinz. Es ist mir zu eng. Hier allein herumsitzen und Däumchen drehen ist nicht meins. Aber sinnvoll ist es natürlich schon. Wer weiß, was noch alles an den Tag kommt ..."

„Ach, Julia. Ich habe mich noch gar nicht dafür bedankt, dass du für uns da unten im Schwarzwald vor Ort bist."

„Halb so schlimm. Ich habe nämlich die Schwarzwälder Kirschtorte für mich entdeckt. Hier gibt es eine Bäckerei, da wird der Tortenboden in Kirschlikör getränkt. Ich sag dir, das schmeckt zum Reinsetzen gut. Und während ich morgen diese Spezialität goutiere, werde ich dann wie gewünscht ein wenig Recherche betreiben."

Sandra lachte. „Super, du bist ein Schatz. Die Freundesclique von Robyn. Till, Moritz, Cara und Betül. Mach da doch bitte einen Hintergrundcheck."

„So süß, dass du Angst hast, ich würde mich langweilen."

„Das muss unbedingt verhindert werden", scherzte Sandra und merkte, wie die Anspannung, die sich den ganzen Tag über in ihrem Körper angesammelt hatte, sich allmählich löste. „Danke, Frau Buchmann, *you made my day.*"

Julia lachte und verabschiedete sich.

Kapitel einundvierzig

Freitag, den 26. Juni, 9 Uhr

Javier

Als Javier morgens in der Dienststelle ankam, wartete Ramón bereits vor seiner Tür. Sobald er ihn sah, stürzte er sich auf ihn. „Du musst mir helfen."

„*Tranquilo*, beruhige dich", sagte Javier. „Komm erst einmal rein, und dann besprechen wir alles."

Doch Ramón schien seine Worte nicht zu hören. „Ach, Javier. Ich weiß nicht, was ich noch machen soll."

Javier hatte Mühe, sich seine Genervtheit über Ramóns Stimmungsschwankungen nicht anmerken zu lassen. Das letzte Mal, als er Ramón zu Hause besucht hatte, hatte der Hoteldirektor doch enthusiastisch behauptet, dass sich alle seine Probleme in Luft aufgelöst hätten.

„Die Presse jagt mich! Dabei habe ich nichts falsch gemacht. Und auf einmal sieht es so aus, als hätten sich alle gegen mich verschworen."

Javier war bestürzt. Er wusste, dass Ramón gestresst war und schlecht schlief, aber jetzt schien er sogar in Richtung Depression und Verfolgungswahn abzugleiten. Noch ein kleiner Stups, so sah es aus, und sein Bekannter würde einen Nervenzusammenbruch erleiden. Um Ramón Zeit zu geben, sich wieder ein wenig zu sammeln, mied Javier jeglichen Augenkontakt und blätterte vorgeblich in seinen Unterlagen. Nach der kleinen Kunstpause schaute Javier erneut zu dem Hoteldirektor hinüber. Ramón atmete ruhig und saß aufrecht. Gut. Er schien wieder ansprechbar zu sein. Javier beugte sich vor.

„Was ist passiert, Ramón?"

Sein Bekannter lehnte sich zurück und versuchte zu lächeln. „Dieses Jüngelchen, dieser Till, hat eine Klage eingereicht."

„Aber wie denn das, er …?" Doch noch bevor er die Frage zu Ende formuliert hatte, gab Javier sich selbst die Antwort. Till würde sich zwar bei Ernesto abmelden müssen, aber natürlich würde er die Wohngemeinschaft verlassen können. Er könnte seine Klage in einem Polizeirevier aufgeben oder sie online von einem Internetcafé aus mit einem Scan seiner Unterschrift verschicken. Heutzutage waren offizielle Wege kürzer als kurz. *Madre mía*, warum hatte er nicht auf den Richter gehört und dem Jungen sofort seine Ausweisdokumente abgenommen?

„Till behauptet, mein Hotel hätte gegen die Hygienebestimmungen verstoßen. Dein Kollege, also der Polizeibeamte, der mich über die Klage informiert hat, war zum Glück nett. Er meinte, es sei noch nicht klar, ob man der Klage nachkäme, da das Jüngelchen noch nicht einmal volljährig sei."

Allmählich konnte Javier rekonstruieren, was passiert war. Dennoch fragte er zur Sicherheit noch einmal nach. „Was meint Till denn mit Hygienebestimmungen?"

Ramón schlug sich auf die Schenkel. „Verflucht noch mal. Dieser Junge hat sie nicht mehr alle."

Javier bemerkte erleichtert, dass wieder Leben in seinen Bekannten kam. Mit einem wütenden Ramón konnte er besser umgehen als mit einem ihm völlig fremden apathischen.

„Eine verrückte Geschichte. An den Haaren herbeigezogen."

„Was erzählt er denn?"

„Es geht wohl um unsere Spezialität, die Blaubeermuffins. Auf der separaten Allergikerkarte haben wir sie als nussfrei gekennzeichnet. So wie es vorgeschrieben ist. Alles korrekt. Und nun beschuldigt uns dieser Schüler, dass der Muffin der toten Schülerin mit Nüssen kontaminiert gewesen sei."

Javier erinnerte sich vage daran, dass auf dem Obduktionsbericht irgendetwas von Mageninhalt und Blaubeeren vermerkt worden war. Vielleicht war die Anklage gar nicht so absurd. „Und, wie siehst du das, Ramón?"

„Unmöglich. Völlig daneben. Ausgerechnet uns diesen Vorwurf zu machen! Weißt du, Javier, es gibt nicht viele Hotels in Marbella, die überhaupt eine so genaue, ständig aktualisierte separate Karte über alle Zutaten mit Allergenen führen wie wir. Ich achte da sehr genau drauf, da meine jüngste Schwester unter einer Katzenhaarallergie leidet. Jedenfalls lege ich beide Hände ins Feuer für die Hygiene unserer Backstube. Das musst du mir glauben, Javier. Es hat auch noch niemals eine Klage gegeben. Das Ganze ist völlig absurd."

„Okay, Ramón. Ich habe verstanden, was du mir sagen willst. Lass uns das Problem mal logisch angehen. Wem nützt so eine Klage gegen die Hygienevorschriften?"

„Nützen?"

„Ja. Oder anders gefragt: Welche Folgen zieht das nach sich, wenn das Hotel so eine Klage am Hals hat?"

„Unser Ruf leidet noch mehr."

„Und?"

„Wir haben weniger Gäste." Ramón begann unruhig hin und her zu rutschen.

„Und?"

„Wir müssen die Preise senken und sogar noch mehr Räume an Schulklassen vermieten."

„Und?"

„Ich kann das Hotel nicht mehr halten, verschulde mich immer mehr."

„Und?"

Javier bemerkte, wie schwer es seinem Bekannten fiel, weiterzusprechen.

„Ich muss das Hotel verkaufen."

„Und?", fuhr er gnadenlos fort.

„Ich bin gezwungen, dieses unterirdische Angebot von diesem kapitalistischen deutschen Bauunternehmen anzunehmen."

Javier legte eine kurze Pause ein. „Und dann?"

„Dann pumpen diese Arschlöcher meine Hotelanlage mit Geld voll, erhöhen die Preise und verdienen sich eine goldene Nase."

„Liegt dir bereits so ein Angebot vor?"

Ramón nickte traurig.

„Wie heißt dieses deutsche Bauunternehmen?"

Ramón gab ihm eine Visitenkarte. Javier sah, dass die Firma ihren Sitz in Freiburg hatte. „Ich habe da so eine Vermutung. Ich muss das mal gerade recherchieren."

Einige Minuten später schaute Javier in das lächelnde Augenpaar von Herrn Lehmann.

„Komm mal zu meinem Monitor, Ramón, und wirf einen Blick auf das Foto auf der Website."

Ramón tat, wie ihm geheißen, und stellte sich hinter Javier.

„Sag Hallo zu einem alten Bekannten."

„Der Vater der toten Schülerin", sagte der Hoteldirektor.

„Du entschuldigst mich. Ich muss noch einen Anruf erledigen." Javier wählte die Nummer des Kunstlehrers und fragte ihn auf Englisch, wie er auf die Idee gekommen sei, das Hotel *Parasol* als Unterkunft für die Klassenfahrt zu buchen.

„Moment mal. Das muss ich meine Kollegin fragen."

Im Hintergrund hörte Javier, wie sich die beiden Lehrer auf Deutsch besprachen.

„Hören Sie? Wir sind an diese Adresse durch die Vermittlung der Elternschaft gekommen."

„Wer genau war Ihr Ansprechpartner?"

„Moment, bitte."

„Herr Lehmann, Robyns Vater. *Comisario*, gut, dass ich Sie am Apparat habe. Sagen Sie, wissen Sie schon, wann wir wohl voraussichtlich ...?"

„Darüber reden wir später noch einmal. Danke, Herr Martins. Auf Wiederhören."

„Und, Javier, was hast du herausgefunden?" Ramón
sah Javier so hoffnungsvoll an, als wäre er der Erlöser
höchstpersönlich.

„Das kann ich jetzt noch nicht sagen. Entschuldige,
aber könntest du mich bitte allein lassen? Ich habe
noch einiges zu erledigen."

„Natürlich. Meinst du, du kannst die Klage anfech-
ten?"

„Noch weiß ich es nicht. Ramón. Kein Wort zu niemandem! Es ist wichtig, dass du absolutes Stillschweigen bewahrst. Herr Lehmann darf nicht wissen, was
wir wissen."

„Verstehe. Du kannst dich auf mich verlassen!"

„Gut."

„Ich gehe dann."

„Gut."

„Und, Javier ..."

„Was?"

„Danke." Javier nickte ihm kurz zu und hörte, wie
Ramón die Bürotür leise von außen zuzog. Nachdem
sein Bekannter ihn allein gelassen hatte, blieb Javier einen Moment nachdenklich auf seinem Bürostuhl sitzen. Plötzlich machte sich sein Magen mit einem tiefen
Knurren bemerkbar. Gerade so, als ob er höflicher-
weise darauf gewartet hätte, dass kein anderer mehr
mit im Raum war. Javier gab sich einen Ruck und rief
seine deutsche Kollegin an.

„Sandra, ich bin in der Polizeidienststelle. Bitte komm
in mein Büro. Und es wäre wunderbar, wenn du mir ein
belegtes Baguette, ein *bocadillo*, mitbringen könntest.
Ich habe noch nicht gefrühstückt ... Ich sag dir, du wirst
nicht glauben, was ich herausgefunden habe."

Kapitel zweiundvierzig

Freitag, den 26. Juni, 11 Uhr

Sandra

Sandra stellte keine Fragen, sondern machte sich sofort auf den Weg. Sie wusste, dass die Bäckerei am Ende der Straße, in der sich ihr Hotel befand, auch am Sonntagvormittag geöffnet hatte. Auch wenn das Angebot in der Bäckerei schon geschrumpft war, konnte sie noch ein üppig belegtes Baguette für Javier und zwei Stücke Schokokuchen mit dicker Glasur erstehen. Etwas Süßes würde die Stimmung heben. Kurz bevor sie die Dienststelle betrat, checkte sie noch einmal ihr Handy. Keine neuen Likes, aber eine Direktnachricht auf ihrem Account. Eine Bilddatei. Neugierig öffnete Sandra sie.

„Was?" Entsetzt ließ sie das Handy sinken. Sie und Giancarlo im Bett. Eins der Polaroids aus dem Briefumschlag. Der Briefumschlag, der sich in ihrer Handtasche befinden sollte. Panisch riss sie den Reißverschluss ihrer Schultertasche auf und fingerte nach Giancarlos Abschiedsgeschenk. Der Umschlag war weg. Sie fluchte und setzte sich auf den Bordstein. Was sollte sie machen? Jemand hatte die Fotos genommen. Mit zitternden Fingern nahm Sandra das Handy wieder zur Hand. Da, unter dem Bild stand etwas.

Stellen Sie sofort die Ermittlungen ein, oder die Fotos werden im Netz veröffentlicht und an die Ehefrau von Giancarlo Muratori nach Turin weitergeleitet.

Erpressung. Eiskalt. Das durfte doch nicht wahr sein. Sandra sah sich den Namen des Accounts an, von dem die Nachricht gekommen war. Ein anonymer Account, der nur für die Erpressung ins Leben gerufen worden war. Was sollte sie tun? Giancarlo warnen? Nein, keine gute Idee. Javier um Rat fragen? Sandra stand auf und krallte ihre Finger in die Papiertüten. Jetzt musste sie erst einmal zu Javier gehen. Wenn sie noch länger zögerte, würde er misstrauisch werden.

„Hallo, Javier", begrüßte sie ihren Kollegen und zwang sich zu falscher Fröhlichkeit, als sie die beiden Tüten der Bäckerei aufriss, um ihm ihren Inhalt zu präsentieren.

Javier schöpfte keinen Verdacht, sondern strahlte bei dem Anblick des Gebäcks. „Sandra, du bist die Beste."

„Gern. Während du dich stärkst, kann ich dir schon einmal mitteilen, was Julia herausgefunden hat."

„Mmhhggrr", antwortete Javier, und Sandra deutete das als Zustimmung. Sie setzte sich ihm gegenüber und begann mit ihrem Bericht. „Ich habe Julia am Donnerstag gebeten, die Freundesclique von Robyn zu checken. Heute Morgen hat sie mich angerufen. Und sie hat tatsächlich etwas Interessantes über Till in Erfahrung bringen können."

Javier murmelte etwas mit vollem Mund. Dann stand er auf, beugte sich über den Tisch, wobei er ihr unangenehm nah kam. Er nahm sich eine Serviette, welche die Verkäuferin vorsorglich mit in die Tüte gepackt hatte, und setzte sich wieder hin. Javiers Unterbrechung brachte Sandra endlich dazu, innezuhalten. Vorsichtig geworden, sprach Sandra langsam weiter. Während sie redete, sah sie vor ihrem inneren Auge das freizügige Foto von Giancarlo, auf dem auch sie nur ansatzweise vom Bettlaken bedeckt war.

„Der Typ ist nicht nur gut im Breitensport, sondern wohl ein Wahnsinns-Leichtathlet“, führte sie aus. „In der Sportwelt hat Till sich da wohl schon richtig einen Namen gemacht. Gilt als neuer deutscher Stern. Der zukünftige Medaillengarant im Bereich Werfen, wenn ich das richtig verstanden habe.“

Javier zerknüllte die erste Tüte. Sandra konnte an seinem Gesicht ablesen, was er dachte: *Bocadillo* verdrückt. Mission erfüllt. Zufrieden kaute er seinen letzten Bissen zu Ende und fragte dann seelenruhig. „Aber?“

„Entschuldige, Javier. Ich muss mal eben raus.“ Sandra rannte auf den Korridor. Eine Entscheidung musste her. Entweder ließ sie sich erpressen, oder sie blieb aufrecht. Doch dann wurde sie mit einem Mal ruhig. Eigentlich gab es keine Frage. Sie hatte ihre Entscheidung schon längst getroffen. An dem Tag, an dem sie Polizistin geworden war. Sandra kehrte gefasst zu Javier ins Büro zurück.

„Wo waren wir stehen geblieben?“, fragte sie Javier.
„Bei unserem Supersportler.“

„Richtig." Sandra setzte sich wieder ihrem Kollegen gegenüber hin und fuhr konzentriert mit ihrer Berichterstattung über Till fort. „Bei einem Wettkampf hat es wohl Probleme bei einer Dopingkontrolle gegeben. Mit Leichtathletik kenne ich mich nicht aus, weiß aber, dass die Dopingquoten dort recht hoch sein sollen. Jedenfalls ist da irgendwas mit Nasenspray vorgefallen. Ich habe das nicht glauben können, aber Julia meinte, dass es um Nasenspray ging."

„Das ist schon möglich", bestätigte Javier. „So etwas habe ich auch einmal gehört. Ich glaube, nicht alle Nasensprays stehen unter Dopingverdacht, aber einige beinhalten Ephedrin."

„Was soll das sein?"

„So was wie Adrenalin, also ein Mittel, das den Körper zur Höchstleistung antreibt."

„Hätte ich jetzt nicht erwartet, dass Nasenspray als Dopingmittel eingestuft werden kann."

Javier gab einen zustimmenden Laut von sich und lugte in die zweite Bäckereitüte. „Super Verkostung, Sandra. Danke. Ich bewahre mir den Schokokuchen als Nachtisch auf." Er legte die Tüte zur Seite und schaute Sandra interessiert an. „Und wie ging die Geschichte weiter?"

„Till hat anscheinend Glück gehabt. Er war wohl tatsächlich erkältet, und seine B-Probe wurde als unbedenklich eingestuft. Insofern ist nichts passiert. Aber: der Vorfall wurde dokumentiert."

„Das kann fatale Folgen für ein Nachwuchstalent haben."

„Hmm, das meint Julia auch. Ich kann das nicht nachvollziehen, aber sie sagt, vermutlich wird man Till wegen dieses Vorfalls bei jeder Sportveranstaltung besonders kritisch beäugen.“

„Das sehe ich genauso wie deine Kollegin. Till muss auf der Hut sein. In Zukunft darf er sich nichts mehr zuschulden kommen lassen.“

Sandra dachte an Tills Berufspläne. „Vergiss nicht, Javier, dass Till sich Hoffnungen auf das Sportstipendium an einer Elite-Uni in den USA macht.“

„Könnte das ein Grund sein, warum Till versucht hat, sich der Leiche zu entledigen?“, überlegte Javier.

Sandra nahm seinen Gedanken auf. „Ich meine, wie weit würde er gehen?“

„Tja“, antwortete ihr der *Comisario Principal*. „Wer weiß das schon. Die Leiche einer Mitschülerin von der Brüstung zu schubsen ist schon extrem. Enorm kaltblütig, dann auch noch ein Video von dem fingierten *Balconing* zu drehen.“

Sandra nickte zustimmend. „Du hast recht, das ist extrem. Extrem und dumm. Es ist doch klar, dass Till damit nicht durchkommt.“

„Stimmt. Aber er ist noch jung, stand unter Schock.“

„Hat vorher vielleicht Alkohol getrunken. Wer weiß. Vielleicht ging es ihm aber auch um etwas anderes. Es könnte auch sein, dass ihm jedes Mittel recht war, um von der tatsächlichen Todesursache, dem Allergieschock, abzulenken. Aber warum?“

Javier sprang von seinem Stuhl auf und rieb sich die Hände. „Genau das fragen wir ihn und Herrn Lehmann am besten gleich persönlich.“

„Warum willst du denn mit Robyns Vater sprechen?“

„Weil ich eine bahnbrechende Entdeckung gemacht habe.“

„So was hatte ich mir schon fast gedacht“, sagte Sandra. „Aber hör mal, vorher muss ich dir noch etwas sagen.“

Kapitel dreiundvierzig

Freitag, den 26. Juni, 13 Uhr

Javier

Sandra war schon gleich, als sie sein Büro betreten hatte, komisch gewesen, fand Javier. Er hoffte sehr, dass sie ihm nun anvertrauen würde, was sie belastete. Denn auch wenn er sich sehr über ihre kleine Geste mit der Brötchentüte gefreut hatte, war ihm seine Kollegin völlig überdreht vorgekommen. Zuerst hatte er gedacht, sie hätte etwas getrunken. Doch als er ihr unter dem Vorwand, sich eine Serviette zu nehmen, nahe gekommen war, hatte er nichts Verdächtiges riechen können. Alkohol war nicht im Spiel. Das konnte er ausschließen. Wie gut, dass er jetzt von ihr selbst erfahren würde, was da im Busch war.

Javier sah Sandra, wie er hoffte, aufmunternd an.

„Javier ...“, stammelte die Oberkommissarin, kam aber nicht weiter.

„Was ist denn los?“

„Erinnerst du dich daran, dass meine Handtasche nach der Befragung der Schülerinnen und Schüler plötzlich weg gewesen ist?“

Javier erinnerte sich, dass Sandra sie damals im Frühstücksraum liegen lassen hatte. „Du hattest sie damals vergessen." Gespannt wartete er darauf, was sie ihm erzählen wollte.

Doch Sandra schüttelte den Kopf. „Das dachte ich auch. Aber seitdem fehlt etwas. Also, ich habe es erst eben festgestellt. Ich glaube aber, dass der Diebstahl bei den Schülerbefragungen passiert ist."

Javier merkte, wie schwer es seiner Kollegin fiel, weiterzusprechen. Vorsichtig fragte er nach. „Was fehlt denn?"

Seine Kollegin wurde rot und wich seinem Blick aus. „Ein Geschenk von Giancarlo. Mein Gott, ist mir das peinlich."

Javier versuchte, die Bruchteile zusammenzufügen. Sandras Tränen auf dem Burgberg, ihre Aussage, dass sie eine Affäre mit einem bereits gebundenen Mann habe.

„Giancarlo ist der Mann, mit dem du zusammen warst, bevor du mit dem Zug nach Málaga gekommen bist."

Sandra nickte. „Genau. Und Giancarlo hat mir zum Abschied Fotos von uns beiden gegeben."

Javier sah alarmiert hoch. Das klang nicht gut. „Was für Fotos?", fragte er schließlich.

Endlich schaute Sandra ihn an. „Genau das, was du vermutest."

Javier sprach seinen Gedanken aus. „Erotische?"

Sandra nickte und fand irgendwie die Sprache wieder. „Von ihm, von mir und von uns beiden. Die sind plötzlich wieder aufgetaucht ..." Sie zögerte. „Zusammen mit einem Drohbrief als Direktnachricht an meinen Account. Auf dem Bild sind wir beide klar zu erkennen. Es ist … kompromittierend. Und die Erpressung ist auf Deutsch." Sandras Finger zitterten, als sie ihm die Direktnachricht zeigte und ihm den Inhalt ins Spanische übersetzte.

„Danke, Sandra, dass du dich nicht erpressen lässt."

Sie sah ihn erstaunt an. „Woher weißt du, dass ich mich gegen das Stillschweigen entschieden habe?"

Er lächelte sie an. „Du setzt mich gerade in Kenntnis von der Drohung. Hättest du dir die Option, auf die Erpressung einzugehen, noch offenhalten wollen, hättest du mir nichts von den Fotos erzählt."

Sie nickte. „Ich weiß." Dann mit etwas festerer Stimme: „Als ich Polizistin wurde, habe ich mir geschworen, mich nicht korrumpieren zu lassen, mich niemals auf fragwürdige Machenschaften einzulassen." Seine Kollegin atmete tief durch und wischte sich die Tränen aus dem Gesicht.

„Davon bin ich ausgegangen, Sandra." Und gerade als er das Gefühl hatte, Sandra hätte sich von dem Schock, den der Angriff auf ihr Privatleben darstellte, vorerst ein wenig erholt, hörte er, dass ihre Stimme doch wieder zu brechen drohte.

„Javier. Ich habe Angst. Ich hatte schon mal, du weißt schon, … nach der Pressekonferenz, diese anonyme Nachricht bekommen, dass ‚sie' wissen, in welchem Hotel ich wohne."

Javier stand auf, ging um den Schreibtisch herum und nahm seine Kollegin für einen kurzen Moment fest in den Arm.

„Und, was hast du herausgefunden?", fragte Sandra schließlich. „Du hast mich doch gebeten, zu kommen, da du etwas Wichtiges entdeckt hast."

Dankbar für den Themenwechsel berichtete Javier nun seinerseits, was er herausgefunden hatte. „Herr Lehmann ist viel tiefer in die Sache verstrickt, als wir gedacht haben. Es war, wie du sagst, nicht nur der Hunger, warum ich dich gebeten habe, so schnell wie möglich in mein Büro zu kommen. Du wirst es nicht glauben … Aber rate mal, wer damals in Freiburg bei der Planung der Stufenfahrt das Hotel *Parasol* als mögliche Unterkunft ins Gespräch gebracht hat."

Sandra schwieg einen Moment. „Etwa Herr Lehmann?"

„Genau. Robyns Vater höchstpersönlich."

„Abgefahren." Sandra sah, wie Javier sich sein Stück Schokoladenkuchen aus der Tüte nahm. „So was brauche ich jetzt auch."

Javier reichte ihr das zweite Stück Kuchen. „Herr Lehmann kennt sich mit Hotels aus, da er selbst im Baugewerbe tätig ist."

Sandra machte sich gierig über ihr Kuchenstück her.

„Schon verrückt, wenn man das zu Ende denkt", sagte Javier. „Erst stielt Herr Lehmann die Fahrt in das Sternehotel ein, und jetzt beschwert er sich, mit Till als Sprachrohr, über fehlende Sicherheits- und Hygienebedingungen."

Kauend hörte sich Sandra die Details über Ramóns morgendlichen Besuch an. „Das sind heftige Neuigkeiten, da gebe ich dir recht. Ich kann es kaum glauben, dass Robyns Vater *rein zufällig* selbst im Baugewerbe tätig ist."

„Das sehe ich genauso wie du", stimmte Javier ihr zu. „Auch diese plötzliche Allianz zwischen dem Vater des Opfers und Till, unserem Hollywoodfotografen, finde ich merkwürdig. Herr Lehmann scheint Druck auf den Jungen auszuüben. Er schiebt ihn vor und benutzt ihn als Strohmann."

Sandra nickte. „Ganz schön zynisch, wie er den Tod seiner Tochter ausschlachtet."

„Willkommen in Marbella. Baukorruption und Skandale."

„Und jetzt noch die Erpressungsgeschichte", ergänzte seine Kollegin.

„Sandra, wir werden sie bald haben. Sie stehen mit dem Rücken zur Wand. Wir müssen einfach nur dranbleiben, weitermachen."

Sandra stand auf. „Okay, ich wäre jetzt so weit", sagte sie. „Vamos."

„Dem hygienebewussten Till einen Besuch abstatten?", sagte Javier lachend und informierte Sandra über das Prozedere. „Hör zu: Ernesto, der Hauptbetreuer in Tills Wohngemeinschaft, hat mir erzählt, dass Herr Lehmann ihn angerufen habe, um sich für einen Besuch anzumelden. Weiß der Henker, wie er an die Telefonnummer gekommen ist. Jedenfalls wollte Ernesto von mir wissen, wie ich das finde. Ich hatte ihn um Bedenkzeit gebeten. Jetzt weiß ich, wie ich dieses Treffen sehe."

„Du findest es praktisch. Zwei auf einen Schlag. Wie lange brauchen wir bis zu der betreuten Wohngemeinschaft?"

„Zehn Minuten. Ich werde Ernesto bitten, Herrn Lehmann hinzuhalten, bis ich komme."

„Bis wir kommen", verbesserte ihn Sandra.

„Sicher, dass du mitkommen willst, Sandra? Vielleicht brauchst du im Moment vor allem ein bisschen Zeit für dich?"

„Danke, Javier, aber nein. Es tut mir gut, aktiv zu sein, etwas zu tun. Ich bin schon neugierig darauf zu hören, wie die beiden auf unsere Fragen reagieren werden." Sandra machte eine kurze Pause. Dann fuhr sie fort. „Obwohl, wenn ich es mir recht überlege, ist es geschickter, Till zuerst allein zu befragen."

Javier schaute sie einen Moment lang skeptisch an. Dann nickte er. „Du hast recht, Sandra. Das könnte sogar noch aufschlussreicher sein." Er schob ihr das Telefon hin. „Willst du Ernesto Bescheid geben?" Wenn es stimmte, was sie sagte, dann konnte er sie in dieser schwierigen Situation am besten unterstützen, indem er sie beschäftigt hielt.

Kapitel vierundvierzig

Sandra

Sandra fühlte sich viel besser. Sie hatte richtig gehandelt, Javier einzuweihen. Er hatte ihr neuen Mut gegeben und sie darin bestätigt, dass das Einknicken vor den Erpressern niemals eine Option gewesen war und niemals sein würde.

„Hier spricht Sandra König. Ich bin die deutsche Kollegin von *Comisario Principal* Sánchez. Spreche ich mit Ernesto von der betreuten Wohngemeinschaft?"

„*Hola Sandra.* Ja, ich bin am Apparat."

„Ernesto, Sie hatten meinem Kollegen Bescheid gegeben, dass Herr Lehmann um 15 Uhr, also in etwa einer halben Stunde, kommen will, um mit Till Schröder zu sprechen."

„Ja, mit Till. Und, soll ich ihn hereinlassen?"

„Ja, aber mein Kollege und ich möchten erst mit Till allein reden. Wir machen uns jetzt auf den Weg zu euch. Bitte, Ernesto, halten Sie Herrn Lehmann auf, bis wir da sind."

„Was soll ich ihm denn sagen?"

„Sie könnten ihn zum Beispiel auffordern, Platz zu
nehmen und zu warten. Wie beim Zahnarzt." Sandra
hörte, dass der Betreuer am anderen Ende der Leitung
lachte.

„Sandra", sagte er, „der Vergleich mit der Arztpraxis
gefällt mir. Hör mal, ich muss jetzt auflegen, bevor die
Jugendlichen die Küche auseinandernehmen. *Hasta lu-
ego.*"

„Bis gleich, Ernesto."

Kapitel fünfundvierzig

Freitag, den 26. Juni, 15 Uhr

Javier

Auf dem Weg zur Wohngemeinschaft holten sie Frau Ruiz ab. Sie nahm auf dem Rücksitz Platz, sagte kein Wort und tippte die ganze Fahrt über auf ihrem Handy. Sandra schien das nicht mitzubekommen. Sie saß müde und abwesend neben ihm auf dem Beifahrersitz.

Beim Hafen angekommen, parkte Javier das Auto und ließ alle aussteigen.

Wenig später wurden sie von Ernesto empfangen, der wie immer lässig in der geöffneten Wohnungstür stand. „Guten Tag allerseits", begrüßte er sie gut gelaunt. Frau Ruiz hob die Hand zum Gruß, und Javier atmete nach den vielen Stufen kurz durch und machte dann Sandra und Ernesto miteinander bekannt. Ernesto ließ sie die Wohngemeinschaft betreten.

„Plötzlich so ruhig?", witzelte Javier, um die Stimmung aufzulockern. „Am Telefon, hat mir Sandra erzählt, hörte sich das eben noch ganz anders an."

„Ich weiß", ging Ernesto auf ihn ein. „Und weißt du, warum alle plötzlich so friedlich sind?" Alle sahen den

Betreuer erwartungsvoll an. „Die Kids sitzen im Fernsehzimmer und schauen sich eine Dating-Show an."

„*All you need is love*", flachste Javier. „Ist Till auch dabei?"

„Ja. Und Herr Lehmann ist auch schon da. Er ist vor etwa fünfzehn Minuten gekommen und wartet seitdem in der Küche."

„Vielen Dank, Ernesto. Bitte halte uns Robyns Vater noch ein bisschen vom Hals. Wo können wir Till verhören?"

„Sucht euch ein Zimmer aus. Die Jugendlichen kleben sicherlich noch eine Stunde vor dem Bildschirm, und dann geht's ab in die Küche, Raubtierfütterung." Ernesto ging voran. Die Glastür zur Küche war geschlossen. Aus dem Aufenthaltsraum hinten drangen Fernsehstimmen. Ernesto öffnete die erste Tür links und ließ sie in eins der Zimmer treten. „Das hier ist das einzige halbwegs aufgeräumte Zimmer."

An der Tür war mit Tesafilm ein schief klebendes Poster mit einer verschneiten skandinavischen Landschaft befestigt. Neben der Tür stand ein Etagenbett, in der Mitte des Raums, zwischen den beiden Fenstern, machte Javier ein Regal aus, das ordentlich mit Schminkutensilien und Kleidungsstücken befüllt war. Rechts und links in der Ecke standen zwei Schreibtische.

„Hilfst du mir eben?", bat Javier den Betreuer, und dann schoben die beiden Männer die Schreibtische zusammen.

„Und, Sandra, bist du bereit?"

„Claro."

Javier gab Ernesto ein Zeichen, Till zu holen. Beim Betreten des gerade neu geschaffenen Besprechungsraums wechselten Till und Ernesto ein paar Worte auf Englisch. Javier wartete, bis sie fertig waren und der deutsche Schüler ihn anschaute. Dann forderte er den Jungen mit einer Geste auf, ihm und Sandra gegenüber Platz zu nehmen.

„Wie geht es Ihnen, Till?", begann Sandra. Für diese Art von deutschem Small Talk brauchte Javier seit dem letzten Sommer keine Übersetzerin mehr. Leider auch nicht für die nächsten Sätze. Das Gespräch schien über den Austausch von Begrüßungsfloskeln nicht hinauszugehen.

„Gut und Ihnen?"

Dann bin ich mal gespannt, Sandra, wie du den Jungen zum Reden bringen willst. Diskret schaute Javier auf die Uhr. So wie er Robyns Vater einschätzte, hatte der nur wenig Sitzfleisch. Wenn er jetzt schon zwanzig Minuten gewartet hatte, würde er in zehn Minuten Radau machen. Javier verschränkte die Arme und gab Frau Ruiz ein Zeichen, für ihn zu übersetzen. Sie rückte ihren Stuhl in seine Hörweite und begann mit ihrer Arbeit. Sandras erste Frage lautete, nicht weiter überraschend, ob sie das Gespräch aufnehmen dürfe.

„Ja, ich werde eh nichts sagen."

„Klar, Sie müssen nicht reden. Sie haben das Recht zu schweigen. Mir geht's heute um Sport."

„Sport?"

Javier konnte dem Teenager seine Überraschung ansehen.

„Leichtathletik, oder?" Sandra verschränkte die Arme hinter dem Kopf. Sie sah so aus, als würde sie sich beim

Plausch mit einer Freundin befinden. Javier musste ein Lächeln unterdrücken. Seine Kollegin hatte das Zeug zur Schauspielerin.

Till schaute die Oberkommissarin verwirrt an.

„Ihre Mathelehrerin Frau Bauer hat mir gesagt, dass Sie einer ihrer wenigen Schüler seien, die schon konkrete Pläne für die Zeit nach dem Abi haben. Sie war ganz beeindruckt, dass Sie anscheinend sogar schon Bewerbungen für eine der US-Elite-Unis an der Ostküste geschrieben haben.“

„Ja, das ist korrekt. Ich habe Frau Bauer um ein Empfehlungsschreiben gebeten.“ Der deutsche Schüler rang um ein Pokerface, doch Javier sah ihm an, dass er sich geschmeichelt fühlte.

„Doch leider teile ich die Einschätzung Ihrer Mathelehrerin nicht“, fuhr Sandra fort. „Die Zensuren stimmen, soweit ich weiß. Aber dieser Dopingverdacht von früher könnte Ihnen in die Quere kommen. Und jetzt diese Videogeschichte. Das hört sich gar nicht gut an. Wenn die Uni dann noch Wind bekommt, dass Sie in Spanien in einer betreuten Jugend-WG untergebracht worden sind. Also, ich bezweifle, dass Ihre Bewerbung jetzt immer noch einen überzeugenden Eindruck macht.“ Till schwieg. „Aber so ein cleverer Kerl wie Sie hat sicherlich noch einen Plan B.“ Der junge Mann ließ sich nicht provozieren. Sandra trieb's noch weiter auf die Spitze. „Schon praktisch, wenn man in so einer heiklen Lage gut *connected* ist. Na ja, und Herr Lehmann ist da die ganz große Nummer. Spielt in vielen Netzwerken eine wichtige Rolle. Beziehungen. Weltweit.“

„Stopp. Es reicht.“

Endlich, dachte Javier. Jetzt hast du ihn.

Sandra blickte Till unschuldig an. „Was?“

„Das ist alles eine große Scheiße, und ich bin unschuldig.“

„Oh, tut mir leid. Da habe ich wohl etwas missverstanden. Ich dachte, Sie hätten vorgestern das Geständnis unterschrieben, dass Sie der Macher des Live-Videos sind. Aber das habe ich wohl nur geträumt ...“

„Hören Sie auf. Ich lasse mich nicht für dumm verkaufen. Ja, ich mache mir Gedanken um meine Zukunft. Das ist nichts Illegales.“

„Normalerweise nicht. Es sieht aber anders aus, wenn dabei jemand zu Tode kommt. Und dann ausgerechnet mit dem Vater der Toten zu paktieren, dazu gehört schon ein großes Stück Unverfrorenheit. Kommen Sie, Till, verraten Sie es uns: Wie lautet Ihr *Deal* mit Herrn Lehmann?“

Till starrte Sandra an. Sie hielt dem Blickduell mit dem aufgestachelten Schüler unbeeindruckt stand.

„Soll ich Ihnen helfen?“, drehte sie die Schraube noch fester. Till presste die Lippen aufeinander, wich Sandras Blick aus. „Das Wort fängt mit H an.“

„Ich muss Ihnen überhaupt nichts sagen.“ Till nahm das Blickduell wieder auf, sah Sandra trotzig, ohne zu blinzeln, in die Augen.

Sandra ließ sich nicht verunsichern. „Der zweite Buchstabe ist ein y. Hy..., die nächsten Silben: gie-ne.“ Sie wartete.

„Hygienevorschriften meinen Sie.“ Till schlug die Augen nieder. Zehn Minuten später hatten sie seine Aussage.

„Danke, Till", sagte Javier, rief Ernesto per Handy an und bat ihn, den Jungen abzuholen und dabei Herrn Lehmann mitzubringen.

Kapitel sechsundvierzig

Freitag, den 26. Juni, 15.30 Uhr

Sandra

Sandra rechnete es dem Betreuer hoch an, dass er Herrn Lehmann erst zu ihnen brachte, nachdem er Till bei den anderen abgesetzt hatte, denn dadurch vermied er, dass die beiden sich begegneten. Während sie mit Frau Ruiz und Javier im Befragungsraum auf Robyns Vater warteten, hörten sie, wie Herr Lehmann sich auf dem Flur über irgendetwas aufregte. Als er näher kam, konnte Sandra verstehen, was er sagte.

„Warum machen wir überhaupt einen Termin aus, wenn Sie mich dann doch warten lassen?"

„Einen Moment noch", sagte Javier und hielt Herrn Lehmann mit erhobenen fünf Fingern auf Abstand. Er beachtete Robyns pöbelnden Vater nicht, sondern bat Sandra ungerührt, ihm die Aufnahme von Tills Vernehmung auf sein Handy weiterzuleiten. „Hast du's?", fragte Sandra.

„Ja, hat geklappt."

„So, nun haben wir Zeit für Sie, Herr Lehmann", sagte Sandra.

„Ich möchte überhaupt nicht mit Ihnen reden. Ich habe einen Termin für ein Gespräch mit dem Klassenkameraden meiner verstorbenen Tochter vereinbart. Das habe ich dem Betreuer bereits gesagt." Herr Lehmann stand noch immer vor dem schief hängenden Poster mit der skandinavischen Winterlandschaft.

„Bitte nehmen Sie Platz", forderte sie ihn erneut auf. Höflich, unbeeindruckt von seinem kindischen Machtspiel.

Wieder kam er ihrer Bitte nicht nach, sondern verschränkte demonstrativ die Arme vor der Brust.

Okay, dachte Sandra, mal sehen, wer den längeren Atem hat.

Javier sah sie an und begann leise ein Gespräch mit Frau Ruiz. Seine Botschaft war klar. Er unterstützte sie dabei, Herrn Lehmann auflaufen zu lassen. Sandra nahm ihr Handy heraus und checkte nervös ihre Nachrichten. Da. Eine von Giancarlo. Eben eingegangen. Sandra vergaß Herrn Lehmann, Javier, die Costa del Sol, den Fall und begann zu lesen.

Cara, es tut mir so leid, aber ich muss Schluss machen. Francesca ist irgendwie an eins von unseren Polaroids gekommen und hat mit der Scheidung gedroht, wenn ich unsere Beziehung nicht sofort beende. Bitte nimm keinen Kontakt mehr zu mir auf. Bitte! Tu's nicht! Es war wunderbar mit dir. Vielen Dank für alles, bella. Ich umarme dich, so fest ich kann, und küsse dich. Arrivederci

Sandra las die Nachricht noch einmal. War's das? Das Ende zwischen ihr und Giancarlo?

„Sandra, alles klar?" Javier hatte sich zu ihr herüber-
gebeugt. „Geht's dir gut?"

Ging es ihr gut? Sie wusste es nicht. Eigentlich fühlte
sie nichts. Weder Schmerz noch Erleichterung, nur
Leere. Das mit ihr und Giancarlo war ein Zwischenspiel
gewesen. Sie hatte von Anfang an gewusst, dass sie
keine Zukunft hatten. Vielleicht war das sogar ein Teil
des Charmes dieser Beziehung gewesen. Nun hatte sie
ihren Liebhaber der Polizeiarbeit geopfert. Doch darüber wollte sie nicht nachdenken.

„Ich glaube schon", murmelte sie.

„Das ist eine Unverschämtheit. So lasse ich nicht mit
mir herumspringen."

Hatte Robyns Vater schon die ganze Zeit herumgepö-
belt, oder fing er gerade erst an, sich in Rage zu reden?
Sandra kannte die Antwort nicht. Die letzten Minuten
waren an ihr vorbeigegangen.

Während der Bauunternehmer sich ereiferte, sprach
Javier simultan weiter. „Wir nehmen Ihre Aussage auf
und werden jetzt offiziell beginnen." Demonstrativ
richtete er das Aufnahmegerät auf Herrn Lehmann
aus. Der verstummte. „Im Grunde genommen", führte
der *Comisario Principal* aus, „benötigen wir Ihre Aussage nicht mehr." Er stand auf und nahm seine Sachen
an sich. Von oben herab sah er Robyns Vater so eiskalt
an, dass selbst Sandra unter anderen Umständen Angst
vor Javier bekommen hätte. „Im Prinzip haben wir
schon alles aufgezeichnet, was wir wissen wollen."

Javier hatte es nicht nur geschafft, Herrn Lehmanns
nächstem Emotionsausbruch — ob echt oder vorge-
täuscht sei dahingestellt — zuvorzukommen, er hatte
ihn darüber hinaus auch mundtot gemacht. „Das mit

den Hygienevorschriften ...", fuhr Javier fort, und noch bevor Frau Ruiz Javiers Worte übersetzt hatte, erhob sich Herr Lehmann und wandte sich an Javier.

„Hören Sie mir mal gut zu, Sie Warmduscher. Meine Tochter lebt nicht mehr. Und Sie und Ihre Kollegen", er wandte den Blick nicht von Javiers Gesicht ab, „haben immer noch nicht die Verantwortlichen gefunden. Meine Tochter ... Robyn. Sie ist noch nicht einmal achtzehn Jahre alt geworden. Schämen Sie sich."

Sandra musste schlucken, konnte den Schmerz des Vaters fast körperlich fühlen. Doch Javier blieb unbeeindruckt.

„Tja, da stehen Sie wohl vor einem Dilemma, Herr Lehmann. Zum einen müssen Sie den Ruf des Hotels, das Sie kaufen wollen, so zerstören, dass der Preis bis zum Gehtnichtmehr gedrückt wird ..."

Sandra hatte sich zum Glück wieder so weit gefangen, dass sie Javier unterstützen konnte. „Und zum anderen", ergriff sie das Wort, „müssen Sie gleichzeitig als trauernder Vater davon ablenken, dass es Ihnen von Anfang an um das Geschäft gegangen ist." Sandra begann die Argumente an den Fingern abzuzählen. „Erstens haben Sie den Lehrkräften das Hotel für die Kursfahrt zu ‚Sonderkonditionen' vermittelt. Zweitens haben Sie nach den *Balconing*-Videos Ihre Anwältin beauftragt, die Trennwände zwischen den Balkons nachmessen zu lassen. Als die aber ärgerlicherweise den Normen entsprachen, waren Sie sich nicht zu schade, einen Schüler einzuspannen. Jetzt sind wir bei Punkt drei. Sie haben Till Druck gemacht, damit er das angebliche Nichteinhalten von Hygienevorschriften meldet. Endlich hatte Ihre Anwältin die gewünschte Vorlage für eine Klage. Wie praktisch, dass dabei nicht einmal Ihr Name genannt wurde. Hören Sie doch auf, das Opfer zu mimen. Sie sind der Drahtzieher, der hinter allem steckt.“

Plötzlich blitzte ein Bild von Giancarlo vor Sandras Augen auf. Sie spürte einen jäh einsetzenden spitzen Abschiedsschmerz. Aggressiv stand sie ebenfalls auf und bot Herrn Lehmann die Stirn. Wie Rivalen im Boxring standen sie und Robyns Vater sich gegenüber und starrten sich an. Dann hörte Sandra Javiers ruhige und sachliche Stimme.

„Herr Lehmann, Sie haben die Kursfahrt und den Tod Ihrer eigenen Tochter für Ihre Geschäfte ausgenutzt.“ Frau Ruiz übersetzte Javiers Fazit. Sandra setzte sich und konnte sich nicht verkneifen, Javiers Worten noch hinzuzufügen: „Und jetzt fragen Sie sich doch selbst einmal, wer genau sich hier schuldig fühlten sollte.“

Javier wartete auf die Übersetzung des letzten Redebeitrags und schüttelte den Kopf. Und er hatte recht. Sie war zu weit gegangen. Doch ihr fragwürdiger Angriff zeigte Wirkung. Herr Lehmann setzte sich hin und verbarg sein Gesicht zwischen den Händen. Sandra empfand bei seinem Anblick keinen Triumph. Im Gegenteil. Sie fühlte sich mies. „Entschuldigung.“

Frau Ruiz legte Sandra ihre Hand auf den Ellbogen. „Sie hatten angedeutet, dass Sie Herrn Lehmann zusammen mit dem Schüler befragen wollten. Steht dieses Verhör noch an, oder kann ich jetzt Feierabend machen?“

Sandra schaute sie fassungslos an. „Was?“ Doch sie fing sich sofort wieder. „Richtig, das hatten wir ursprünglich geplant, aber das ist nicht mehr nötig.“ Sie warf Javier einen Blick zu. Anscheinend hatte er wieder einmal mehr verstanden, als sie ihm zugetraut hatte, denn sie hörte, wie er die Übersetzerin verabschiedete.

„Frau Ruiz, wir benötigen Ihre Dienste heute nicht mehr. Vielen Dank. Sie können gehen."

Sandra forderte Herrn Lehmann auf, die Wohngemeinschaft zu verlassen. Javier verabschiedete sich von Ernesto und bot Sandra an, sie zum Hotel mitzunehmen.

„Danke, Javier. Aber ich laufe lieber."

„Du hast eben eine Nachricht bekommen."

„Ja, von Giancarlo. Er hat Schluss gemacht. Seine Frau hat das Foto bekommen."

„Das tut mir leid, Sandra."

„Ich will nicht darüber reden."

„*Vale*." Er wartete einen Moment, bevor er weitersprach. „Sicher, dass ich dich nicht zum *Victoria* fahren soll? Es ist zwar nicht weit bis zu deinem Hotel, im Prinzip immer am Wasser entlang, aber ich will nicht, dass du dich verläufst."

„Danke, aber nein."

„In Ordnung. Also dann *adiós*, Sandra. Pass gut auf dich auf."

„Geht schon." Sie dachte daran, was Till im Museum gesagt hatte. Sie war sowieso *lost*. So oder so.

Kapitel siebenundvierzig

Javier

Nachdem Javier alle Berichte im Büro beendet hatte, fuhr er nach Hause und bereitete sich eine Tortilla zu. Während er die Zwiebeln für das Omelett schnitt, begannen seine Augen zu tränen. Am Küchenschrank hing ein Foto von Ana, auf dem sie ihrem Verlobten ein Küsschen auf die Wange gab und gleichzeitig in die Kamera schaute. Trotz aller Künstlichkeit sah seine Tochter glücklich aus. Er vermisste Ana. Tortillas gehörten auch zu ihren Leibgerichten. Schon komisch, dass sie sich in Málaga aufhielt und nicht bei ihm wohnte. Das verletzte ihn. Warum schlief sie nicht hier? Er hatte doch genug Platz. Aber aus irgendwelchen Gründen zog seine Tochter es vor, mit ihrem Verlobten bei Freunden zu übernachten.

Vielleicht, so tröstete er sich, *wird es anders, wenn sie verheiratet ist.* Immerhin hatte sie sich gefreut, als er ihr angedeutet hatte, dass er für Abdel und sie ein schönes Hotelzimmer für die Hochzeitsnacht gemietet hatte.

Als Javier das letzte Stück Tortilla vertilgt hatte, klingelte sein Handy. Er nahm ab und brauchte einen Moment, bis er begriff, dass am anderen Ende ein Deutscher auf Englisch mit ihm sprach.

„Spreche ich mit Javier Sánchez? Bin ich mit der Polizei in Málaga verbunden?"

„Yes."

„Ich bin's. Martins. Ingo Martins."

Der Kunstlehrer, dachte Javier. Was wollte der von ihm?

„Guten Abend, Herr Martins."

„Hallo. Tut mir leid, Sie so spät zu stören, aber ... Mein Baby wird bald kommen. Ich muss zurück nach Deutschland."

„Glückwunsch."

„Danke. Aber vorher wollte ich Ihnen und Frau König noch etwas mitteilen, was ich Ihnen eigentlich schon die ganze Zeit sagen wollte. Aber Frau König geht nicht ans Handy."

Javier nahm einen Stift und kritzelte auf ein Stück Papier: Wo ist Sandra? „Ich höre."

„Vielleicht ist es auch unwichtig, aber vielleicht auch nicht."

Mach schon, dachte Javier und malte ungeduldig noch zwei weitere Fragezeichen auf das Papier vor sich.

„Es geht um Cara. Ich hatte sie doch zu dem Einzelgespräch gebeten."

Javier brauchte einen Moment, bis ihm klar war, wovon der Kunstlehrer sprach. „Sie meinen das Schülergespräch an dem Abend, an dem Robyn gestorben ist."

„Ganz genau. Mir ist aufgefallen, dass sich die letzten Klausuren von Cara und Robyn sehr geähnelt haben.

Sie waren fast wortgleich. Und das hatte ich auch schon vorher bemerkt. Bei früheren Klausuren, meine ich."

„Wollen Sie andeuten, dass die Mädchen voneinander abgeschrieben haben?"

„Nein, nicht voneinander. Robyn von Cara. Immer nur so herum."

Javier wartete. Dieser Anruf schien ihm komplett überflüssig zu sein. Er schaute auf seine Sportzeitschrift. Diese Abschreibgeschichte hörte sich nach Kinderkram an. Im Fach Kunst, also wirklich.

„Herr Sánchez, hören Sie mich? Da bin ich wieder."

Javier hatte Durst. Er wusste nur nicht, auf was. Bier oder Wein?

„Caras Klausuren sind immer etwas Besonderes. Nicht nur, weil sie begabt ist, sondern auch, weil sie oft kleine Karikaturen am Rand gezeichnet hat."

„Karikaturen?" Javier war sich nicht sicher, ob er das Wort richtig verstanden hatte.

„Ja, aber nicht so harmlos witzige, sondern hässliche."
„Hässlich?"

„Gemeine, boshafte. Ich habe sie zu mir bestellt und sie aufgefordert, sie wegzuradieren. Ich habe ihr klargemacht, dass es bestimmte Grenzen gibt, die man einzuhalten hat. Ich war geschockt, dass eine Schülerin von mir so schwarze Gedanken haben kann."

„Entschuldigung, ich kann Ihnen nicht ganz folgen. Was war denn so schlimm?"

„Nein, nein. Das meine ich nicht. Es war nicht rassistisch, sexistisch oder so, aber es war gemein. Cara hat eine fantastische Beobachtungsgabe, und sie nutzt sie nicht, um Menschen näherzukommen, sondern um sie zu demütigen, sie zu beleidigen. Ich weiß nicht, ob das irgendetwas mit dem Fall zu tun hat, aber ich wollte Ihnen das noch mitteilen. Weil Sie doch immer Fragen über Robyn und ihre Freundesclique gestellt haben. Also ich hoffe, ich habe Sie nicht aufgehalten. Herr Sánchez. Also dann. Auf Wiederhören.“

So unerwartet, wie das Telefonat begonnen hatte, hörte es auch wieder auf. Was für eine merkwürdige Aktion. Wegen ein paar Strichmännchen während einer Klassenarbeit rief man doch nicht die Polizei an. Javier schüttelte ungläubig den Kopf und verdrehte die Augen, während er sein Handy zurück in die Hosentasche steckte. Immerhin wusste er jetzt, was er trinken wollte: ein eiskaltes Victoria-Bier. Das hatte er sich verdient. Doch bevor er den Kühlschrank öffnete, nahm er noch einmal das Handy heraus und rief Sandra an. Aber auch bei ihm nahm sie nicht ab. Ob sie sich doch noch verlaufen hatte? Das mit dem Polaroidbild hatte sie kalt erwischt. Und dann hatte ihr Italiener auch noch Schluss mit ihr gemacht. *Pobrecita.* Die Arme, kein Wunder, dass sie Zeit für sich brauchte, um alles zu verarbeiten. Er wollte das Handy gerade wieder wegstecken, als plötzlich eine Nachricht von Ana aufpoppte.

Hallo Papa, Grüße von meinem Junggesellinnenabschied. Wir singen Karaoke. Ist sooo witzig. Deine Kollegin will auch kommen. Hoffentlich! Apropos Hochzeit übermorgen: Meine Freundinnen organisieren uns ein Strandpicknick. So mit Lampions und so. Ich schreib dir das, weil du fragst, wie und wo Abdel und ich feiern wollen. Dicker Kuss von deiner Ana

Kapitel achtundvierzig

Sandra

Es war eine gute Idee gewesen, allein zurückzulaufen. Klar wäre es bequemer und vor allem schneller gewesen, sich von Javier von der Wohngemeinschaft zurück zum Hotel mitnehmen zu lassen. Aber Sandra brauchte Zeit für sich, musste Giancarlos Nachricht verarbeiten.

Er hatte die Reißleine gezogen, hatte sich von ihr getrennt. Schöne Scheiße. Sandra schluckte wütend die Tränen herunter. Sie musste ehrlich sein. Sie hatte von Anfang an gewusst, dass ihre Beziehung eine Affäre auf Zeit war. Natürlich hatte er sich für Francesca entschieden, als es hart auf hart kam.

Der warme Sommerwind und das Laufen taten Sandra gut. Dennoch fühlte sie sich mit einem Mal unendlich müde. Warum mussten sich alle Ereignisse, sowohl die beruflichen als auch die privaten, gleichzeitig überschlagen? Sandra setzte sich auf eine Parkbank und nahm den Duft der tropischen Blüten und der salzigen Luft, die vom Meer kam, wahr. Nach ein paar Minuten stand Sandra deutlich entspannter wieder auf und machte sich mit schnellen Schritten zurück zu ihrem Hotel.

Plötzlich überkam sie das Gefühl, verfolgt zu werden. Normalerweise hatte sie keinerlei Angst, wenn sie nachts allein unterwegs war. Schließlich war sie Polizistin. Doch nachdem sie diese alberne Drohung bekommen hatte, dass man wisse, wo sie wohne, wurde sie nun doch ein wenig nervös. Sie hielt an, und auch die Schritte hinter ihr verstummten. Sie lief weiter, die Hand auf ihrer Dienstwaffe, wechselte die Straßenseite. Ihr Verfolger wechselte ebenfalls die Straßenseite. Ihr Herz raste. Sollte sie ihn konfrontieren? Sich als Polizistin zu erkennen geben? Doch wäre das nicht ein komplettes Überreagieren? Kurz vor dem Hotel wurden die Schritte hinter ihr schneller.

Ich weiß, wo du wohnst. Sandra zog die Waffe und drehte sich um. Da sah sie ihren Verfolger im Scheinwerferlicht. Ein alter Mann um die sechzig, siebzig. Er wirkte angetrunken. Unauffällig ließ sie die Waffe zurück in das Holster gleiten. Der Typ schnalzte mit der Zunge und rief ihr ein paar „Komplimente" zu, falls man die sexistischen Anzüglichkeiten so nennen wollte. Und weg war er. Nichts von wegen Auflauern. Dem Arsch hatte es einfach Spaß gemacht, ihr Angst einzujagen. Er wollte sich stark fühlen. Nichts als eines dieser beschissenen sexistischen Machtspiele. Zum Kotzen. Sandra brauchte einen Moment, bis ihr Atem wieder gleichmäßig ging. Wieso war sie diesem Missverständnis aufgesessen? Als Polizistin hatte sie schon ganz andere Sachen weggesteckt, ohne sich in Aufregung versetzen zu lassen.

Als Sandra endlich im Hotel *Victoria* angekommen war, stürzte sie sich in die bunte Welt des Fernseh-Entertainments. Doch schon bald konnte sie sich nicht mehr auf die Bilder konzentrieren. Es half alles nichts. Sie nahm ihr Handy und scrollte sich durch Giancarlos alte Nachrichten.

Stopp! Tu dir das nicht an! Sandra ließ das Handy wieder sinken. *Lenk dich ab! Geh unter Leute!* In diesem Moment erinnerte sie sich an Anas Einladung zum Junggesellinnenabschied. Warum nicht? Alles besser, als allein im Hotelzimmer auf das Handy zu starren. Außerdem ... Bei der *Ladies' Night* gab es sicherlich genug zu trinken.

Es dauerte nicht lange, und schon stand sie, ohne weitere unliebsame Zwischenfälle, vor dem *Loco*, dessen Eingang von einem Pulk feierwütiger junger Leute belagert wurde.

„'tschuldigung", sagte Sandra nach rechts und links und drängte sich an dem Partyvolk vorbei in den Club. Erstaunlicherweise war es drinnen deutlich leerer als draußen. Sandra kannte das *Loco*. Sie mochte das abgerockte Interieur, es hatte was Ehrliches, Authentisches. Hier fühlte sie sich jedenfalls wesentlich wohler als im Hotelzimmer. Sie passierte einen Kicker und schlenderte bis nach hinten in Richtung Bühne. Der Typ an der Theke lächelte sie freundlich an. Sein Hals war wild tätowiert. Noch bevor Sandra bestellen konnte, hörte sie jemanden ihren Namen rufen. „Sandrita!"

Ana! Javiers Tochter hatte sie offensichtlich entdeckt und stürzte nun begeistert, eine Freundin im Schlepptau, auf sie zu. „Wie cool, dass du gekommen bist. Wir Mädels haben so viel Spaß."

„Einen Sekt für meine Freundin Sandra", rief sie dem Bartender zu. „Komm mit, wir sitzen alle da drüben vor der Bühne. Das hier ist übrigens Carla." Die beiden Frauen begrüßten sich.

„Carla hat gerade *Just the two of us* gesungen. Richtig gut klang das. *Mujer!* Das hast du echt gut drauf, Frau! Ich wusste gar nicht, dass du so eine gute Stimme hast."

Ana schob Sandra in Richtung Bühne. Dort saß ein Haufen junger Frauen, alle mindestens zehn Jahre jünger als Sandra. Ana zählte ihr unzählige Namen auf, die Sandra sofort wieder vergaß.

„*Guapa*, Hübsche, hier ist dein Sekt!" Jemand nahm dem Bartender den Kelch ab und reichte ihn an sie weiter.

„Auf Ana!", sagte Sandra, und alle prosteten Javiers Tochter zu.

„Chin-chin", sagte jemand, und die ganze Truppe stieß miteinander an.

„Wie heißt *salud* auf Deutsch?", fragte Carla.

„Gesundheit", antwortete Sandra. „Aber zum Anstoßen sagen wir *Prost*."

Die Spanierinnen versuchten das deutsche Wort auszusprechen und amüsierten sich dabei. „Komm, Sandra, du musst auch singen."

„Aber nein, Carla, das kann ich euch nicht antun. Im Gegensatz zu dir kann ich überhaupt nicht singen."

„Doch, doch, was Deutsches. Guck mal, ob du was auf der Liste findest."

„Muss das sein?"

Sandra blätterte sich durch die Liste mit den Karaoketiteln. Tatsächlich, da gab es eine Rubrik mit deutschen Songs. *Haus am See*, cool, aber zu schwer für sie.

Die Schule brennt. Wie krass, dass das in Spanien bekannt war. *Applaus, Applaus*, nee, das war nicht ihr Geschmack. *99 Luftballons*. Das könnte gehen. Nach drei Gläsern Rotwein ließ Sandra sich breitschlagen und versuchte sich an Nena. Anas Freundinnen klatschten, pfiffen und sangen den Refrain irgendwie lautmalerisch mit.

Danach rettete Ana sie, indem sie *Quédate*, einen der angesagten Club-Hits von Bizarrap & Quevedo, als Karaoke zum Besten gab. Alle schrien den Refrain bis zur Heiserkeit mit. In dem Trubel fiel Sandra plötzlich wieder Giancarlo ein. Sie vermisste ihn so sehr. Als das Lied zu Ende war, stand Carla mit zwei vollen Weinglasern neben ihr.

„Hast du eins übrig? Bin so durstig." Sandra merkte, dass sie bereits ein wenig lallte.

„Dann ist der *Tinto de Verano* das Richtige für dich." Sie pries den „Sommerwein", einen Mix aus Rotwein und Zitronenlimo, mit der übertriebenen Stimme einer Werbesprecherin an.

Auf einmal kam Sandra sich zu alt für den Junggesellinnenabend vor. Sie schaute auf die Uhr. Schon 2 Uhr morgens. Eine von Anas nüchternen Freundinnen bot ihr an, sie rasch mit dem Auto zu ihrem Hotel zu fahren. Sandra nahm dankend an. Netterweise half ihre Chauffeurin ihr auch noch dabei, die Treppen bis zu ihrem Dachzimmer hochzukommen.

An weitere Details konnte sich Sandra nicht mehr erinnern, als sie vollständig bekleidet, inklusive der Schuhe, um 10 Uhr am nächsten Morgen auf ihrem Hotelbett aufwachte. Sandras Kopf brummte. Sie kniff die

Augen zu und fischte nach ihrem Handy. Viele Nachrichten waren eingegangen. Lustige Fotos von Ana und ihren Freundinnen, ein peinliches Bild von ihrem *99-Luftballons*-Auftritt. Außerdem hatte Diego ihr eine Voicemail geschickt, um ein Treffen mit ihr zu verabreden. Sandra hörte nur halb zu. Dann entdeckte sie eine Textnachricht von Javier. Plötzlich war sie hellwach. Sie setzte sich auf. Gab es Neuigkeiten in dem Fall? Sie las Javiers Nachricht drei Mal hintereinander, ohne daraus schlau zu werden. Ihr Kollege bat sie, am Montag um 16 Uhr noch einmal Robyns Freundin Cara im Hotel *Parasol* zu vernehmen. Zusammen mit ihm. Als Grund gab er an, dass der Kunstlehrer, der wieder zurück nach Deutschland wollte, vage angedeutet habe, dass dem Mädchen nicht zu trauen sei. Was? Das klang alles hoch kompliziert. Sandra schrieb sich den Termin auf. Als Letztes ging sie auf Giancarlos Profilbild und schaute, ob eine Mitteilung von ihm eingegangen war. Fehlanzeige. Nichts. *Nada.* Giancarlo machte ernst. Aber auf ihrem Pol-Sol-Account war eine weitere direkte Nachricht an sie eingegangen. Schon wieder ein ihr unbekannter Account. Panisch überlegte Sandra, ob sie die Mitteilung öffnen sollte oder nicht. Ihre Neugier siegte.

Hallo Frau König, schreibe hier unter einem nick. Möchte nicht, dass Sie meinen Namen wissen. Gehöre zu der Gruppe aus Freiburg. Wollte Sie warnen. In der Clique von Robyn gibt's Psychos. Echte Psychos. Wir haben alle Angst vor denen. Sie müssen da was gegen tun.

Kapitel neunundvierzig

Javier

Die letzten Tage waren hart gewesen, zumal Javier nicht vorgehabt hatte, vor Anas Hochzeit nonstop durchzuarbeiten. Doch so ein Ermittlungsmarathon gegen Ende eines Falls war durchaus üblich. Manchmal hatten er und seine Kollegen einfach keine andere Wahl. Das Ganze hatte aber auch etwas Gutes. Immerhin hatte er mittlerweile schon so viele Überstunden angesammelt, dass er zwar nachmittags noch einmal zur Dienststelle musste, sich aber zumindest den Samstagmorgen freinehmen konnte. Spontan lud er Inma zum Frühstück ein.

Eine Stunde später trafen sie sich auf der Außenterrasse eines Cafés in der Altstadt von Málaga und genossen es, gemütlich vom Tisch im Schatten aus, das Treiben um sie herum zu beobachten. Javier bestrich seinen Toast gerade mit *tomate rallado*, dem frisch geriebenen kalten Tomatenmus, das er so liebte, als Inma sich nach Anas Hochzeit erkundigte.

„Ich habe mir den Tag übermorgen frei gehalten, aber so allmählich würde selbst ich gerne wissen, wo und wie deine Tochter zu feiern gedenkt."

„Puh, da bin ich erleichtert, dass du das auch so siehst. Es hat mich wahnsinnig gemacht, dass Ana nichts geplant hat. Immerhin hat sie mich gestern am späten Abend endlich in ihre Pläne eingeweiht."

Inma warf Javier einen kurzen interessierten Blick zu, auf ihrer Stirn kräuselten sich wieder ihre typischen Falten.

„Vormittags um 11 Uhr findet die standesamtliche Trauung statt. Da die beiden das lediglich als Formalität betrachten, möchten sie da niemanden mit dabeihaben."

„Mit niemanden meinen sie vermutlich Familienmitglieder." Inma probierte ihren frisch gepressten Orangensaft und fächerte sich frischen Wind zu.

„Das nehme ich auch an. Ich habe nicht weiter nachgefragt."

„Gut gemacht, Javier." Inma legte ihre Hand auf seine.

„Ich lerne dazu ...", sagte er grinsend. „Jedenfalls beginnt um 14 Uhr die Hochzeitsfeier am Strand von Malagueta."

„Ein Strandfest? Jetzt bin ich baff."

„Ja, Anas und Abdels Freunde aus Madrid und Málaga kümmern sich um alles: Aufbau, Deko und Programm. Das Brautpaar hat lediglich Getränke organisiert, das Essen wird von den Gästen selbst mitgebracht. Es soll völlig ungezwungen zugehen ... Sag nichts!" Javier hätte es nicht ertragen, wenn Inma ihm jetzt seine ursprüngliche Idee eines luxuriösen Überraschungsabendessens in Ramóns Restaurant unter die Nase gerieben hätte.

„Ich sag doch gar nichts. Jedes Paar soll so feiern, wie es das möchte. Eine Hochzeitsfeier unter Palmen wäre zwar nicht meins, aber ich kann mir das durchaus als gelungen und schön vorstellen. Was schenkst du ihnen denn jetzt eigentlich?“

Javier nahm, mit einem Mal entsetzlich nervös, einen Schluck Kaffee, bevor er antwortete: „Eine nächtliche Jachtfahrt für das Brautpaar und eine anschließende Übernachtung in Ramóns Flitterwochensuite.“ Er blickte erst auf seine Tasse und dann in Inmas Gesicht. Erleichtert sah er, dass sie lächelte.

„Was für eine nette Idee. Ein romantischer Abend auf einer gecharterten Jacht nur zu zweit. Das gefällt den beiden sicherlich.“

Javier hielt erstaunt inne. „Du findest meine Idee also gut?“

„Unbedingt.“ Inma streichelte sanft Javiers Wange und legte ihre Hand dann auf seinem Unterarm ab. „Meiner Meinung nach passen die beiden wunderbar zusammen. Ich glaube, sie werden eine lange und glückliche Ehe führen.“

„Ich kann mir das immer noch nicht vorstellen. Keiner von beiden ist beruflich abgesichert.“

„Ach, die machen das schon. Schließlich kennen sie sich schon recht lange. Und das mit den Berufen ist heute sowieso anders als bei uns früher. Aber natürlich kann ich dich gut verstehen. Bei meinen Jungs habe ich auch so meine Schwierigkeiten gehabt, als sie ihre eigenen Wege gehen wollten. Na ja, schon seltsam zu sehen, wie unsere Kinder immer älter werden. Stell dir mal vor: Irgendwann werden wir uns dann vielleicht sogar um unsere Enkelkinder kümmern.“

Javier aß seinen Toast zu Ende und sagte nichts. „Inma“, gestand er dann. „Ich bin so nervös, als würde ich selbst heiraten.“

„Hmmm“, antwortete sie und grinste. „Soweit ich weiß, hat Ana auch deine deutsche Kollegin Sandra zur Feier eingeladen. Plus eins, glaube ich.“

„Da weißt du mehr als ich. Plus eins? Sagt man das so? Meinst du, Sandra bringt noch jemanden mit?“

„Dazu kenne ich sie nicht gut genug. Aber hast du mir nicht erzählt, sie sei mit einem italienischen Polizisten im Urlaub gewesen, als du sie gebeten hast, nach Marbella zu kommen?“

Auch wenn es Javier schwerfiel, sagte er nichts, sondern zuckte nur diskret mit den Schultern.

Kapitel fünfzig

Samstag, den 27. Juni, 16 Uhr

Sandra

Sandra stand vor dem Frühstücksraum im Hotel *Parasol* und wartete auf Javier. Wo blieb er denn nur? Sie war bereits vor fünfzehn Minuten angekommen. Cara hatte sich schon im Frühstücksraum eingefunden und unterhielt sich mit Betül. Sandra hatte sich um Small Talk mit den beiden Schülerinnen bemüht. Zum Glück war es erstaunlich einfach gewesen, mit Betül ins Gespräch zu kommen, da sie sehr zugänglich war. Aus Cara hingegen hatte sie keinen Ton herausbekommen. Als Betül Sandra irgendwann allein mit Cara stehen ließ, prallten sämtliche Konversationsbemühungen an der jungen Frau ab. Sie war eine harte Nuss. Ob sie diejenige war, die von einigen aus der Schülergruppe als „psycho" bezeichnet wurde? Oder war sie einfach nur introvertiert und trauerte um ihre beste Freundin? Nervös schaute Sandra erneut auf die Uhr. Immer noch kein Zeichen von Javier. Offensichtlich verspätete er sich. Das konnte sie ihm jedoch nicht verdenken. Schließlich würde am Montag die Hochzeit seiner

Tochter stattfinden. *Okay,* dachte sich Sandra, *dann fange ich schon einmal allein an.*

„Cara, ich würde jetzt gerne unser Gespräch beginnen. Mein Kollege wird sicherlich gleich zu uns stoßen. Werden Sie heute wieder von der Psychologin begleitet?"

Cara schüttelte den Kopf.

„Sie kennen das Prozedere bereits. Ich würde unsere Unterhaltung wieder gerne aufzeichnen, wenn Sie nichts dagegen haben."

„Machen Sie ruhig." Die Schülerin wirkte so reserviert und abweisend, dass Sandra sofort schamlos in die Vollen ging. „Sagen Sie, Cara: Denken Sie oft an Robyn?"

Die junge Frau antwortete nicht, sondern sah die Oberkommissarin nur vorwurfsvoll an. Doch Sandra ließ diesen Blick an sich abprallen, indem sie sich ablenkte und an etwas anderes dachte. Sie überlegte sich gerade, was sie zu Anas Hochzeit tragen sollte, als Cara reagierte. Sie zuckte mit den Schultern. „Weiß nicht. Ich versuche Robyn zu vergessen und weiterzumachen. Abi und so."

„Und so", hakte Sandra gleich nach. „Haben Sie bereits Pläne für die Zeit nach der Schule?"

„Mappen vorbereiten. Kunst studieren."

„Vielleicht möchten Sie sich auf ein Stipendium bewerben, wie Ihr Freund?"

Cara sah Sandra lange an. Ihr Blick hatte etwas Unheimliches. Lag es daran, dass sie nicht blinzelte? Jedenfalls kam es Sandra so vor, als würden sich Caras Augen auf der Suche danach, was die Polizei bereits wusste, direkt in ihr Hirn hineinbohren. Was für eine

Erleichterung, als Cara endlich den Blick senkte! „Vielleicht."

„Wäre doch besser, als eine Beziehung auf Distanz zu führen. Ich habe gehört, Sie und Till sind schon länger ein Paar."

„Von wem?" Das Mädchen platzte fast vor Misstrauen. Sandra hatte das Gefühl, die psychologische Wand, die Cara zwischen ihnen aufgebaut hatte, tatsächlich berühren zu können. Was sollte sie tun, um Cara zum Sprechen zu bewegen? Das letzte Mal hatten Provokationen recht gut funktioniert. Dann also Vorhang auf.

„Stimmt das etwa nicht? Wer weiß ...", setzte Sandra noch einen drauf. „Vielleicht werden Sie und Till eines Tages heiraten."

„Dann glauben Sie das mal!", antwortete Cara voller Verachtung, und für einen kurzen Moment entglitt der Schülerin ihr Pokerface.

Till ist der Hebel, dachte Sandra, *nur mit ihm können wir ihre Fassade aufbrechen. Doch wie?* Sandra war froh, als sie Javier um die Ecke biegen sah. Plötzlich beugte Cara sich vor und nuschelte etwas, das Sandra nicht richtig verstand. Hatte sie wirklich gesagt: „Sie nehmen Ehen doch selbst nicht ernst."?

Kapitel einundfünfzig

Samstag, den 27. Juni, 17 Uhr

Javier

Javier durchquerte den Frühstücksraum und nahm neben Sandra und Cara Platz. „Stau", entschuldigte er sich. Sandras Gesicht sprach Bände. Sie sah genervt und verwirrt aus, war augenscheinlich keinen Schritt weitergekommen. Vielleicht litt sie auch noch unter einem Kater von Anas Junggesellinnenabschied.

„Hör mal", sagte sie, „gut, dass du jetzt da bist. Ich bin nicht an das Mädchen herangekommen. Sie hat mich immer wieder ins Leere laufen lassen, und eben hat sie noch etwas Komisches geflüstert, das ich aber nicht ganz verstanden habe."

„Okay, dann bin ich jetzt dran. Kannst du bitte meine Fragen übersetzen?"

Sandra nickte.

„Cara, Ihr Kunstlehrer hat mir von den Täuschungsversuchen erzählt."

Sandra übersetzte. Die Schülerin blickte ihn erstaunt an.

„Nein, ich habe nicht geschummelt. Herr Martins hat da etwas falsch verstanden."

„Und was ist mit den Karikaturen, die Sie am Rand der Klausuren angefertigt haben? Herr Martins meinte, dass Ihre Bilder außergewöhnlich grausam und brutal gewesen seien.“

„Ja, das hat er mir auch gesagt. Sehr zu meiner Verwunderung. *Sex & Crime.* Als ob das etwas Besonderes wäre. Die gesamte Kunstwelt beschäftigt sich damit.“

Javier ärgerte die Kaltschnäuzigkeit der Schülerin. Er dachte an den letzten Artikel von Frau Blasco, der Pressefrau. Die Reporterin hatte behauptet, dass die heutige Generation keine Grenzen mehr respektiere und infolgedessen auch staatliche Institutionen wie zum Beispiel die Polizei prinzipiell infrage stelle. Was für eine verdrehte Welt! Tja, und Cara vertrat anscheinend dieselbe Denkweise. Er schaltete einen Gang höher. „Cara, wo ist Robyns Adrenalin-Pen?“

Cara schaute ihn unbewegt an und antwortete etwas in einem nichtssagenden Tonfall. Noch bevor Sandra die Antwort übersetzte, hatte Javier ihre Strategie begriffen. Natürlich stellte sie sich dumm.

„Das SOS-Notfallpack, das Ihre Freundin immer bei sich hatte. Robyns Mutter hat Sie als beste Freundin noch vor der Klassenfahrt gebeten, ein Auge darauf zu haben.“

„Kann sein. Ich erinnere mich nicht mehr.“

„Und Ihr Freund, Till, wusste der davon?“

„Das müssen Sie *ihn* fragen.“

Und so ging es in einem fort. Cara ging auf keinen Punkt ein, zu dem er sie befragte. Sie sagte nur das Nötigste und wiederholte mit eigenen Worten lediglich das, was sie schon wussten.

„Okay, das war es dann für heute.“ Er ließ sie gehen.

Sandra wartete, bis die Schülerin außer Hörweite war. „Mann, was für ein Kraftakt! Dieses Gespräch hat uns kein bisschen weitergebracht."

„Das sehe ich auch so. Komplette Fehlanzeige."

„Sie ist klug."

„Ja, das hat mir der Lehrer auch gesagt. Wir brauchen etwas gegen sie. Irgendetwas, mit dem wir sie unter Druck setzen können. Ich werde mir da etwas überlegen. Alles klar, du kannst dir jetzt freinehmen, wenn du willst."

„Du musst dir auch nicht allein irgendetwas Raffiniertes überlegen, Javier. Wir sind ein Team, schon vergessen? Es wurmt mich ebenfalls, dass wir nicht weiterkommen. Na ja, wie dem auch sei. Als Erstes werde ich jetzt nach Málaga fahren. Ich hab da noch was vor." Sandra spielte nervös mit ihrem Ohrring.

„Ich auch", sagte Javier. „Es ist wieder ein wunderbarer Samstagnachmittag, wie dafür geschaffen, meinem Kumpel Ramón einen Besuch abzustatten. Also, bis später."

Sandra lachte und winkte ihm, während sie den Raum verließ, kurz zu.

Madre mía, was sollten sie nur tun? Sie steckten fest. Da war nicht dran zu rütteln, das musste er akzeptieren. Nun denn. Dann würde der Fall eben vorerst ungelöst bleiben. Zumindest so lange, bis Ana geheiratet hatte. Und nun würde er an Ramóns Büro vorbeigehen und sich sein Jammern anhören.

Ruckartig stand der *Comisario Principal* auf und verließ den Frühstücksraum, der von den Deutschen eher als ein „multifunktionaler Aufenthaltsraum" genutzt wurde.

„Javier", schallte es durch den Korridor. Unverkennbar Ramóns Stimme. Javier blieb stehen. „Hallo, Ramón, was gibt's? Ich wollte auch gerade zu dir."

„Es gibt tatsächlich Neuigkeiten!" Ramón strahlte. Zusammen gingen sie in Ramóns Büro. Eine Servicekraft brachte ihnen kurz darauf zwei Becher Kaffee und einen gekonnt dekorierten Teller mit Gebäck. Als Javier sich ein kleines Schokoladencroissant nahm, hielt er kurz inne. Er erinnerte sich an den Obduktionsbericht. Robyns Mageninhalt. Der Verdacht, dass das Mädchen an einem mit Nüssen kontaminierten Muffin gestorben war. Trotzig biss Javier in das Gebäck. Er durfte es nicht zulassen, künftig bei allen Süßigkeiten, die er sich gönnte, an die tote Schülerin zu denken.

„Dein Tipp war sehr hilfreich", begeisterte sich Ramón, „ich werde dir ewig dankbar sein."

Javier hatte keine Ahnung, wovon sein Bekannter sprach. Außerdem war er skeptisch, was das Auf und Ab von Ramóns Launen anging.

„Ich bin zu den Treffen der Hoteliers von Marbella gegangen. Jede zweite Woche treffen wir uns in einem Club am Strand. Ein edles Ding, sag ich dir."

Komm zum Punkt, dachte Javier genervt und leerte seinen Kaffee demonstrativ mit einem Riesenschluck.

„Wir unterstützen uns gegenseitig. Das hatte ich erst nicht erwartet. Ich meine, im Grunde genommen sind wir doch alle Konkurrenten, aber … es funktioniert. Meine Kollegen haben sofort meine Situation verstanden und erzählten von ähnlichen Vorkommnissen. Wenn auch nicht so extrem. Jedenfalls haben sie mir neue Kunden verschafft. Internationalen Reisegruppen, die sie nicht mehr unterbringen konnten, haben sie mein Hotel empfohlen, und so werden ich ab nächster Woche für vier Wochen ein volles Haus haben.“ Ramón war nicht zu bremsen. Beseelt zählte er jede Menge uninteressanter Details auf. Endlich kam er zum Schluss. „... und dann mehrere britische Reisegäste für insgesamt drei Wochen. Javier, es geht aufwärts. Die Balkonabstände sind so, wie sie sein sollen, der Lebensmittel- und Hygieneinspektor hat nichts zu beanstanden, und in den nächsten Wochen sind wir ausgebucht mit gut betuchten Gästen.“

„Glückwunsch, Ramón“, sagte Javier schnell, bevor der Hoteldirektor ein weiteres Mal die verschiedenen Gästegruppen einzeln auflistete. „Ich freue mich sehr für dich. Außerdem bringst du mich auf eine Idee. Weißt du, ob deine Konditoren auch samstags, genauer gesagt jetzt, im Haus sind?“

Seine Frage brachte Ramón aus dem Konzept. Aber nur für einen kurzen Moment. „Ja, sind sie. Das heißt, wir haben nur eine Konditorin, und die findest du in der Küche.“

„In Ordnung, dann gehe ich da gleich einmal hin. Vorher wollte ich dich noch fragen, ob alles geregelt ist mit meinem kleinen Hochzeitsgeschenk für Ana.“

„Du meinst unsere Flitterwochensuite?“

Javier nickte und dachte daran, dass Ana gestrahlt hatte und selbst die kritische Inma seine Geschenkidee für gut befunden hatte.

„Na klar, steht alles bereit. Wenn du magst, kann ich sie dir gleich einmal zeigen. Natürlich fehlen noch die letzten Kleinigkeiten wie Sekt, Rosen, Pralinés.“

„*Vale.* Ich nehme dein Angebot gern an", sagte Javier
schließlich und folgte Ramón. Er wollte den Fall für einen Moment ausblenden und sich stattdessen auf sein
Privatleben besinnen. Als er im Türrahmen der Suite
stand, wurden seine Augen feucht. *Dios mío*, was war er
für ein rührseliger alter Esel! Aber die Suite sah wirklich fantastisch aus.

Kapitel zweiundfünfzig

Samstag, den 27. Juni, 17.30 Uhr

Sandra

Wie schnell sich Herzensdinge wandeln konnten. Sandra war verwundert über das, was in ihr vorging. Irgendwie hatte sich da etwas, aus Liebeskummer oder warum auch immer, zwischen ihr und Diego entwickelt. Ungeplant, unverhofft, vielleicht sogar unmoralisch, so kurz nach ihrer Zeit mit Giancarlo. Wann genau es angefangen hatte, konnte sie nicht sagen. Schon bei der ersten SUP-Stunde hatte die Chemie gestimmt, dann das Fest am Bootsschuppen. Was genau es war, darüber wollte sie gar nicht länger nachdenken. Sie wollte es nur genießen, denn das Zusammensein mit Diego war einfach nur unbeschwert und megaschön. Und so hatte Sandra beschlossen, Diego an ihrem freien Samstagnachmittag einen ihrer Lieblingsplätze in Málaga zu zeigen: den Kiefernwald. Sie wusste, dass ihr SUP-Coach, im Gegensatz zu Giancarlo, der durch und durch ein Großstadtmensch war, durchaus auch einen Sinn für friedliche Naturlandschaften hatte. Sie würde ihm nicht erst umständlich erklären müssen, warum es ihr im Wald so gut gefiel.

Und tatsächlich. Diego war hin und weg, als sie zusammen Händchen haltend durch den Kiefernwald schlenderten und sich zwischendurch immer wieder küssten. Es roch wunderbar aromatisch, und die Bäume ließen die unerträglich heißen Stadttemperaturen glatt um gefühlte zehn Grad fallen, sodass man sich ohne Weiteres auch am Nachmittag draußen aufhalten konnte. An einem romantischen Ort packte Diego eine alte, schon etwas ramponiert aussehende Picknickdecke aus und zauberte anschließend allerlei Leckereien aus dem Rucksack. Käse, Oliven, Rotwein ... Sandra lief das Wasser im Mund zusammen. Diegos Essen war so köstlich, wie es aussah.

Nachdem sie sich vollgefuttert hatte, bettete Sandra ihren Kopf auf Diegos Schoß, der wiederum mit dem Rücken an einen Baumstamm lehnte. Sie schloss die Augen und döste einen Moment weg. Sie hatte die letzten Nächte im Hotel nur schlecht geschlafen. Doch hier an ihrem Zufluchtsort zusammen mit Diego fühlte sie sich geborgen. Ganz anders als Giancarlo übte Diego keinerlei Druck aus. Das Nächste, was sie mitbekam, war, dass Diego ihr über die Wange strich. „Aufwachen, Sandra.“

Sie riss erschrocken die Augen auf. „Wie spät ist es?“

„Du bist nur ein paar Minuten weggenickt, keine Sorge.“

„Ich fühle mich so wohl mit dir.“ Sie gab ihm einen Kuss.

„Ich mich auch mit dir.“

„Sollen wir's zusammen versuchen?“ Sandras Herz klopfte heftig. Die Frage war ihr einfach so über die Lippen gekommen.

„Tun wir doch bereits." Diego spielte mit Sandras
Haar. „Ich sprech immer als ‚meine Freundin' von dir."

Etwas später liefen sie in die Altstadt zurück und
stärkten sich noch einmal in einer Tapasbar. Auch
wenn Sandra glücklich verliebt war, musste sie ununterbrochen gähnen. Sie fühlte sich wie erschlagen. Ursprünglich wollten sie noch zusammen ins Kino gehen,
doch jetzt nahm sie Diegos Vorschlag, sie erst noch zum
Victoria zu begleiten und dann allein ins Kino zu gehen,
dankbar an. Der Fall setzte Sandra eindeutig mehr zu,
als sie wahrhaben wollte.

Kapitel dreiundfünfzig

Javier

Javier ließ sich von Ramón den Weg zur Hotelküche beschreiben. „Könntest du der Bäckerin bitte ausrichten lassen, dass ich sie gleich treffen möchte?" Der Hoteldirektor nickte. „Kein Problem, ich sag Frau Oviedo, der Konditorin, gleich Bescheid. Du kannst dich ruhig schon auf den Weg machen." Javier verließ Ramóns Büro, lief den Korridor hinunter und bog zweimal scharf rechts ab. Schon stand er vor der Tür des Küchentrakts, zu dem Hotelgäste keinen Zutritt hatten. Gerade als Javier die Klingel betätigen wollte, öffnete sich die Tür und eine mittelalte Frau trat heraus.

„Buenas noches", begrüßte Javier die Angestellte in Arbeitskleidung. „Sind Sie Frau Oviedo, die Bäckerin?"

Die Frau nickte. „Patisserie und Desserts."

Javier stellte sich vor und zeigte ihr seinen Polizeiausweis. Dann steuerte er auf eine Sitzbank zu. „Wollen wir uns setzen?" Er wartete, bis die Konditorin Platz genommen hatte, und setzte sich dann neben sie. „Danke, dass Sie sich Zeit für ein kurzes Gespräch nehmen, Frau Oviedo."

„Schon gut, das Gebäck ist im Ofen. Ich kann jetzt ein paar Minuten erübrigen. Was gibt's?"

Javier hatte sich nicht überlegt, wie er anfangen wollte. Etwas ungeschickt sagte er das Erstbeste, das ihm einfiel. „Sie haben es sicher schon gehört. Ich komme wegen der Blaubeermuffins."

„Wieso das? Ich habe doch schon mit diesem Herrn vom Gesundheitsamt gesprochen. Alles in Ordnung. Was wollen Sie denn noch?"

„Ich will Ihnen nichts, das mit den Hygienevorwürfen ist ja bereits geklärt. Ich habe Ihre Blaubeermuffins letztens übrigens selbst gegessen. Ganz wunderbar, wirklich etwas Besonderes." Frau Oviedo sah ihn misstrauisch an, und Javier kam sofort auf den Punkt. „Es geht mir um das verstorbene deutsche Mädchen. Ich dachte mir nur, dass Sie das tote Schulmädchen vielleicht ab und zu gesehen haben."

„Ach so. Das tote Schulmädchen. Üble Sache." Frau Oviedo schien sich etwas zu entspannen.

„Kannten Sie sie?"

„Ich habe sie beim Befüllen der Desserttheke öfter mal gesehen. Ein hübsches Mädchen. Sie hatte so schöne lange blonde Haare, aber hässlichen Nagellack." Sie fuhr sich kurz über ihr Haarnetz, bevor sie fortfuhr. „Jedenfalls hat sie die Blaubeermuffins geliebt. Ich glaube, sie hat sie jeden Abend zum Nachtisch gegessen." Sie kicherte kurz. „Manchmal hat sie sogar ihre dunkelhaarige Freundin gebeten, ihr für abends noch zusätzlichen Nachschub zu besorgen."

„Diese Freundin?" Javier zeigte ihr ein Foto von Cara.

„Ja, genau die", sagte die Bäckerin. „Entschuldigen Sie bitte, aber ich muss mal einen Schluck Wasser trinken. Drinnen ist es so heiß wie in der Hölle."

„Natürlich." Erst jetzt bemerkte Javier, dass Frau Oviedo eine Wasserflasche in der Hand hielt. Sie öffnete den Verschluss und nahm gierig einen großen Schluck Wasser. Javier nutzte den Moment, um sich in Ruhe ein Bild von der Bäckerin zu machen. Die Haare akkurat vom Haarnetz bedeckt, weißer, gebügelter Kittel, blitzblanke Hände. Durch und durch zuverlässig.

„Und, ist Ihnen sonst noch etwas aufgefallen?", brachte Javier das Gespräch wieder in Gang, als Frau Oviedo die Flasche zudrehte.

„Ich hab damals schon vermutet, dass das blonde Mädchen eine Lebensmittelallergie hatte, denn sie hat immer sehr genau ausgewählte Speisen auf ihr Tablett gestellt. Und am Anfang ihres Aufenthalts hat sie sich auch einmal nach den Zutaten von irgendeinem Dessert erkundigt. Ich habe ihr dann unsere Karte mit den Allergenen gezeigt."

„Sie haben sicherlich schon gehört, dass es die ...", Javier hielt inne und suchte nach den passenden Worten „... Vermutung gegeben hat, dass in den Blaubeermuffins vielleicht doch eine Spur von Nussmehl ..."

„Unsinn", unterbrach ihn die Konditorin. „Eine echte Frechheit. Genau an dem Tag des Unglücks habe ich sogar noch ein Interview für die lokale Hotellerie-Zeitschrift gegeben. Sie glauben doch nicht wirklich, dass ich da aus Versehen Nussmehl in den Muffinteig rühre. Das ist doch an den Haaren herbeigezogen."

„Ich verstehe, was Sie sagen wollen."

„Ob Sie das verstehen oder nicht, ist mir völlig egal. Da gab es keine Nüsse. Und jetzt ist meine Pause auch schon so gut wie um.“

„Okay, nur noch eine Frage. Der Vorfall mit dem deutschen Mädchen hat sich letzten Mittwoch ereignet. Können Sie sich noch erinnern, ob die blonde Schülerin sich da einen Blaubeermuffin an der Desserttheke genommen hat? Vielleicht hat auch ihre Freundin ihr einen mitgebracht?“

„Lassen Sie mich überlegen. Nein, die Blonde war am Mittwochabend nicht beim Abendessen, die Dunkelhaarige schon. Ja, ich erinnere mich ganz genau: Die Dunkelhaarige von dem Foto hat wieder einmal einen Extra-Muffin mit aufs Zimmer genommen. Die Mädchen waren nett. Denen habe ich das durchgehen lassen, obwohl die Gäste eigentlich keine Speisen mit hochnehmen dürfen. Ob sie ihn selbst gegessen oder der Freundin mitgebracht hat, kann ich Ihnen natürlich nicht sagen.“ Frau Oviedo hörte auf zu sprechen und tippte sich mit dem Zeigefinger leicht auf die Lippe. „Lassen Sie mich noch mal nachdenken. Ja, die Freundin wirkte auch etwas ungeduldig an besagtem Abend, so als ob sie in Eile wäre, noch etwas vorhabe. Aber mehr kann ich Ihnen nicht sagen.“

„Damit haben Sie mir wirklich sehr geholfen. Da will ich Sie auch gar nicht länger aufhalten, Frau Oviedo. Und ich muss es noch einmal sagen: Ihre Blaubeermuffins schmecken wirklich hervorragend. Schokoladig und fruchtig zugleich.“

„Danke, *Comisario Principal*.“ Sie stand auf und schenkte ihm diesmal ein aufrichtiges Lächeln. „Ich geh dann jetzt mal.“ Bevor sie durch die Tür verschwand, drehte sie sich noch einmal und lächelte Javier zu.

Kapitel vierundfünfzig

Samstag, den 27. Juni, 20 Uhr

Sandra

Es war wie verhext. Während Sandra im Wald auf Diegos Schoß problemlos eingeschlafen war, kam sie in ihrem Zimmer nicht zur Ruhe. Um sich abzulenken, holte sie ihr Handy hervor und checkte ihre Social-Media-Accounts. Und es funktionierte. Sie entspannte sich und kam auf andere Gedanken. Sie hüpfte von einem Post zum nächsten, sah sich Filmchen an und las alle möglichen interessanten und amüsanten Beiträge. Spaßeshalber ging sie kurz vor dem Schlafengehen noch einmal auf die Website der Kölner Polizei und schaute sich die Rubrik *Offene Stellen* an. Das durfte doch nicht wahr sein! Die suchten, männlich, weiblich, divers, jemanden für Social Media und Öffentlichkeitsarbeit, eine halbe Beförderungsstelle.

Unsinn, bremste sie sich. Dafür war sie nicht gut genug. Doch dann sah sie den Vermerk:

*Interne Trainingseinheiten und Fortbildungen für Neu- und Quereinsteiger*innen möglich.*

Jetzt gab es für Sandra kein Halten mehr. Ihre Finger
gingen automatisch auf den Button „Bewerben".

Kapitel fünfundfünfzig

Javier

Schlecht gelaunt saß Javier in seinem Büro und ärgerte sich, dass er in dem Fall nicht weiterkam. Neben ihm stapelten sich die gebrauchten Espressotassen. Während er mit dem Kuli auf der Zeitung herumkritzelte, klingelte das Telefon. Sofía fragte, ob sie ihm einen Anruf von Frau Bauer durchstellen dürfte. Ungehalten begrüßte er die Mathelehrerin.

„Guten Abend, Herr Sánchez. Hören Sie, wir planen gerade das Tagesprogramm für morgen. Wissen Sie, wir versuchen unsere Schüler beschäftigt zu halten und dachten an einen Tagesausflug. Könnten Sie uns einen Tipp geben?“

Ausflugstipps? Javier konnte nicht glauben, was er da hörte. Er war der *Comisario Principal* und kein Reiseführer. Allerdings ... Javier versuchte es mit Galgenhumor. Wäre er entgegenkommend, könnte er das der Staatsanwältin später vielleicht sogar als persönliches Engagement für die deutsch-spanische Freundschaft verkaufen. „Hm, soweit ich informiert bin, haben Ihre Schüler die berühmtesten Sehenswürdigkeiten von

Málaga bereits besichtigt. Aber wie wäre es mit einem Ausflug zu den weißen Dörfern?"

„Weiße Dörfer?" Die Mathelehrerin biss sofort an. „Das hört sich faszinierend an. Was sind das denn genau?"

„Es handelt sich um etwa dreißig Bergdörfer. Sie sind sehr malerisch gelegen. Die Wände sind weiß gekalkt, und die Einwohner schmücken die Straßen mit bunten Blumentöpfen."

„Das klingt wunderschön. Und ist eines dieser Dörfer halbwegs gut zu erreichen?"

„Ronda ist für einen Tagesausflug besonders empfehlenswert. Es liegt auf einem Felsplateau. Das entbehrt nicht einer gewissen Dramatik und wird Ihren Schülern bestimmt gefallen."

„Das könnte tatsächlich eine gute Idee sein." Ohne noch ein weiteres Wort zu sagen, hatte Frau Bauer bereits aufgelegt. Javier starrte fassungslos den Hörer an. Seit wann verabschiedete man sich nicht mehr?

Kapitel sechsundfünfzig

Sonntag, den 28. Juni, 10 Uhr

Sandra

Sandra saß in der Dienststelle vor Javiers Computer und starrte in einer seltsamen Mischung aus Müdigkeit und Konzentration vor sich hin. Sie legte ein neues Dokument an, folgte ihrem Bauchgefühl und tippte „Freundesclique" als Überschrift. Sandra wusste nicht genau, warum, aber sie hätte schwören können, dass sie im Umfeld von Robyns Freundinnen und Freunden auf den wahren Grund für den Mord stoßen würde. Das war die Spur, der sie folgen musste. Nachdenklich öffnete sie die oberste Schublade, in der Javier die beschlagnahmten Schülerhandys aufbewahrte. Sandra legte die Smartphones vorsichtig nebeneinander auf die Schreibtischplatte.

Okay, auf ein Neues, sagte sie sich. Handy für Handy ging sie alle Fotos, Beiträge, Chats und Videos durch, die in Spanien entstanden waren. Systematisch überprüfte sie alle geplanten, gelöschten und veröffentlichten Beiträge. Dabei fiel ihr auf, dass sie einige Ausdrücke in den Einträgen nicht ganz verstand. Die moderne

Jugendsprache war ihr fremd. „Digga" und „Yolo" stellten kein Problem für sie dar. Die kannte sie noch. Aber was bedeuteten Ausdrücke wie „auf dein Nacken", „sheesh", „cap" und „Mois"? Doch nicht nur einzelne Formulierungen waren ihr unbekannt. Noch komplizierter wurde es, wenn sich die Schülerinnen und Schüler in irgendwelchen Anspielungen ergingen. Da war beispielsweise die Rede von einem Spiel namens „dare and drug". Davon hatte Sandra noch nie gehört. Dann gab es dazu auch noch zahlreiche Anspielungen auf irgendwelche Challenges, Songtexte oder Memes, die ihr unbekannt waren. Das Ganze war wie eine Fremdsprache. Und sie erfüllte ihren Zweck: Die Jugendlichen verstanden sich bestens, während Erwachsene wie sie außen vor blieben. Dafür hatte Sandra im Prinzip Verständnis, denn das war in ihrer Jugend ähnlich gewesen. Doch im Moment war ihre Unkenntnis der heutigen Jugend- beziehungsweise Netzsprache ein Hindernis, das ihre Mordermittlungen verzögerte. Allein würde sie nicht weiterkommen. Wen konnte sie um Hilfe bitten?

Ihre Kollegin Julia? Nein, sie war ebenso außen vor wie sie selbst. Irgendwelche Bekannten mit Kindern, die mittlerweile das Teenageralter erreicht hatten? Auch nicht unbedingt Erfolg versprechend. Als ob ihre Eltern sie damals verstanden hätten! In diesem Moment klingelte das Telefon. Javiers Sekretärin.

„*Hola* Sandra", begrüßte Sofía Sandra freundlich. „Hör mal, ich habe Frau Blasco in der Leitung. Du weißt schon, die Journalistin. Sie möchte gern mit euch sprechen."

„Okay, stell sie ruhig zu mir durch." Sandra schöpfte Hoffnung. Frau Blasco. Vielleicht konnte die Reporterin ihr weiterhelfen.

„Hallo, Frau König. Ich rufe an, um zu hören, ob es etwas Neues in dem Fall mit der deutschen Schülerin gibt."

Sandra wiegelte ab, gab schwammige Antworten. Sie wollte nicht, dass zu früh etwas von ihren Ermittlungsergebnissen an die ehemalige Sensationsjournalistin durchsickerte. Gleichzeitig versuchte Sandra ihre Chance zu nutzen. Wie zufällig kam sie auf ihr eigenes Thema zu sprechen. „Ach, übrigens ...", fing sie an. Dann stockte sie und griff zu einer Notlüge, da sie Frau Blasco nach wie vor nicht über den Weg traute. „Ich lese gerade so ein Buch über die Jugend von heute."

„Ja?", fragte die Reporterin gleich eifrig nach.

Sandra grinste und brachte sofort ihre erste Frage unter. „Haben Sie schon einmal von *dare and drug* oder von einem *social media dare* gehört?" Sandra wartete einen Moment und hörte dann ein *„Claro ques sí"*.

„Prima. Können Sie mir das erklären?"

„Das ist einfach. Alle Begriffe, die Sie genannt gaben, sind Abwandlungen des Partyspiels ‚Wahrheit oder Pflicht'. Bei *drug and dare* werden Fragen zum Drogenkonsum gestellt, die ehrlich beantwortet werden müssen, und bei einem *social media dare* dreht sich alles um das Internet."

„Können Sie mir ein Beispiel nennen?"

„Gern. Stellen Sie sich das so vor, dass Ihnen ein Bekannter sein Handy und sein Passwort gibt und Sie dann auf seinen Accounts irgendetwas unter seinem Namen posten."

„Und was postet man dann?“

„Liebeserklärungen, Zoten, Beleidigungen, peinliche Fotos.“

„Oh nein, wie unangenehm. Und dann?“

„Wenn der Bekannte sein Handy wieder zurückbekommt, klärt er die Situation auf oder löscht die Postings wieder.“

Sandra erinnerte sich daran, wie Till ihr erklärt hatte, dass er sich Robyns Handy für das *Balconing-Video* „geborgt“ hätte. Sie hatte das verdächtig gefunden, aber vielleicht war sein Verhalten gar nicht so unüblich gewesen. „Was kann man sonst noch so bei einem *social media dare* anstellen?“

„Man besucht peinliche Websites und hinterlässt dort angebliche Likes oder trollt jemanden. So was in der Richtung. Oder man veröffentlicht die History von jemandem, also alles, was er oder sie in den letzten zwei Tagen gegoogelt hat. Außerdem werden bei solchen Spielen gern lustige Filmchen gedreht, in denen sich jemand betrinken muss oder aufreizend sexy tanzen soll.“

„Das hört sich alles ausgesprochen blamabel an. Wird das oft gemacht?“

„Durchaus. Es gibt da eine große Bandbreite von unterschiedlichen *Challenges.* Ein *dare* kann auch komplett harmlos sein. Zum Beispiel, einen Popsong mehr schlecht als recht mitzusingen und anschließend das Audio zu veröffentlichen.“

Sandra dachte an den Karaokeabend zurück und grinste kurz. Dann wurde sie wieder ernst. „Mein Problem ist auch, dass ich die ganzen Anspielungen und Redewendungen nicht verstehe. Wie komme ich an die Bedeutung der heutigen Jugendsprache heran?"

„Mit deutscher Jugendsprache kenne ich mich natürlich nicht aus. Mein Tipp wäre, eine Suchmaschine zu nutzen oder Jugendliche zu befragen. Aber Achtung, es muss die richtige Altersgruppe sein. Die Ausdrücke, die bei einer Generation groß in Mode sind, versteht die nächste Generation oft schon nicht mehr so richtig."

„Das habe ich mir auch schon überlegt", fuhr Sandra voller Tatendrang fort. „Aber ich kann die Verdächtigen doch nicht bitten, mir ihre Posts zu erläutern. Dann sagen sie mir doch nur das, was sie gut dastehen lässt."

Frau Blasco schwieg auffallend lange. Erst da merkte Sandra, dass sie sich verplappert hatte. Sandra wollte die Situation gerade klären, als die Journalistin weitersprach und so tat, als hätte Sandra von Anfang an mit offenen Karten gespielt.

„Verstehe. Das ist ein Problem. Die Mitschüler werden alle zusammenhalten und wollen niemanden reinreiten. Aber vielleicht könnten Sie die Teilnehmer der Studienfahrt indirekt über die Posts zum Reden bewegen."

Sandra konnte nicht anders, als die Reaktionsgeschwindigkeit der Journalistin anzuerkennen. Sie schöpfte Hoffnung, dass Frau Blasco ihr tatsächlich weiterhelfen würde.

„Wie das?" Sandra schluckte. „Was schlagen Sie vor?"

„Die Währung beim Social-Media-Spiel sind die Likes. Schauen Sie nach, welche Beiträge besonders viele oder besonders wenige bekommen haben. Halten Sie auch Ausschau danach, wer zuerst und wer zurückgelikt hat.

Dadurch erfährt man viel über die Dynamik in einer Gruppe."

„Okay, danke", sagte Sandra.

„Sonst noch was?", fragte Frau Blasco.

„Nein, das war's erst einmal." Sandra beendete das Telefonat. Der Vorschlag der Journalistin, die Gruppendynamik zu untersuchen, war gut. Javier und sie hatten schon zu Beginn der Ermittlungen angefangen, die Freundschaftsbeziehungen zu sondieren, waren aber nicht drangeblieben. Sie würde das jetzt mithilfe des Social-Media-Verhaltens der Freundesgruppe zu Ende führen. Plötzlich kam Sandra eine Idee: Wer weiß, eventuell waren Cara und Robyn nicht nur beste Freundinnen gewesen, sondern hatten eine erotische Beziehung geführt? Ging es in der Clique vielleicht insgesamt weniger um Freundschaft, sondern eher um Liebe? Sie dachte an Herrn Martins „Carmen"-Projekt und die *Habanera*, das berühmte Lied aus der Oper „Carmen", die Javier so liebte. Mit wem war die schöne Robyn liiert? Wer stand auf sie, wen fand sie attraktiv? Vielleicht war genau das die richtige Fährte. Das Thema Beziehungen und Liebschaften waren Javier und sie bislang noch nicht planvoll angegangen. Irgendwie hatten sie die Schülerinnen und Schüler lediglich für pubertierende Jugendliche gehalten. Aber vielleicht war das die Denkblockade gewesen, denn gerade Teenager waren doch bekannt für ihre Leidenschaften.

Als Nächstes nahm Sandra erneut die Schülerhandys, die ordentlich aufgereiht vor ihr auf der Schreibtischplatte lagen, zur Hand und machte sich Notizen, wer welchen Beitrag gelikt hatte. Geduldig ging sie noch einmal das Material durch. Die Videos. Nicht das Unfallvideo, sondern die anderen. Ihr Fokus lag auf romantischen Gesten, verliebten Blicken und verstecktem Händchenhalten. Auf Robyns Handy fand sie nichts Kompromittierendes. Bei Cara viele Schnappschüsse von Till und ihr als Paar. Nicht weiter verwunderlich.

Und endlich wurde Sandra fündig. Auf Betüls Handy. Der Knaller. Eine gelöschte Story, die für die Freundesgruppe bestimmt war. Das Video war nur erstaunlich kurz online gewesen, und genau das hatte Sandra stutzig gemacht. Social-Media-User suchten Engagement, hatte ihr eben noch die Pressefrau am Telefon erklärt. Sie freuten sich über Likes und Kommentare. Je mehr, desto besser. Da war es kontraproduktiv, einen Post sofort wieder zurückzuziehen. Sandra meinte sich zu erinnern, gelesen zu haben, dass so ein Verhalten in manchen Suchmaschinen sogar negativ bewertet wurde: Wer seinen Post innerhalb von fünfzehn oder dreißig Minuten nach dem Veröffentlichen noch einmal bearbeitete, bezahlte das mit einem schlechteren Ranking. Betül musste also einen guten Grund gehabt haben, ihr Filmchen zurückzuziehen.

Aufgeregt manövrierte Sandra sich durch Betüls Archiv. Da war das Video! Geht doch! Neugierig schaute sie sich den Clip an. Die Stufensprecherin hatte die Ankunft der Clique im Hotel gefilmt. Warum hatte Betül das Video anschließend fast sofort wieder gelöscht? Auf den ersten Blick wirkte es harmlos. Sandra klickte noch einmal auf „Play" und verfolgte, wie Betül den Zuschauerinnen und Zuschauern eine digitale Führung

durch das Hotel gab: Sie zeigte ihnen den Frühstücksraum, ihr Fünfbettzimmer, die Hotelbar und den Pool-
bereich. Langweiliger Teenie-Kram. Sandra fiel es
schwer, die Konzentration beizubehalten. Und dann
kam die entscheidende Aufnahme. Sandra hielt sich
das beschlagnahmte Handy näher vors Auge. Während
Betül mit der Handykamera durch den Hotelkorridor
gelaufen war, geriet ihr, vermutlich gänzlich unbeab-
sichtigt, ein in einer Nische knutschendes Paar vor die
Linse. Ein kurzer Schwenk nur, aber da war jemand.
Sandra spulte die Aufnahme zurück und vergrößerte
das Liebespaar. Obwohl sie den Jungen nur seitlich von
hinten sah, erkannte sie ihn daran, dass das T-Shirt an
seinen muskulösen Oberarmen spannte. Sandra ging
jede Wette ein, dass es sich um Till handelte. Seine Be-
gleiterin konnte sie nur schlecht identifizieren, da das
Mädchen fast vollständig von dem Jungen verdeckt
wurde und sich zudem noch im Schatten befand. Aber
auf Tills linker Schulter entdeckte Sandra eine Haarsträhne. Langes blondes Haar. Und auf Tills Po lag eine
Hand mit sorgfältig grün angemalten Fingernägeln.
Auch wenn Sandra die tote Schülerin nie persönlich
kennengelernt hatte, wusste sie, wen Till im Arm hielt.
Robyn! Ob das außer ihr noch jemand gemerkt hatte?
Sandra schaute sich die Aufrufinformationen an.
Kaum Views und noch weniger Likes. Aber unter den
spärlichen Aufrufen machte Sandra eine Person aus,
die sich Betüls Willkommensvideo mit dem heimlichen Liebespaar angeguckt, wenn auch nicht gelikt
hatte: Cara. Scheiße! Cara wusste, dass Till sie mit ihrer
besten Freundin betrogen hatte.

Kapitel siebenundfünfzig

Javier

„Ja?", bellte Javier in sein Smartphone.

„Ich bin's, Sandra. Wo steckst du, Javier?"

„Zu Hause." Sandra schwieg. „Gut, dass du anrufst, Sandra. Ich habe dir noch gar nicht von Marbella erzählt. Habe mit der Bäckerin gesprochen, oder sagt man Konditorin?"

„Ah, die Blaubeermuffins."

„Genau. Treffer. Die Bäckerin hat ein gutes Gedächtnis. Frau Oviedo hat sich daran erinnert, dass nicht Robyn, sondern Cara sich am Mittwoch einen Muffin geholt hat."

„Das heißt was?"

„Wenn Cara den Muffin ihrer Freundin gegeben hat, kann er irgendwie auf dem Weg zum gemeinsamen Zimmer mit Nüssen in Kontakt gekommen sein." Javier schwieg und wartete gespannt, wie seine Kollegin auf die Neuigkeit reagieren würde.

„Irgendwie in Kontakt gekommen? Nicht dein Ernst! Cara wusste von der Allergie!" Sandra schlug ihm seinen eigenen Satz um die Ohren.

„Wieso? Warum?", sagte er aus dem Konzept gebracht. Dann verstand er ihre Anspielung. „Du meinst also ...?"

„Javier, findest du das auch seltsam? Ich habe einen bösen Verdacht."

„Du glaubst, Cara hat den Muffin ganz bewusst mit Nüssen in Berührung gebracht?"

„Ja. Und zwar kurz bevor sie den Termin beim Kunstlehrer hatte. Sie hat es geplant."

„Warum?"

„Ich glaube, ich weiß warum. Deswegen rufe ich auch an. Habe mir eben noch einmal die Schülerhandys angeguckt und kann dir schon mal sagen, dass Cara ein triftiges Motiv hat. Die Details erzähle ich dir später." Sandra klang aufgeregt.

„Komm, sag schon, Sandra. Was hast du entdeckt?"

„Fakt ist, dass Robyn etwas mit Caras Freund angefangen hat. Ich hab's auf Video."

„Du meinst eine Affäre?"

„Ganz genau. Und das, obwohl Cara ihr immer eine loyale Freundin gewesen ist."

Javier erinnerte sich an das Telefonat mit dem Kunstlehrer. „Und ihr beispielsweise bei den Prüfungen geholfen hat."

„Exakt."

„Okay, Sandra, nehmen wir an, du liegst richtig mit deinem Verdacht. Wie, glaubst du, hat Cara das mit dem anaphylaktischen Schock bewerkstelligt?" Javier nahm eine Seitentür und verließ das Hotel. Er wollte sicherstellen, dass niemand das Telefonat mithören konnte.

„Ich weiß nicht. Sie hat den Notfall-Pen versteckt oder weggeworfen und dann abgewartet."

„Aber warum hat Robyn sich keine Hilfe geholt?"

„Vielleicht ging alles zu schnell. Oder vielleicht dachte sie, jemand anders würde sich um sie kümmern. Till zum Beispiel? Ich werde mir morgen Betül vorknöpfen. Schließlich hat sie das Video von Till und Cara in inniger Umarmung gedreht. Ich könnte mir vorstellen, dass die Stufensprecherin uns mehr über die Liebelei zwischen Till und Robyn erzählen kann."

„*Vale.* Mach das, Sandra. Ich bin aber raus. Ich melde mich hiermit offiziell ab. Stehe für unsere Ermittlungen erst wieder nach der Hochzeit zur Verfügung."

Es fiel ihm schwer, das zu sagen. Er klang schon wie Frau Ruiz. Doch Sandra reagierte entspannt.

„Mach das, Javier. Das hast du dir verdient, so viel, wie du gearbeitet hast. Anas Hochzeit geht auf jeden Fall vor. Das finde ich auch. Genieße deine Freizeit!"

Kapitel achtundfünfzig

Sonntag, den 28. Juni, 11.30 Uhr

Sandra

Sandra fing Betül auf dem Weg zum Mittagsbüfett ab und führte sie in die leere Garderobe nebenan, um ungestört mit ihr zu sprechen. Dort legte Sandra sofort los. „Seit wann wussten Sie, dass Till und Robyn etwas miteinander hatten?"

„Was? Aber Till war doch …"

„Verkaufen Sie mich nicht für blöd. Hier, Ihr Filmchen." Sandra hielt der jungen Frau das beschlagnahmte Handy vor die Nase.

„Aber wie …? Ich habe das Video doch gelöscht!"

„Ganz genau. Das eben hat mich stutzig gemacht. Sie haben es bereits nach wenigen Minuten wieder offline genommen. Warum?" Betül schaute auf den Boden. „Nun, …"

„Nun, was?" Sandra merkte, wie sie die Geduld verlor.

„Till bat mich, es rauszunehmen."

Sandra wartete. „Er hatte die Stelle entdeckt, wo ich ihn unabsichtlich dabei gefilmt habe, wie er mit Robyn rumgeknutscht hat. Und er wollte, dass die anderen das nicht sehen. Niemand sollte von der Beziehung zwischen ihm und Robyn erfahren.“

„Und, da haben Sie ihm den Gefallen getan.“

„Klar. Er ist ein Freund.“

„Und Cara?“

„Ich war mehr mit Robyn, Moritz und Till befreundet. Cara ist eher nur so mitgelaufen.“

„Wie schätzen Sie die Beziehungen von Till zu den beiden Mädchen ein?“

„Sie meinen zu Cara und Robyn?“

„Ja genau, zu Robyn und Francesca. Sie haben doch nichts dagegen, wenn ich Ihre Aussage aufnehme?“

„Wer ist Francesca?“

„Francesca? Wieso Francesca?“

„Sie haben gerade den Namen genannt.“

Hatte sie? Schöne Scheiße. Giancarlos Frau. Wieso dachte sie noch an ihn? Es war aus. Vorbei. Arrivederci. Sie war jetzt mit Diego zusammen. Bei ihm fühlte sie sich wohl. Wenn er sie küsste, dachte er nur an sie und verschwendete keine Gedanken an eine andere Frau. ... *Los, konzentrier dich auf den Fall.* „Oh, da habe ich mich versprochen. Ich meine natürlich Robyn und Cara.“

„Ich glaube, Till hat nur eine große Liebe, den Sport. Seiner Karriere ordnet er alles andere unter. Er trainiert täglich so unglaublich viel, dass er gar nicht richtig Zeit für eine ernsthafte Beziehung hat. Außerdem steht für alle fest, dass er später sowieso in die Staaten geht oder in irgendein anderes Land.“

„Für alle? Auch für seine Freundin Cara?“

„Mit Cara ist er schon fast zwei Jahre zusammen. Cara ist eigentlich eine Einzelgängerin. Wir haben uns anfangs schon etwas gewundert, was Till an ihr fand.

Mittlerweile, glaube ich, verstehe ich ihn ein bisschen besser. Cara fordert nichts, hält ihm den Rücken frei. Er hat offiziell eine Freundin. Das ist wichtig für sein Ego. Und für Cara ist er die Eintrittskarte zur Clique, denn natürlich gehört sie als seine Freundin offiziell zu uns. Also so pro forma, aus Höflichkeit. Na ja, und was Robyn und Till angeht: Ich glaube, mit Robyn war das auch nichts Ernstes. Für keinen der beiden. Viele Jungs wollten was von Robyn. Till hat mir, nachdem er schon so einiges intus hatte, mal irgend so 'n Blödsinn von wegen Jagdinstinkt erzählt. Total macho, ich weiß, aber er meinte, gerade die Tatsache, dass seine Affäre mit Robyn geheim bleiben musste, mache das Ganze so reizvoll."

„Und Robyn? Was empfand sie, Ihrer Meinung nach, für Till?"

„Robyn spielte gerne. Sie hielt sich alle Jungs ein bisschen warm, fing aber nichts Ernstes mit ihnen an, bewahrte Distanz. Ich schätze nicht, dass das die große Liebe zwischen Robyn und Till war."

„Glauben Sie, dass Cara das auch so sieht?"

„Nein, auf gar keinen Fall. Ich weiß, dass Cara labil, besitzergreifend und wahnsinnig eifersüchtig ist. Ziemlich *psycho*. Als ich mich ein paarmal mit Robyn allein getroffen hab, ist sie komplett ausgeflippt und hat mir erzählt, dass sie ordentlich Beef mit ‚ihrer besten Freundin' hat." Betüls Wangen röteten sich, und sie redete immer schneller. „Ich sag's Ihnen: Cara kann echt nerven. Sie sieht alles so eng. Es ist fast unmöglich, einfach nur Spaß mit ihr zu haben. Sie ist immer so unglaublich verbissen. Robyn ist da anders. Sie lässt es sich gern gut gehen. Hat immer was zu erzählen."

Sandra fiel auf, dass Betül von Robyn berichtete, als würde sie noch leben. Sie ließ die Stufensprecherin noch ein bisschen weiter von ihrer wunderbaren Freundin Robyn schwärmen. Währenddessen beschäftigte Sandra ein ganz anderes Thema. Sie fragte sich, ob der anonyme Hinweis, dass jemand aus der Reisegruppe gefährlich *psycho* sei, vielleicht von Betül gekommen war. Es dauerte nicht lange, und dann schlug Betüls Stimmung von euphorisch zu traurig um. Und dann kamen die Tränen. „Ich vermisse sie so.“

Sandra wartete, bis sich Betül gefasst hatte. „Betül, haben Sie mir die anonyme Warnung vor Cara zukommen lassen?“

Betül nickte. „Die Frau ist voll psycho.“

„Und haben Sie mit Till über Robyns Tod gesprochen?“

„Nein. Ich habe ihn seitdem nicht mehr allein zu Gesicht bekommen. Cara lässt ihn nicht aus den Augen, ist ständig in seiner Nähe.“

Sandra versuchte, sich in die Situation hineinzudenken. „Weil sie verliebt ist und ihm misstraut?“

„Nein, nein. Andersherum. Weil Till und Cara sich die ganze Zeit streiten.“

„Wie jetzt?“

„Na ja, wir haben gedacht, das ist, weil sie wegen Robyns Tod unter enormem Druck stehen, aber es hört gar nicht mehr auf. Im Gegenteil, es wird von Tag zu Tag schlimmer.“

„Haben Sie zu Till, seit er in der betreuten Wohngemeinschaft wohnt, schon einmal Kontakt aufgenommen?“

„Ja." Betül schaute auf den Boden. Sie brauchte Zeit.
Sandra drosselte ihr Befragungstempo und zwang sich,
einen Moment zu warten. Doch die Schülerin sagte immer noch nichts. Sandra war sich sicher, dass das etwas
zu bedeuten hatte, und fragte behutsam nach.

„Und?"

„Er hat mich heute Vormittag angerufen. Aber ich
will nicht darüber sprechen."

„Was?"

„In der Wohngemeinschaft ist er unter Betreuung, alles gut."

Was wollte sie andeuten? Litt Till unter der Betreuung, oder sollte die noch strenger sein, weil er irgendetwas plante? Sandra war diese Andeutungen, dieses Rätselraten so etwas von leid. „Hören Sie, wenn Sie mich
früher ins Vertrauen ..." Sie sprach nicht weiter, als sie
sah, wie sehr ihr Vorwurf die junge Frau verunsicherte.
Gut, dann musste sie es von der anderen Seite probieren und an Betüls Verstand appellieren: „Wenn Sie
möchten, dass ich helfe, müssen Sie schon deutlicher
werden."

„Nein, nein. Alles in Ordnung."

Wem wollte sie etwas vormachen? Man musste sie
nur ansehen: Betül saß in sich zusammengefallen auf
dem Stuhl. Keine Spur mehr von der extrovertierten,
engagierten jungen Frau, die sie sonst war. Plötzlich
raffte Betül sich auf, setzte sich gerade hin. „Darf ich gehen?"

Sandra nickte, obwohl sie das Gefühl beschlich, dass
sich etwas Übles zusammenbraute.

Sie schaute auf die Uhr. Zeit, allmählich zurück nach
Málaga zu fahren. Schließlich wollte sie sich vor ihrem

Treffen mit Diego noch ein wenig frisch machen. Sandra mochte die Hitze, aber es bedeutete auch, dass sie ständig durchgeschwitzt war.

Kapitel neunundfünfzig

Sonntag, den 28. Juni, 12 Uhr

Javier

Endlich war es so weit. Javier beendete den Bericht und konnte sich den Rest des Tages freinehmen. Gut gelaunt schlenderte er die *Calle Larios*, Sandras Lieblingsstraße, hinunter. Er konnte nicht verstehen, dass seine Kollegin regelmäßig ins Schwärmen geriet, wenn sie die Larios entlangliefen. Bei diesen kleinen Spaziergängen begeisterte Sandra sich buchstäblich für alles: für das Marmorpflaster, die schmiedeeisernen, blumengeschmückten Laternen und die Sonnensegel, die vor der gleißenden Sonne schützten. Außerdem war Sandra stets hin und weg von den Geschäften und Boutiquen. Noch etwas, was Javier nicht nachvollziehen konnte. In seinen Augen waren die Läden nicht weiter besonders, sondern austauschbare Klone der weltweit einschlägigen Ketten. Früher, vor zwanzig Jahren, hatte noch niemand Augen für die hübschen alten Fassaden gehabt. Im Gegenteil. Er konnte sich noch gut erinnern, dass die Straße damals von Autos zugeparkt worden war. Die baufälligen alten Häuser hatten zum Großteil leer gestanden und die gesamte Gegend nicht gerade zum

Verweilen eingeladen. Doch nun waren die Gebäude saniert, die Straßen blitzblank. Seitdem hielt sich Javier gern hier auf.

Plötzlich kam ihm die Idee, seiner Kollegin ein Mitbringsel zu besorgen. Motiviert sah er sich die Auslagen jetzt doch genauer an. Es wäre doch nett, wenn er dort zufällig etwas Passendes für Sandra fände ... Und dann sah er tatsächlich etwas, das ihm gefiel: eine zierliche Kette mit einem Delfin-Anhänger aus blauem Glas. Es erinnerte ihn an die Augenfarbe seiner deutschen Kollegin. Das Schmuckstück hatte zudem gekonnt die spielerische Bewegung des Meeressäugers eingefangen. Der Anhänger passte wunderbar zu Sandras neugieriger, frischer Art. Auch wenn Javier normalerweise auf sein Geld achtete, zahlte er diesmal gern den ambitionierten Preis, da er wusste, wie sehr Sandra sich über sein Geschenk freuen würde. Er müsste nur einen guten Moment finden, um es ihr zu geben.

Kapitel sechzig

Sonntag, den 28. Juni, 13 Uhr

Sandra

Um Punkt eins kam Sandra auf dem Vorplatz der Kathedrale an. Fünf Minuten später sah sie, wie Diego in einer hellen Cargohose und einem roten T-Shirt um die Ecke bog. „Hey Diego." Ohne groß nachzudenken, umarmte sie ihn leidenschaftlich. Er roch wieder so gut. Nach einem unaufdringlichen Herrenduft und nach Diego. Sandra erinnerte sich daran, wie geborgen sie im Kiefernwald auf seinem Schoß eingenickt war und wie er ihr anschließend bestätigt hatte, dass sie nun offiziell ein Paar seien. Sie nahm seine Hand und ließ sie nicht mehr los. So schlenderten sie durch die Altstadt. Irgendwann kam Diego auf die Freiburger zu sprechen.

„Weißt du, ab und zu sehe ich noch einige der deutschen Schüler."

„Ach ja? Wen denn?"

„Till zum Beispiel. Ich treffe ihn häufiger beim Laufen. Ich mag den Jungen richtig gern."

„Er ist ein guter Sportler, oder?"

„Er ist eine Maschine. Nicht, dass ich mit ihm mithalten könnte. Aber letztens haben wir uns einmal länger unterhalten, als wir uns beim Cool-down auf der *Plaza de los Naranjos* begegnet sind. Er hat Stress mit seiner Freundin. Wie heißt sie noch gleich: Mara?"

„Cara. Da hat er dir von erzählt?"

„Ja. Wenn ich ihn richtig verstanden habe — wir reden immer in einer wilden Mischung aus meinem schlechten Deutsch und unserem holprigen Englisch —, dann ist er wohl fremdgegangen und Mara hat ihm das nicht verziehen."

Sandra hatte Himmel und Hölle in Bewegung gesetzt, um Till und Cara zum Reden zu bewegen, doch beide hatten sie permanent gegen die Wand laufen lassen. Und jetzt das: Diego präsentierte ihr die wichtigen Infos einfach mal so nebenbei. „Wann hast du mit ihm gesprochen?"

„Vor drei, vier Tagen. Ich weiß nicht so genau. Jedenfalls habe ich mir ein wenig Sorgen gemacht. Er wirkte ziemlich deprimiert."

„Und", Sandra wagte kaum weiterzusprechen, „was hast du ihm geraten?"

„*Tío*, hab ich ihm gesagt. *Bro*, Frauen sind komisch ..." Er schaute Sandra frech an. „... aber reden hilft. Sprich mit ihr, hab ich gesagt."

„Und?"

„Ja, das macht er. Warte, heute ist doch der 28. Juni, oder?"

„Ja, das stimmt. Warum?"

„Heute Abend, wenn alle im Bett liegen, also irgendwann nach 22 Uhr, treffen sich die beiden am Bootsschuppen, um sich in Ruhe auszusprechen."

„Bist du dir sicher?"

„Ganz sicher. Die 28 ist ihre Glückszahl, ich weiß nicht genau warum, aber die hat eine besondere Bedeutung für die beiden."

Sandras Gedanken begannen zu rasen. Der Wahnsinn. Das war ihre Chance, den Fall endlich zu lösen. Sie brauchte eine Abhörerlaubnis. Sie würde Caras und Tills Gespräch aufnehmen. Aber wie sollte sie das anfangen? Sandras Hirn arbeitete auf Hochtouren. Sie musste beim Treffen am Bootsschuppen mit dabei sein. Wenn sie die ganze Aktion nur nicht so ungeheuer kurzfristig planen müsste. Und auf Javier konnte sie am Abend vor Anas Hochzeit nicht zählen. Oder doch? Sie musste ihn bitten, die Staatsanwältin zu kontaktieren. Sofort.

„*Guapa,* meine Hübsche", sagte Diego anscheinend schon zum wiederholten Mal. „Du bist in Gedanken ganz woanders. Was ist los?" In diesem Moment klingelte Sandras Handy. Das Date mit Diego war für sie gelaufen. Sie hatte jetzt keine Muße mehr für Romantik. Sie musste weg, alles organisieren. Julia aus Köln. „*Perdona,* da muss ich rangehen."

„Hi Sandra. Wie geht's? Wollte dir nur kurz sagen, dass du mal auf die offenen Stellen auf unserer Kölner Polizei-Website schauen solltest. Die suchen jemanden für Social Media und Öffentlichkeitsarbeit, 'ne halbe Beförderungsstelle. Hab sofort an dich gedacht. Wär das nicht was für dich?"

Sandra reagierte instinktiv. Julia war die Lösung. Der Vorwand, den sie brauchte, um das Date mit Diego sofort zu beenden. „So wichtig? Muss das sein?", sprach sie laut und deutlich in ihr Handy. Das dürfte Diego verstehen. „Nein, Sie können mir keine Details am Telefon mitteilen? Gut, das passt mir zwar gar nicht, aber wenn Sie darauf bestehen, dann komme ich jetzt sofort." Sandra hoffte, dass Julia Verständnis dafür haben würde, dass sie ihre Freundin als kleine Notlüge vorgeschoben hatte. Sie beendete das Telefonat.

„Diego, mein Schatz. Tut mir leid, aber ich hab Bereitschaft. Ganz kurzfristig angeordnet. Muss zur Wache. Jetzt gleich." Sie küsste ihn und verschwand. Doch dann drehte sie sich nach ein paar Schritten noch einmal um und warf ihm eine Kusshand zu. Sie konnte es nicht leugnen: Diego war auf seine Art wahnsinnig gut aussehend und unglaublich entspannt. Schon mies, ihn hier so stehen zu lassen. Aber er würde sie verstehen. Sie müsste ihm die Umstände später nur genauer erklären.

Kapitel einundsechzig

Sonntag, den 28. Juni, 15 Uhr

Javier

Sandras Anruf auf seinem Privathandy traf Javier völlig unvorbereitet. Er nahm ab, und noch bevor er eine Begrüßung ausgesprochen hatte, legte Sandra los und nahm ihn ohne Punkt und Komma in Beschlag. „Javier, du musst mir helfen! Gefahr in Verzug. Heute Abend wollen Cara und Till sich am Bootsschuppen aussprechen.“

Während Sandra sich in irgendetwas hineinsteigerte, tänzelte Ana im Nebenzimmer vor dem Spiegel herum. „Gefällt dir das Kleid, Papa?“, rief sie ihm zu.

„Wunderschön, mein Schatz“, rief er zurück, ohne sich das Kleidungsstück anzusehen.

„Javier, wir müssen das in den Griff bekommen. Ich habe schon in der WG angerufen, aber Ernesto nimmt meine Sorgen nicht ernst.“

„Was sagt er denn?“

„Er hat sich zwar für die Information bedankt, schien aber nicht beunruhigt zu sein.“

„Was hattest du denn erwartet?“

„Ich wollte, dass Till den ganzen Tag über in der Wohngemeinschaft bleibt. Zu seiner eigenen Sicherheit. Doch Ernesto hat wortwörtlich gesagt, sie seien eine betreute Wohngemeinschaft, kein Knast. Die jungen Erwachsenen dürfen im Rahmen unserer Regeln bis 24 Uhr das Haus verlassen, wenn sie sich abmelden."

„Und?"

„Ich habe ihm dann vorgeschlagen, dass Till wenigstens von jemandem begleitet wird, der ein Auge auf ihn hat. Doch Ernesto meinte, das gäbe der Betreuungsschlüssel nicht her."

Javier hatte kein Ohr für Sandra, denn gleichzeitig versuchte auch Ana ihm etwas durch die Wohnung zuzurufen, was er ebenfalls nicht richtig verstand. Dann hörte Sandra plötzlich auf zu reden und wartete auf seine Antwort.

„Entschuldige, Sandra, was hast du gesagt?"

„Dass wir Till polizeilich beschatten und abhören lassen müssen."

„Sandra, hältst du das wirklich für nötig, solche Teenagerdramen polizeilich zu überwachen?"

„Oh ja, das halte ich für nötig. Wenn Betül recht hat, und sie scheint mir sehr vernünftig und vertrauenswürdig zu sein, dann könnten wir bei dem Treffen erfahren, was sich letzten Mittwoch abgespielt hat. Und du hast selbst gesagt, dass Caras Rolle in dem Ganzen mehr als dubios ist. Ich glaube, dass sie am Tod ihrer Freundin schuld ist. Sie ist eine Mörderin. Hörst du, Javier, sie ist gefährlich. Sie könnte auch Till etwas antun."

„Sandra, ich bitte dich. Cara ist ein zierliches, eifersüchtiges Mädchen im Teenie-Alter, Till ein Muskelprotz. Da müssen wir doch nicht mit der Polizei anrücken. Und von wegen abhören: Eine Lauschaktion muss erst aufwendig beantragt werden. Da bekommen wir so schnell keine Erlaubnis für." Javier sah, wie Ana mit einer Flasche Wein durch sein Wohnzimmer lief, einen unordentlichen Handtuchturban auf dem Kopf. Als sie sich umdrehte, sah er einzelne Haarsträhnen herauslugen. Ana hatte ihr wunderschönes schwarzes Haar blau gefärbt. Im nächsten Moment hielt sie einen Korkenzieher in der Hand. Javier sah, dass sie die falsche Flasche erwischt hatte. Sie wollte Weißwein trinken, und das war ein roter Rioja.

„Nein, Ana, das ist der falsche Wein!" Javier schüttelte den Kopf und machte seiner Tochter ein Zeichen, die Flasche nicht zu entkorken. Irgendwann seufzte er laut auf. Diesen Beschuss von zwei Seiten konnte er nicht länger aushalten. „Sandra, tut mir leid, aber ich lege jetzt auf."

„Javier, ich bitte dich. Cara geht über Leichen. Sie ist überzeugt davon, dass sie von ihrem Freund und ihrer besten Freundin verraten und verkauft wurde. Wir müssen verhindern, dass sie noch mehr Unheil anrichtet."

„Falls du es noch nicht mitbekommen hast: Ich habe heute Nachmittag frei. Du hast mir selbst dazu gratuliert."

„Javier ..."

Sandra hatte sich verbissen, ließ nicht locker. Was war nur mit ihr los? Javier wusste es nicht. Seine Kollegen und er pflegten ihren Umgang miteinander klar in

Arbeit und Privatleben aufzuteilen. Entweder ermittelten sie, oder sie gingen ins Rosaleda Stadium und tranken dann noch ein paar *Copas* in der Bar an der Ecke. Mit Sandra jedoch schien diese Unterscheidung nicht zu funktionieren. Er wurde deutlich.

„Ich sehe zu, dass ich mein Handy heute Nacht nicht abschalte und für den Notfall erreichbar bin. Hörst du? Für den absoluten Notfall. Ich denke, das ist eine pragmatische Lösung."

„Javier, ..."

„Aber jetzt muss ich leider auflegen."

Kapitel zweiundsechzig

Sonntag, den 28. Juni, 16 Uhr

Sandra

Sandra hatte sich die Finger wund telefoniert, um eine Genehmigung für den sogenannten „kleinen Lauschangriff", also das Mitschneiden von privaten Äußerungen eines Verdächtigen außerhalb des Wohnraums, zu bekommen. Sie hatte sogar erfolglos versucht, direkt zur Staatsanwältin Díaz durchgestellt zu werden. Schließlich rief sie Julia an.

„Entschuldige, dass ich deinen Anruf eben für meine eigenen Zwecke missbraucht habe."

„Was du nicht sagst. Das habe ich schon mitbekommen."

Mist, Julia war sauer. „Hör mal, ich kann es dir erklären." Nach ihren Ausführungen hatte sich Julia zum Glück wieder beruhigt.

„Und jetzt brauchst du eine Abhörgenehmigung", fasste sie den Kern der Sache zusammen.

„Ja, aber ich komme nicht an sie ran. Bitte hilf mir, Julia."

„Wie stellst du dir das denn vor?"

„Du bist in Köln?"

„Ja.“

„Du musst Jörg auf die Pelle rücken und ihm Druck machen.“

„Aber wie?“

„Als ich versucht hab, die Staatsanwältin zu erreichen, hab ich mir folgende Strategie überlegt: Ich hätte ihr gesagt, dass, wenn der Fall nicht so schnell wie möglich gelöst wird, das Image von Andalusien als unbeschwerter Urlaubsdestination großen Schaden nimmt.“

„Das könnte klappen. Spanien lebt vom Tourismus. Vielleicht ist das ein brauchbarer Hebel.“

„Unbedingt. Gerade für Andalusien ist die Tourismusindustrie überlebenswichtig.“

„Okay, die Zeit rennt. Ich versuche es dann jetzt sofort.“

„Wenn's geht ...“

„Ja, geht. Du hast Glück, heute sind alle vor Ort, obwohl wir Sonntag haben. Unser *big boss* sitzt im Büro neben mir. Gib mir sicherheitshalber noch einmal die Telefonnummer der Staatsanwältin durch. Die muss schließlich den Richter überzeugen.“

„Ganz genau.“ Sandra diktierte ihr die Nummer, wünschte Julia viel Glück und beendete das Telefonat. Jetzt lag alles in Julias Händen. Wie hoch standen die Chancen, dass sie die Genehmigung bekam? 50 zu 50? Satte 60 zu 40? Oder doch eher mickrige 30 zu 70?

Konnte Sandra irgendetwas tun, um die Sache zu beschleunigen? Sie wusste, dass Javier mit Sofía abgesprochen hatte, dass sie in der Dienststelle anwesend sein würde, wenn er fehlte. Das hieß, dass sie Sofía um Unterstützung bitten könnte. Sandra flitzte in ihr Büro, um zu eruieren, wer für Verkabelung und Abhören zuständig war. Die Sekretärin gab ihr die Kontaktdaten, und Sandra rief die verantwortliche Polizistin an, um sie für alle Fälle schon einmal vorab über ihr Vorhaben zu informieren. Denn wenn sie tatsächlich die Genehmigung bekämen, dann müsste alles rasend schnell gehen.

Till und Cara hatten sich für 22 Uhr verabredet. Sandra müsste spätestens eine halbe Stunde vorher, also um 21.30 Uhr, vor Ort sein. Und natürlich mussten sie auch noch zum Bootsschuppen nach Marbella fahren. Mist, es würde auf jeden Fall ein Rennen gegen die Zeit werden. Warum meldete sich denn niemand?

Um 18 Uhr klopfte es. Sofía kam herein, ein breites Lächeln auf den Lippen. „Hier, bitte."

Und dann lag die Anordnung des Richters vor ihr. Sandra sprang auf. Es hatte funktioniert! Sie hatte die Genehmigung. Kaum zu glauben.

„Viel Erfolg!", sagte Sofía.

Sandra bekam das nur mit halbem Ohr mit, denn sie rief gerade erneut die für Abhör-Aktionen zuständige Kollegin an. Um 20 Uhr saß Sandra professionell verkabelt im Ü-Wagen auf dem Weg nach Marbella. Obwohl es Sonntag war, herrschte auf den Straßen noch immer ein reges Treiben. Kurz dachte sie an Diego. Sie war ihm eine ehrliche Erklärung für den plötzlichen Abbruch ihres Dates schuldig. Später. Beim nächsten Treffen. Alles zu seiner Zeit. Jetzt galt es, sich lediglich auf Cara und Till zu konzentrieren.

Um 21 Uhr erreichten sie Marbella, um 21.15 Uhr war die letzte Lagebesprechung mit dem Team im Ü-Wagen beendet. Sandra stieg unweit vom *Plaza de Naranjos* aus und machte sich auf den Weg zum Bootsschuppen. Sie hatte ihre Dienstuniform angezogen. Zum einen wegen der gedeckten unauffälligen Farbe, zum anderen, um Fragen von Passantinnen und Passanten, die sie durch die Böschung Richtung See schleichen sahen, vorzubeugen. Sandra schaute über die Schulter. Niemand da. Dann checkte sie ihr Handy. Es war schon halb zehn. Knapp, doch sie konnte es noch immer schaffen, sich vor Till und Caras Ankunft in der Umgebung des Bootsschuppens zu verstecken. Dahinten lag er auch schon. Aber wo sollte sie Position beziehen?

Werd nicht hektisch, denk logisch! Vermutlich würden die beiden sich auf der Bank vor dem Bootsschuppen niederlassen. Das heißt, sie müsste sich in der Nähe der Bank befinden, um ihr Gespräch belauschen zu können. Allerdings durfte sie nicht sichtbar sein. Am besten wäre sie in dem Inneren des Schuppens aufgehoben. Sandra versuchte sich zu erinnern, wie es dort aussah. Soweit sie wusste, wurde der Schuppen benutzt, um die SUP-Bretter zu verstauen. War da nicht sogar ein Fenster, das sie auf Kippe stellen konnte? Sandra ging zur Tür, wollte sie mit einem Ruck öffnen. Doch dann sah sie, dass sie mit einem Schloss gesichert war. Natürlich. Sandra erinnerte sich, Diego bei ihrer SUP-Stunde mit einem Schlüssel hantieren gesehen zu haben. Moment, wie war Diego damals an den Schlüssel gekommen? Verdammt, es war schon Viertel vor. Sie musste in den Schuppen.

Denk nach, Sandra, der Schlüssel! Und dann fiel es ihr ein. Ach ja, richtig. Er hatte unter einem großen Stein gelegen. Diego hatte noch Witze gemacht, dass das Versteck nicht sonderlich originell, aber überaus praktisch wäre, denn schließlich hätten so alle Trainerinnen und Trainer gleichzeitig Zugriff auf den Schuppen. Sandra schaltete die Taschenlampe ihres Handys ein und fand den Stein zum Glück sofort. Leise hob Sandra ihn auf und schob ihre Hand darunter. Tatsächlich. Sie ertastete das kalte Metall. Vorsichtig nahm sie den Schlüssel an sich. Sie sah sich um. Noch immer war niemand in der Nähe. Sie schob den Schlüssel in das Schloss und drehte ihn um. Scheiße, er schien zu klemmen. Sie verstärkte den Druck ihrer Hand und ... endlich sprang die Tür auf. Sandra schaltete erneut das Licht ihres Handys ein. Das Innere des Schuppens war eng, aber halbwegs aufgeräumt. *Himmel, war das stickig!* Sie zog die Tür hinter sich zu und kippte das Fenster. Zehn vor zehn. Dann schaltete sie das Handylicht aus und wartete. Sandra lauschte, doch da war nichts. Sie dachte an das Fest im Bootsschuppen. Was hatte sie den lauen Sommerabend mit Diego und seiner Clique genossen! Den Tanz mit ihm, die romantische Stimmung ...

In diesem Moment hörte sie es. Stimmen. Sie sprachen deutsch. Sie kamen näher. Automatisch griff sie an ihre Dienstwaffe. So ein Unsinn, dachte sie dann. Sind doch nur zwei Jugendliche. Doch eine andere Stimme in ihrem Kopf widersprach: zwei junge Erwachsene, von denen eine Person Robyn auf dem Gewissen hatte. Sandra lehnte sich mit dem Rücken an die Wand mit dem Fenster und hörte ein Knarren, als die beiden sich auf die Bank setzten. Wunderbar, genau wie sie sich das vorgestellt hatte.

„Danke, dass du gekommen bist", hörte Sandra Till sagen. Laut und deutlich. Hoffentlich klappte das mit der

Aufnahme. Plötzlich fiel Sandra ein, dass die spanischen Polizisten im Übertragungswagen vermutlich kein Deutsch verstanden. Niemand hatte in der Hektik an einen Übersetzer gedacht. Zu spät.

Sandra konzentrierte sich auf das Gespräch.

Cara blaffte: „Du hast drauf bestanden."

„Ja, wir müssen über die riesengroße Scheiße reden, die da gelaufen ist."

Hoppla, dachte Sandra, *die zwei kamen wirklich gleich zur Sache.* Sie hätte sich gar nicht so einen Kopf machen müssen, sich möglichst lautlos zu bewegen. Die beiden schrien sich jetzt schon an. Bei diesem Lärmpegel würde sie garantiert niemand hören.

„Was willst du denn damit sagen?"

„Ja, was wohl? Du hast mich da reingeritten von Anfang an, mich manipuliert. Und ich Esel hab da mitgemacht. Und dann die Challenge mit dem Adrenalin. Als ob du nicht gewusst hättest, dass das Robyns Notfall-Pen war. So eine Scheiße. Und du wusstest genau, dass ich das mit dem Pen niemandem sagen würde. Niemals. *Bitch.*"

„Jetzt komm mal wieder runter. Wer hat mich denn betrogen?"

„Was?"

„Du konntest ihn nicht in der Hose lassen. Und dann musstest du dich ausgerechnet an meine beste Freundin ranmachen."

„Aber ..."

„Tu doch nicht so. Ihr wart so blöd, dass ihr euch sogar von Betül beim Rummachen habt filmen lassen."

„Du hast ihr Video gesehen?"

„Für wie dumm hältst du mich eigentlich? Ich wusste, dass ihr euch immer getroffen habt, wenn du angeblich abends laufen warst. Und ich wusste, dass du ein schlechtes Gewissen hattest und alles tun würdest, was ich von dir verlange. Selbst so etwas Idiotisches, wie einen Allergie-Pen in den eigenen Oberschenkel zu rammen. Und selbst dazu warst du nicht fähig."

„Du hast das alles geplant. Du hast den Muffin irgendwie mit Erdnüssen in Berührung gebracht und ihn dann im Zimmer stehen lassen."

Cara lachte. „Und du warst pünktlich zur Stelle zu eurem heimlichen Date am Abend. Nur leider litt deine schöne Robyn da schon unter Atemnot. War vermutlich nicht so sexy, sie röcheln zu hören und ihr das Medikament nicht geben zu können."

„Du bist eine Mörderin. Du hast deine beste Freundin umgebracht."

„Ach ja? Ich sehe da eher eine unterlassene Hilfeleistung deinerseits. Du hättest einfach einen Arzt rufen können. Aber deine Karriere war dir wichtiger. Du wolltest bloß nicht mit Doping, Adrenalin, Nasenspray oder was auch immer in Verbindung gebracht werden. Erstaunlich, dass du, besoffen und vollgepumpt mit dem Adrenalin aus dem Notfall-Pen, immer noch so klar hast denken können. Richtig *fly*, ne?"

Irgendetwas knallte gegen die Wand. Sandras Augen hatten sich zwar an die Dunkelheit gewöhnt, dennoch konnte sie, als sie aus dem Fenster spinkste, nicht erkennen, was draußen vor sich ging. „Du bist ein Monster, Till. Du bist verantwortlich für Robyns Tod. Sie hätte gerettet werden können. Du hast sie auf dem Gewissen. Das ist die Wahrheit, egal, wie sehr du mich schlägst und gegen die Mauer wirfst."

„Das zahl ich dir heim." Ein erneuter Knall gegen den Schuppen. Dann wieder Caras Stimme: „Willst du mir wehtun? Ist das alles? Vergiss es. Ich habe keine Angst vor dir. Schau mal, was ich hier für dich habe."

Sandra hörte ein Knirschen.

„Lass das, *Bitch*. Lass den Stein liegen!"

„Hinterher sage ich einfach, es war Notwehr."

„Das wagst du nicht."

„Ich glaube, du unterschätzt mich noch immer. Dabei hätte ich dir alles geben können, was du brauchst. Jetzt ist es zu spät."

„Cara, bitte."

„Auf die Knie."

„Cara. Tu's nicht."

„Mach schon."

„Was soll das denn?"

„Hast wohl in Physik nicht aufgepasst. Ich muss erst Schwung holen, und dann lasse ich den Brocken auf deine Strohbirne knallen."

Sandra hatte genug gehört. Ohne nachzudenken, riss sie die Tür auf. „Polizei. Lassen Sie den Stein fallen. Hände an den Schuppen."

Cara reagierte sofort. „Schon gut, schon gut. Ich leg ihn schon hin." Cara ging in die Knie, legte den Stein langsam auf den Boden zurück. Es war genau der Stein, unter dem Diego den Schlüssel versteckt hatte. Doch kurz bevor er die Erde berührte, nahm Cara den Brocken fest in den Griff, drehte sich ruckartig um und schmetterte ihn dem vor ihr knienden Till ins Gesicht.

„Aua, ahhhhhh. Verdammt.“

Sandra sah, wie der Junge sich das Auge hielt.

„Vorsicht!“, rief Till der Oberkommissarin zu. Etwas berührte Sandras Hüfte. *„Fuck“*, fluchte sie, als sie begriff, dass Cara ihre Dienstwaffe aus dem Holster gezogen hatte.

„So, Frau Kommissarin, jetzt sind Sie dran. Handy auf den Boden und dann die Hände hinter den Kopf, Gesicht zum Schuppen.“

„Cara, lassen Sie’s bleiben. Sie wissen doch gar nicht, wie man eine Waffe bedient.“

„Ach ja? Weiß ich nicht? Seien Sie sich da mal nicht so sicher. Ich weiß mehr, als Ihnen lieb ist. Auch über Sie. Und was das Ding hier angeht: Irgendwas Gutes muss es ja haben, dass mein Pa mich zum Schützenverein mitgeschleppt hat.“

Bluffte Cara, oder etwa nicht? Sandra wollte es nicht drauf ankommen lassen, das herauszufinden. Tills Gesicht blutete noch immer. Er wimmerte leise. Und plötzlich machte Sandra einen Schatten hinter dem Baum aus. Die spanische Kollegin aus dem Ü-Wagen? Sie musste weiter mit Cara reden, sie ablenken, damit sie nichts bemerkte. Wenn Cara bluffen konnte, dann konnte sie das auch.

„Ich bin hier, weil wir heute interessante Dinge im Hausmüll entdeckt haben. Eine leere Packung Erdnüsse und einen Notfall-Pen. Beides aus Ihrem Zimmer, Cara.“ Sandra sah, wie der Schatten näher kam. Als sie Javier erkannte, überkam sie eine Woge der Dankbarkeit.

„Was, Sie haben den Notfall-Pen gefunden?", fragte Till. „Er war nur noch halb voll. Ich habe ihn zu zaghaft in mein Bein gedrückt, und dann klemmte er."

„Halt die Klappe", bellte ihn Cara an. Javier stand schon fast hinter dem Mädchen.

„Und was genau hast du mit den Nüssen gemacht?", versuchte Sandra, Caras Aufmerksamkeit wieder auf sich zu lenken. Während sie das sagte, drehte sie sich langsam zu ihr hin. So lange, bis sie sich gegenüberstanden.

„Was wohl? Gegessen! Ich brauchte nur die Tüte, um den Muffin damit abzuwischen."

Und dann ging alles ganz schnell. Javier trat Cara von hinten in die Kniekehle. Das Mädchen ging sofort zu Boden, wobei ihr die Waffe aus der Hand fiel. Sandra reagierte instinktiv und schubste die Dienstpistole mit dem Fuß weit weg. Javier drehte die Arme der Schülerin auf den Rücken und befestigte Caras Hände mit Handschellen.

„*Gracias*", sagte Sandra. „Du bist gerade noch rechtzeitig gekommen."

Kapitel dreiundsechzig

Montag, den 29. Juni, 10 Uhr

Javier

Der Fall war gelöst. Endlich. Sogar noch vor der Hochzeit. Javier tippte gerade den Bericht, als Sandra gut gelaunt sein Büro betrat. „Guten Morgen, Javier. Heute ist der große Tag. Oha, steh mal auf. Du hast dich ja schon elegant zurechtgemacht."

Javier tat Sandra den Gefallen, erhob sich und drehte sich für seine Kollegin spielerisch einmal im Kreis herum.

„Kompliment, du gibst einen schicken Brautvater ab."

Javier dachte an Carmen, seine verstorbene Frau. Wie gerne hätte er sie bei der Hochzeit dabeigehabt. Aber er hatte von ihr Abschied nehmen müssen. Und seitdem nahm er jeden Tag auch ein wenig mehr Abschied von seiner Tochter. Was für ein Glück, dass bei dem ganzen Loslassen auch eine neue Liebe in sein Leben getreten war. Er dachte an Inma, an ihre moderne Weltsicht, ihre kritische Art, die Dinge zu betrachten, ihre Sorgenfalte, ihre Warmherzigkeit.

„Sogar die Krawatte sitzt eins a." Sandra riss ihn aus seinen melancholischen Gedanken.

„Das habe ich Inma zu verdanken.“

„Hört, hört“, spottete Sandra liebevoll. „Ich bin noch nicht so weit wie du. War gerade noch im Krankenhaus in Marbella, um nach Till zu sehen. Sie haben die Schnittwunde im Gesicht geklebt und ihn letzte Nacht zur Überwachung dabehalten, da sie nicht sicher waren, ob er durch den Stein eine Gehirnerschütterung erlitten hat. Heute geht es ihm aber wohl so gut, dass er nach dem Mittagessen entlassen werden soll.“

„Und was war das für eine Geschichte mit dem Notfall-Pen? Ich habe nicht alle Details verstanden, brauch’s aber für den Bericht.“

„Völlig abgefahren. Wäre ich nie draufgekommen, obwohl deine Bekannte, die Journalistin, mir versichert hat, dass das Ganze gar nicht so unüblich ist. Viele Jugendliche würden alles Mögliche tun, um ihre Grenzen auszutesten und sich neue Kicks zu verschaffen.“

„Aber sich nur so zum Spaß einen Adrenalin-Pen ins Bein zu rammen, das geht dann aber doch zu weit. Soweit ich weiß, ist so eine vorgefertigte Notfall-Spritze für Allergiker auch nur auf Rezept zu bekommen und nicht gerade billig.“

Sandra setzte sich Javier gegenüber. „Ich kann das auch nicht alles nachvollziehen. Weder das *Balconing* noch diese merkwürdigen *dares* und am allerwenigsten das mit dem Notfall-Pen. Till sind dann wohl auch noch Fehler unterlaufen. Er hat anscheinend nicht die ganze Dosis aufgebraucht. Warum macht er so etwas überhaupt? Er ist doch Sportler, sollte respektvoll mit seinem Körper umgehen.“

Javier dachte ebenfalls nach. „Nee, Sandra, da bin ich auch raus. Das Einzige, in das ich mich noch so halbwegs hineindenken kann, ist, dass Till das als eine Art Liebesbeweis getan hat."

„Liebe? Ich glaube, er hatte eher ein schlechtes Gewissen, weil er fremdgegangen ist. Und Cara ist anscheinend besonders gut darin, Leute zu manipulieren!"

„Ja, das glaube ich auch. Till hat ihr Spiel wohl lange Zeit gar nicht durchschaut."

„Meine Freundin Julia hat mir erzählt, dass das wohl auch auf Robyns Mutter zutrifft. Sie hat sich mittlerweile von ihrem Mann getrennt, da sie es nicht ertragen hat, mit anzusehen, wie er sogar den Tod der eigenen Tochter zu seinem Vorteil nutzen wollte."

„Die arme Frau."

„Ja, finde ich auch." Stille trat ein. Dann fragte Sandra: „Und, wie geht es jetzt weiter? Sind wir durch mit dem Fall, oder muss ich noch etwas unterschreiben?"

„Nö, das war's von unserer Seite, mit dem Rest haben wir nichts mehr zu tun, dafür ist das Gericht zuständig."

„Prima, dann ziehe ich mich jetzt in meine Gemächer zurück und mache mich ebenfalls für die Hochzeit fertig."

Javier musste grinsen. „Sandra, warum hast du eigentlich darauf bestanden, wieder in dieser stickigen obersten Etage deines alten Hotels untergebracht zu werden?"

„Ich bin eben sentimental. Es sollte so sein wie letztes Jahr. *Never change a winning team.* Ich finde, wir haben wieder super zusammengearbeitet."

„Das stimmt. Wir ergänzen uns wirklich gut."

„Ich mag mir gar nicht vorstellen, was gestern ohne dein Auftauchen am Bootsschuppen passiert wäre.“

„Musst du auch nicht. Ich habe den ganzen Abend an dich gedacht. Als ich Sofía anrief und sie mir sagte, dass du die Abhörgenehmigung bekommen hast, konnte mich nichts mehr halten. Ich bin sofort nach Marbella gerast. Dort habe ich noch nicht einmal mit den Kollegen vom Ü-Wagen geredet, sondern bin sofort zum Bootsschuppen gerannt.“

„Keine Sekunde zu früh.“

„Zum Glück ist alles gut gegangen.“

„Nur wegen dir. Die im Ü-Wagen hatten keinen Übersetzer, sodass sie nicht mitbekommen haben, wie schnell sich die Lage am Bootsschuppen zugespitzt hat.“

„Tja, dafür gab es mich, den Mann für die brenzligen Situationen.“ Javier lachte. Er bemerkte, dass Sandra den letzten Abend noch nicht verarbeitet hatte. „Es wird dich sicher nicht weiter verwundern zu hören, dass wir den Umschlag mit den Fotos von dir und deinem Ex bei Cara gefunden haben.“

Sandra starrte ihn an. „Dann habe ich mich neulich doch nicht verhört. Cara war die Erpresserin, die uns zwingen wollte, unsere Ermittlungen einzustellen.“

Javier merkte, wie angespannt seine Kollegin mit einem Mal wieder war. Um sie abzulenken, kam er auf die Hochzeit zu sprechen. „Sag mal, Ana lässt noch fragen, ob du jetzt eigentlich allein oder in Begleitung zur Strandfeier kommst.“ Seine Taktik schien zu funktionieren.

„Überraschung“, antwortete Sandra lachend, während sie hinausging.

Kaum war sie aus seinem Blickfeld verschwunden, klingelte sein Telefon.

„Hallo, Papa.“

„Hallo, meine Lieblingstochter. Alles klar?“

„Ja klar. Mach bloß nicht so ein Theater. Wollte nur fragen, wann Inma und du beim Standesamt seid.“

Standesamt? Hatte Ana nicht ausdrücklich gesagt, dass sie auf dem Standesamt keine Familienangehörigen dabeihaben wollte? Und jetzt war er auf einmal doch eingeladen. Sei's drum. Einfach nicht weiter darüber nachdenken. Javier tat so, als wäre es von Anfang an so geplant gewesen, dass Inma und er auch bei der offiziellen Trauung anwesend sein würden. „Ich wollte sie in einer Stunde abholen.“

„Ja, passt. Kannst du wohl vorher noch zu Hause vorbeikommen und das Geschirr mitnehmen?“

„Mach ich gern, kein Problem. Ich habe übrigens gerade Sandra gefragt, ob sie in Begleitung kommt.“

„Papa, wirklich. Du bist echt neugierig. Und vermutlich hast du noch mich vorgeschoben.“ Ana lachte und verstellte ihre Stimme. „Meine Tochter muss das für die Planung wissen.“

„Ach, Unsinn“, tat Javier den Vorwurf ab.

„Nun sag schon, wen bringt sie mit. Giancarlo oder Diego?“

„Sie hat nichts verraten. Aber ich glaube, es wird Diego. Würde mich freuen. Er schreibt Artikel für Sportzeitschriften.“

Ana ging nicht auf seine Bemerkung ein. Stattdessen machte sie einen Witz, indem sie einen affektierten royalen Tonfall imitierte. „Wie soll ich da nur die Tischordnung organisieren?“ Kurz darauf beendete sie das

Telefonat. Javier blieb noch einen Moment sitzen, bevor er das Büro verließ. So unbeschwert und glücklich hatte er seine Tochter selten erlebt.

Kapitel vierundsechzig

Sandra

*Pol-Sol: Neues von der Polizei an der Costa del Sol
Vorerst letzte Nachricht: Für mich geht's morgen zurück
nach Köln. Fast schade, dass der Balconing-Fall gelöst ist.
Ohne die gute Zusammenarbeit mit meinen wundervollen
spanischen und deutschen Kolleginnen und Kollegen wäre
das nicht möglich gewesen. Wie immer geht auch dieses
Mal mein besonderer Dank an Javier & Sofía. Macht weiter
so! Lasst nicht nach!*
#polizei #spanien

Sandra lud ihren bis auf Weiteres letzten Post hoch.
Zumindest auf diesem Account. An diesem Morgen war
nämlich das Unglaubliche passiert: Jörg hatte sie angerufen und ihr nicht nur persönlich zur Aufklärung des
Falls gratuliert, sondern ihr auch die halbe Social-Me-
dia-Beförderungsstelle angeboten, für die sie sich auf
den letzten Drücker beworben hatte. Zum 1. August
würde sie mit einer Hälfte ihrer Arbeitszeit entweder
weiter als Oberkommissarin in Köln oder bei Bedarf als
Amtshilfe in Málaga arbeiten. Zur anderen, der besser

bezahlten, Hälfte würde sie den Social-Media-Content ihrer Kölner Dienststelle mit Unterstützung einer Agentur betreuen.

Sandra war so überrascht von dem Angebot, dass sie so schnell nicht angemessen reagieren konnte. Doch Jörg hatte nur gelacht und ihr Bedenkzeit bis zu ihrer Rückkehr nach Deutschland eingeräumt. Bis dahin, so hatte sie sofort beschlossen, würde sie die neue Stelle vergessen und stattdessen die letzten Stunden in Málaga bis zur letzten Sekunde auskosten. Doch entgegen ihrer Vorsätze kam sie in Gedanken immer wieder auf das Angebot zurück. Sie müsste lügen, wenn sie behaupten würde, sich nicht zu freuen. Das neue Arbeitszeitmodell kam ihr gerade recht, passte fantastisch zu ihren neuen Lebensumständen.

Es war schon spät. *Sandra, konzentriere dich auf die Hochzeit!* Schnell ging sie zum Kleiderschrank und zog ihre beiden Sommerkleider heraus. Dann räumte sie das sonnengelbe, raffiniert geschnittene Kleid, Giancarlos Lieblingskleid, wieder zurück. Stattdessen griff sie zu dem schlicht geschnittenen grünen Dress. Ihr blieb nicht mehr viel Zeit. Minimalistische Schminke war angesagt. Etwas silbrig grünen Lidschatten über den Augen und einen Hauch Rosé auf den Lippen. Mehr wäre bei den Temperaturen sowieso nicht ratsam. Unten vor dem Hotel wartete Diego bereits auf sie. Er sah mit seinen frisch gewaschenen Haaren und der schicken hellen Leinenhose sehr attraktiv aus. Aber er wäre nicht Diego, hätte er seinen *Look* nicht mit einem schwarzen, verwaschenen Shirt gleich wieder bodenständig gemacht. Sandra grinste und umarmte ihn. Sie stellte sich vor, wie Giancarlo sich für den Anlass mit

Markenklamotten herausgeputzt hätte. Diegos Understatement gefiel ihr deutlich besser.

„Komm, Sandra. *Vamos.*" Diego und sie beeilten sich, um noch rechtzeitig zum Rathaus in der Nähe der Alcazaba zu kommen, da das Brautpaar spontan doch noch alle Hochzeitsgäste zum Standesamt eingeladen hatte. In einem Amtszimmer des neobarocken Hauses wurden Abdel und Ana schließlich in Anwesenheit der gesamten Hochzeitsgesellschaft von einer Standesbeamtin getraut, die ihre Sache sehr gut machte. Sie gab sich positiv und schwungvoll, wurde aber an den richtigen Stellen auch feierlich. Als Abdel und Ana sich gegenseitig die Ringe ansteckten, schaute Sandra unauffällig zu Javier hinüber, der ein Taschentuch vor sein Gesicht hielt. Sie fing Inmas Blick auf, und die Frauen lächelten sich an.

Die Trauzeremonie dauerte nicht lange. Danach ging es zu einem Strandabschnitt, den Anas und Abdels Freundinnen und Freunde wunderschön mit pinkfarbenen Luftballons und Laternen dekoriert hatten. Bierbänke und Tische standen eingedeckt mit Geschirr und Blumenschmuck bereit. Auf dem Sand lagen Teppiche und Handtücher. Unter den Palmen wartete ein Büfett auf die Hochzeitsgesellschaft. Es wurde gegessen, getrunken, Reden wurden gehalten, und natürlich durften auch ein paar neckische Spiele für das Brautpaar nicht fehlen. Einige Gäste hatten Badekleidung mitgenommen und schwammen zwischendurch im warmen Mittelmeer.

Abends leerte sich der Strand. Ein paar Hochzeitsgäste bauten orientalische Musikinstrumente auf und fingen an, Musik zu machen. Zwischen den Liedern erklärten sie, wovon die Texte handelten, und gaben Informationen zur Entstehungsgeschichte. Einige Lieder waren wohl mehreren bekannt, denn es wurde mitgeklatscht und mitgesungen. Eine Stunde später saßen nur noch wenige Gäste, die meisten tanzten zu einer Mischung aus orientalischer, spanischer und internationaler Popmusik. Als es dunkel wurde, erhellten Fackeln den Strandbereich. Sandra und Diego tanzten gerade zu einem langsamen Lied, als Javier Sandra auf die Schulter klopfte.

„Ich wollte mich verabschieden. Ich fahre die ...“, Javier stockte einen Moment und setzte dann erneut an. „Ich fahre die Eheleute zur Jacht, und dann werden sie in Ramóns Hotel übernachten.“

„Und, wie fanden sie dein Geschenk, oder hast du es ihnen noch nicht gesagt?“

Inma, die neben Javier stand, schaltete sich ein. „Doch, das hat Javier ihnen schon vorab mitgeteilt. Sie sollen doch die Möglichkeit haben, zu entscheiden, ob und wann sie ihre Feier verlassen wollen.“

„Und?“, fragte Sandra nach. „Wie haben sie reagiert?“

„Sie haben sich riesig gefreut. Vor allem Abdel war von der romantischen Fahrt auf der Jacht ganz begeistert.“

„Wie schön, Javier. Da hast du dir aber auch etwas Nettes einfallen lassen. Überhaupt ist es ein wundervolles Fest.“

„Und du fliegst dann morgen nach Köln zurück?“, fragte Javier.

„So ähnlich. Diesmal nehme ich den Zug. Ich fliege nicht mehr. Das ist in den Zeiten des Klimanotstands nicht mehr zu verantworten."

„Konsequent. Das kann ich gut verstehen", sagte Inma. Javier schaute geflissentlich woandershin.

„Ich finde das auch richtig." Diego gab ihr einen Kuss auf die Wange.

„Und, wann sehen wir uns wieder?", fragte Javier, und Sandra meinte einen Hauch von Wehmut in seiner Stimme zu hören. Inma grinste, Sandra spürte, wie Diego sie sanft in den Arm kniff.

„Nun, Javier, vermutlich werden wir uns schon bald wiedersehen. Ich werde in der nächsten Zeit wohl häufiger an die Costa del Sol kommen." Javier sah sie verwundert an. „Beruflich habe ich jetzt mehr Spielraum und darf als Social-Media-Betreuerin ab und zu auch von unterwegs arbeiten. Das trifft sich gut, da ich, wie gesagt, aus privaten Gründen öfter in Málaga sein werde."

Plötzlich drehte Javier ruckartig den Kopf und sah Diego an. „Ach so ist das! Glückwunsch. Ich freue mich für euch. Aber auch für mich. Es wäre fantastisch, dich häufiger zu sehen."

„Keine Frage", sagte Sandra. „Oh, Mensch. Ich mag keine Abschiede. Sie machen mich traurig."

„Übrigens, ..." Javier kramte in der Innentasche seines eleganten Jacketts. „Ich habe noch etwas für dich."

„Ach ja?"

„Damit du uns nicht vergisst und bald wiederkommst."

Sandra unterdrückte Tränen der Rührung. „Javier, du machst es mir nicht gerade leicht."

„Hier, bitte." Javier reichte Sandra ein schön verpacktes Geschenk. „Nur eine Kleinigkeit."

„Es tut mir leid, aber ich bin wahnsinnig neugierig. Darf ich es jetzt schon öffnen?"

„Natürlich."

Während Sandra sorgfältig das Geschenkband entfernte, hörte sie Inma sagen: „Jetzt bin ich aber auch gespannt. Du hast mir gar nichts davon erzählt."

Schließlich öffnete Sandra das Schmuckkästchen und sah die Delfinkette. „Das darf doch nicht wahr sein. Javier!"

„Gefällt sie dir?"

Innig umarmte Sandra ihren Kollegen. „Sie ist wunderschön. Vielen Dank, Javier. Ich freue mich riesig."

„Schön. Also, wir gehen jetzt mal. Gute Heimreise, Sandra, *adiós*."

Javier winkte ihr noch ein letztes Mal zu. Dann verschwand er aus ihrem Blickfeld.